Iván Rojo

Nació y vive en València, escenario habitual de sus narraciones a medio camino entre el costumbrismo y la distopía. Por lo demás, tiene un Dacia y una hija. Lo verás pasear con el uno, la otra o ambos por las calles de Patraix, el barrio de su infancia, el barrio de su vida, donde le gustaría morir dentro de mil años.

Este es su décimo libro entre poesía, narrativa y otros formatos y experiencias.

Carne de caballo

Iván Rojo

EDICIÓN DE:

Daniel Sardà Benguría

CORRECCIONES DE:

Emilia Fernández Tasende

dosmanos

2025 | Barcelona

Nos gustan demasiado los libros para dejar que los hagan otros.

Publicado por:
editorial dosmanos

C/ Banys Vells, 5, Principal
08003 Barcelona

editorialdosmanos.com
@editorialdosmanos

ISBN: 979-13-991029-0-1
Depósito legal: B 16612-2025

Primera edición:
octubre 2025

dosmanos

Martillos contra el tedio

Prólogo

Somos carne de caballo

Hace unos años, me topé en redes sociales con las palabras de un tal Iván Rojo. Una poética que brillaba como una estrella caída en ese gigantesco agujero negro cuya gravedad nos absorbe. Un cuerpo celeste donde se mezclaban Dacias, Sanderos, Renaults laguna negros, cerveza Steinburg, paquetes de West, el barrio de Patraix y un descampado de Zafranar.

No fue el fetichismo familiar de barriada lo que me atrajo, aunque también, sino la capacidad de golpear con palabras precisas, el talento alado de un escritor capaz de elevar a símbolo cualquier elemento a su alrededor, y encontrar debajo el sentido de la existencia, o el sinsentido, tanto da.

Desde entonces, en mis clases de escritura, a menudo he puesto textos suyos como ejemplo, entre Wisława Szymborska, Chantal Maillard, Charles Simic o Antonio Gamoneda asomaban los poemas de Iván Rojo. ¿Y ese quién es? Preguntaban. ¿Iván Rojo? No me suena.

Y sin embargo, tras su lectura el silencio que sucede a la detonación se imponía siempre.

El desconocimiento de la existencia del escritor por parte de los alumnos, lejos de sentirlo como un fracaso, lo sentía como un triunfo. Me gustaba tener un secreto literario bien guardado bajo la manga llamado Iván Rojo. Un escritor apenas publicado que nos devolvía la fe en la literatura, que nos recordaba que esto de escribir poco o nada tiene que ver con las tribulaciones del mercado literario, ni con asomar la cabeza a toda costa por los suplementos culturales, ni con incorporar el tema de moda o el activismo del momento a la obra, ni con travestirse en herramienta del *marketing*.

Iván Rojo no escribía para entrar en ese mundo sino para dejar una puerta abierta para que cualquiera entrara en el suyo. Escribía espoleado por la necesidad de exprimir a mano toda la belleza del lenguaje, por captar el destello de entender solo un segundo ante la constante perplejidad de estar vivo.

Sé que su escritura galopante va siendo un secreto a voces, oigo los cascos de esa carne de caballo que se aproximan, dejando atrás la clandestinidad.

Trae en sus alforjas diez relatos que, en un tono que susurra al oído, nos hablan de la paternidad, con todos su miedos, sus contradicciones, y de la hijandad, con no menos miedos y contradicciones: un hombre frente al vértigo del nacimiento de su hija, un solitario que se hace cargo del bebé de su hermano muerto, una pareja que toma algo en una terraza mientras su bebé echa la siesta solo en el hotel, un hombre atormentado por tener dos niñas muy, muy feas, un hombre que se enfrenta a la muerte del padre.

Y como es habitual, se cuelan Opel Vectras, Astras y Honda Civics y Paco Lobatón, y regaliz de puromoro, Tres Forques y Archiduque Carlos, y el Carrefour Gran Turia, y la carne de caballo, a la que hace referencia el título. La carne de caballo que es rica y es sabrosa, pero también produce cierta aprensión, cierta extrañeza. Y me parece que esta es una buena metáfora de lo que el lector va a encontrar en estas páginas.

Respira en ellas la nostalgia de un mundo que termina y de otro que se abre paso. De una masculinidad herida, vulnerable, de una virilidad agrietada que se enfrenta al vértigo de los nuevos tiempos.

Un mundo del que quienes hemos vivido con y sin Internet somos los últimos testigos. ¿Cosas que mueren para dar paso a otras? Eso es la nostalgia: muere un chaval que se va de fiesta y nace un padre que trasnocha con biberón, muere un padre en una residencia y nace la conciencia de haber sido hijo.

También la literatura implica merodear entre dos mundos, que muera el recuerdo para que nazca el relato.

Carne de caballo es todo eso y más, es nostalgia, es belleza, es auténtica literatura.

Bárbara Blasco
agosto de 2025

Carne de caballo

Iván Rojo

Trofolastín

Hará cosa de quince días que el médico le recetó Lasea, un compuesto natural a base de hierbas indicado para el tratamiento de los síntomas transitorios de la ansiedad en personas a partir de dieciocho años. Él tiene cuarenta y cinco, y de un tiempo a esta parte se encuentra algo nervioso. De vez en cuando y sin previo aviso le sorprende un temblor en las manos. Tiene picores. Puede decirse que está irascible. Y duerme mal. Muy mal. Este fue el principal motivo de la cita en el consultorio. Voy un poco sobrecargado en el trabajo, le comentó al doctor, y además estoy intentando reducir el tabaco; debe de ser por eso. No le dijo que en mes y medio nacerá su primer hijo. Hija, más concretamente. Se lo calló porque le da cierto reparo plantear, y sobre todo plantearse, la posibilidad de que el feliz acontecimiento esté afectando de manera negativa cierta estabilidad psicológica, ese volcánico estado anímico. A su noción de sí mismo, en definitiva. Así que se esfuerza por no pensar en el asunto. A ratos lo consigue. También procura no hablar del tema, claro, ni con el médico ni con nadie. Lo evita incluso con su mujer. En la medida de lo posible, claro. Desde hace ya unas cuantas semanas cada noche después de cenar ella se tumba bocarriba en el sofá, es decir panza arriba en el sofá, y le pide que le dé crema en la barriga. Trofolastín antiestrías, potenciador de elasticidad. Ese masaje se ha convertido en una especie de ceremonia, por lo menos así lo siente él, un rito nocturno y tan pagano como religioso en el que rinde culto a la mujer y la niña. Esta práctica no incomoda al hombre en cuanto anticipo de las repercusiones que la llegada de la niña vaya a tener para él en términos de rol y estatus familiar, bastante obvias, sino por el hecho de que constituye un recordatorio diario de la responsabilidad perpetua que conlleva la paternidad, o lo que pueda aventurarse a entender por paternidad. Por otra parte, tampoco tuvo un papel significativo en el proceso de tomar la decisión de tener descendencia. Lo que durante mucho tiempo fue un tema de tratamiento tangencial y, desde luego, de importancia secundaria en las conversaciones de la pareja, de la noche a la mañana se convirtió en una cuestión vital para la plenitud de la mujer, y para el futuro y hasta la propia supervivencia de su relación. El hombre nunca pensó que un día tendría hijos. O más bien siempre intuyó que jamás los tendría, convicción que había asumido desde los veinticinco o treinta años sin esfuerzo y sin dolor, como se interiorizan las cosas que parecen predeterminadas e innegociables. Así, su adscripción a la causa de la procreación fue, en esencia, por las siguientes dos razones, y no necesariamente en este orden pero tampoco necesariamente en el inverso: contribuir a la felicidad de la mujer, y ahorrarse los problemas que, con toda probabilidad, una hipotética discrepancia habría causado en su día a día. Los mismos motivos por los que cada noche unta de crema y acaricia durante quince o veinte minutos la piel tirante del vientre en expansión de su mujer. Ella dice que le pica; que ha leído que a estas alturas del embarazo la epidermis está surcada por una infinidad de grietas finísimas que no se ven pero se sienten; pica; escuece; el masaje la alivia mucho. Sostiene que la niña también lo disfruta, que la calma, que lo ha dicho la matrona, pero es que además ella misma lo nota, lo siente en su propia carne. Dice que el del masaje es el único momento del día en que la niña se queda tranquila ahí dentro, quieta, dormida; como si supiera que es su padre quien está al otro lado de la pared de carne y sangre, cuidándola; cuidándolas a las dos. Todo eso dice la mujer. El hombre sigue asombrándose cada vez que impone sus manos en la tripa brillante y untuosa. Irradia una tibieza especial, inclasificable, que le sume en estado de perplejidad narcótico, anestésico y ciertamente agradable. Sin embargo, no logra desconectar por completo de lo que sea que estén poniendo en la tele, casi siempre el episodio de turno de alguna de esas series de *true crime* que emiten en Ten, a las que está enganchado. Con la vista, las manos y un gran porcentaje de neuronas posadas dócilmente sobre ese vientre alucinante, un pedazo del cerebro del hombre aún se resiste a entrar en trance, a sucumbir al poder hipnótico del vientre y de quien lo habita. Ese pequeño pedazo del cerebro permanece atento, por ejemplo, a la voz en *off* que desde el televisor relata la historia del asesinato a golpes de *stick* de hockey hielo de un matrimonio de ancianos a manos de su pastor presbiteriano en Kerney, Nebraska, o la ruta homicida trazada por los gemelos O'Hara en las navidades del ochenta y siete a lo largo y ancho del condado de Yuma, Arizona. Una esquirla diminuta del cerebro del hombre no consigue sustraerse a la certeza, por ejemplo, de que ahora le va a resultar aún más difícil pisar EE. UU. De que desde ahora le va a resultar aún más difícil, por ejemplo, encontrar tiempo para escribir, para escribir de verdad. Las escasas posibilidades de cumplir sus sueños se reducían drásticamente. Alguna que otra noche la mujer protesta de tanto programa de hermanos maníacos, curas asesinos y desdichados que acaban sus días enterrados en el jardín del vecino. En ese caso ven un rato *El Hormiguero* o el documental de la Alemania nazi o de grandes obras de ingeniería que echen en La 2. Pero lo cierto es que la mayoría de las noches el control del mando a distancia lo ostenta en exclusiva él, porque la mujer suele quedarse dormida a los diez minutos de recibir su sesión de Trofolastín. El hombre se siente secretamente aliviado cuando la respiración profunda al otro extremo del sofá le indica que es la única persona que sigue consciente en la casa. Por lo menos la única persona adulta. Se siente liberado, y también culpable por sentirse liberado. Suele aprovechar para salir al balcón a fumarse un cigarrillo, o dos o tres, que a menudo se multiplica por dos o por tres, tan solo por alargar un poco el tiempo a solas consigo mismo. Ella está empeñada en que lo deje. No hay día que no saque el tema: ahora con lo de la niña ya no hay excusa, tienes que dejarlo antes de que nazca, no es plan de echarle a la niña ese aliento mugriento. No te preocupes, lo dejaré en breve, cada día fumo menos. No es verdad ni mentira. Hace años que no sabe cuánto fuma al día. En el trabajo se explaya. Y en la calle, si anda solo. En casa, delante de la mujer, ni uno. Al entrar aún continúa un buen rato con su dosis de *true crime*. Le resulta curioso que sea esta su principal compañía audiovisual; desde un punto de vista literario jamás le ha interesado el género negro. Sin embargo, los capítulos de *Mujeres asesinas*, *Urban Killer* o *Justice By Any Means* le resultan perfectos cuentos breves que lo atrapan desde el principio en un mundo salvaje pero inofensivo y, sobre todo, imbuido en la alegre irresponsabilidad del observador de una ficción. Porque las recreaciones documentales poseen esa paradójica capacidad: al intentar reproducir de manera fidedigna una realidad concreta que en puridad solo ha podido ser conocida por quien la ha vivido —propósito condenado al fracaso desde su misma concepción cuando se trata de producciones televisivas de género documental criminal inspiradas en las vivencias de gente muerta—, lo único que logran es convertir aquella verdad primigenia en una ficción pluscuamperfecta, es decir, verosímil gracias a las invenciones empleadas para llenar las lagunas de información veraz y verificable que impiden narrar la historia con objetividad. En el mundo real, por otra parte, sucede más o menos lo mismo. De hecho, el hombre con frecuencia siente la realidad como un falso documental del que solo puede fiarse a medias, como mucho. Es más: la mayor parte del tiempo su propia vida le parece un falso documental. Tener esta clase de pensamientos justifica sobradamente que tomara la iniciativa de acudir al médico en busca de sosiego o de una pócima para alcanzar cierto sosiego. No lo está obteniendo. La Lasea no le hizo efecto. Es cierto que solo se tomó la gragea matinal prescrita por el médico durante los tres o cuatro días siguientes a la consulta. Pero sabe que no habría notado mejoría alguna en su ánimo aunque hubiera observado religiosamente la dosis pautada. Siempre se ha mostrado reacio al empleo de remedios naturales para combatir las dolencias, siquiera nimias, de su organismo. En el mejor de los casos, la eficacia de estos productos se rige por la confianza que el paciente deposite previamente en ellos. De su capacidad para realizar actos de fe. Y él jamás ha gozado de esa virtud. Lo que le habría gustado es que le recetaran un buen Lorazepam o algo por el estilo. Algo nacido de la inteligencia humana. De la industria humana. Algo fuerte y peligroso. Algo capaz de noquearlo. Pero por alguna o muchas razones, puede que, por simple capricho, quién sabe, el doctor no estimó pertinente hacerlo. Una lástima. Porque el hombre nunca se acuesta antes de la una, últimamente más bien las dos. Antes despierta a la mujer balanceándola por los hombros y la acompaña medio dormida del sofá hasta el dormitorio. Luego va a la cocina, le sirve un vaso de agua y se lo deja en la mesilla. Le da un beso en la frente, le susurra un buenas noches que ella ya no atiende, y se va. De la niña no se despide, del mismo modo en que no le da los buenos días por la mañana. Aún no le ha hablado desde este lado de la realidad. Nada, ni una mísera palabra. Es consciente de que lo normal sería que lo hubiera hecho, pero se siente ridículo cuando se imagina acercando la boca al ombligo de la mujer y diciendo con voz edulcorada: Hola, hija u Hola, hola o ¿Cómo va por ahí dentro? La pareja siempre ha compartido cama, claro, pero el hombre lleva unas semanas acostándose en el pequeño cuarto del final del pasillo que utiliza como biblioteca de sus álbumes de cromos y garaje de sus coches de Scalextric. Se ha trasladado por lo de las pesadillas que empezó a sufrir sin previo aviso. Se despertaba en mitad de la oscuridad pegando gritos y manoteando aterrorizado. Así hasta que, la última vez que la pareja había dormido junta, la pesadilla se las ingenió para filtrase en el plano de lo real y adueñarse de los movimientos del hombre. Intentó estrangular a la mujer. Podría decirse de un modo más delicado, pero la pura verdad era esa: dormido, es decir perfectamente libre y sincero, rodeó con las manos el frágil cuello de su mujer embarazada, y apretó. Ella logró zafarse o logró despertarle chillando, no lo tiene muy claro. El hombre solo recuerda que cuando abrió los ojos, desconcertado, desubicado, la intuyó sentada en la cama. ¿Qué haces?, repetía asustada entre sollozos, ¿qué coño haces? Temblaba. El hombre intentó calmarla. Quiso abrazarla. Ella lo apartó. Ninguno de los dos volvió a conciliar el sueño esa madrugada. Así que, al día siguiente, *motu proprio* y sin la menor objeción por parte de ella, el hombre se instaló en el cuarto del pasillo. A raíz del intento de asesinato se dedicó durante un tiempo a investigar en internet sobre los trastornos del sueño. Concluyó que sus recientes conductas oníricas encajan en la sintomatología de una suerte de sonambulismo a la que los expertos denominan parasomnias. Con alarmante frecuencia constituyen el aviso más temprano de la enfermedad de Parkinson o de la demencia con cuerpos de Lewy que se manifestarán en unos años. En su visita al médico intentó explicarle lo que había averiguado en la red. Tampoco sobre este punto mostró el facultativo el menor interés.

Aún es usted muy joven, se limitó a comentar con cierto desdén. El hombre no estaba de acuerdo con la afirmación. Y sigue sin estarlo. Se siente viejo, se sabe más viejo que nunca. Porque lo es. Obviamente uno es en todo momento la versión más desfasada posible de sí mismo, lo que ocurre es que quien más quien menos procura no pensar en ello. Él, en cambio, no puede dejar de percibirse como la ruina olvidada de quien pudo haber sido y no fue. Con asiduidad le recorren ciertos pensamientos: cuando la niña tenga quince años yo ya tendré sesenta; cuando acabe la carrera yo llevaré ya un tiempo jubilado; solo espero no tener la demencia esa, no joderle la vida a la chiquilla obligándola a apechugar con mi Alzheimer; quizá lo mejor sería que un ictus me fulminara antes de su décimo cumpleaños o mañana mismo. Hasta hace poco consideraba una suerte, más: un auténtico privilegio, el hecho de que la mujer sea doce años menor que él. Hasta hace bien poco, cuando por algún motivo —o por ninguno— le daba por pensar en el dato con la suficiente reflexión y profundidad, podía sentir cómo su cerebro y su cuerpo se llenaban de energía, una energía juvenil netamente masculina. Experimentaba ese orgullo tan absurdo, tan egoísta y tan vivificador que siente cualquier hombre cuando juzga que ha conseguido una mujer a todas luces mejor que él. Pero desde el embarazo le ocurre todo lo contrario. A sus ojos de cuarentón, la juventud de la mujer se ha tornado amenazante. Le hace sentir, eso, viejo, más que viejo, mucho más que viejo. Inútil. Obsoleto. Teme ser abandonado, desechado. Y, al mismo tiempo, la flamante faceta de la mujer, la maternal, la concreción práctica en ella del don teórico de toda mujer de alumbrar vida, le hace sentir pequeño. Pequeño en términos de edad. Un niño. Nunca ha dejado de serlo, debe admitirlo y lo admite. Lo infantil es un rasgo de su personalidad por el que siempre ha sentido un cariño especial y que ahora, hoy, en este preciso e irrepetible instante, le avergüenza un tanto. La niñez sigue latiendo en su sensibilidad, en su entendimiento, si no con fuerza sí con terquedad, incansable, inmarcesible. Conserva aficiones impropias de un hombre de sus años. Todavía algún domingo se acerca a la plaza redonda a intercambiar cromos de fútbol y de coches con los pocos chavales que hoy en día los coleccionan. Hubo un tiempo en que su padre lo llevaba allí todos los fines de semana. A lo mejor no todos, a lo mejor casi todos o solo muchos o bastantes o algunos. No está seguro. A lo mejor solo fue uno, un tiempo, un domingo en que su padre quiso enseñarle a negociar por las mejores estampas, a regatear y a no amilanarse ante los listillos y timadores, pero también a marcarse un buen farol, a saber engañar al prójimo. Lo importante de la vida. Los escasos recuerdos que guarda de su padre, si es que son recuerdos y no ensoñaciones, siembran el tramo de la memoria del hombre que se extiende entre sus cinco años, quizá cuatro, y sus ocho. El hombre era un niño que iba a tercero de EGB cuando a su padre le reventó una vena del cerebro mientras comían macarrones con tomate. Era domingo, de nuevo, y quizás, por eso, inevitable. Sobre la mesa, a la derecha del plato del hombre-niño, el flamante cromo de Emili Fenoll, el único que hasta esa misma mañana le faltaba para completar la plantilla del Valencia de la temporada 85-86. No suele hablar de su padre. Cuando se ve envuelto en alguna conversación que requiere comentar algo al respecto intenta quitarle hierro al asunto. Asegura que lo superó sin mayores problemas. Y es muy probable que piense sinceramente que lo asimiló sin dificultad alguna. Puede que sea cierto, o casi cierto, lo cual referido a cualquier cosa es tanto como admitir que, tocada por el hermoso halo volátil de la inexactitud, de la mentira, puede ubicarse o a un palmo o a millones de años luz de la verdad. Y en este caso la verdad es que a medida que la niña crece en el *big bang* en miniatura del vientre de la mujer, el hombre piensa más y más en su padre. Sabe que durante mucho tiempo lo echó de menos, que durante mucho tiempo estuvo enfadado con él por haberlo abandonado, y sin embargo, ya ni siquiera recuerda haber albergado estos sentimientos ni las sensaciones físicas generadas por los mismos. La falta de aire, el fierro en el estómago, el dolor de mandíbula, ya no se acuerda de cómo eran. Sabe que una vez lo añoró y odió como si se tratara del recuerdo de una película, de una ficción audiovisual. Como si en un mal episodio de la octava temporada de una serie de cuarenta y tantas que tampoco le entusiasmaba, se hubiera visto a sí mismo llorando lágrimas de furia y miedo. Lo reconoce sin que ello provoque que se reaviven en su corazón los rescoldos de la rabia y del dolor. El sentimiento nacido de la ausencia del padre que aún hoy perdura en el pecho del hombre es el resultado híbrido de cruzar el desvalimiento de los cachorros desatendidos con la desorientación de las fieras heridas. Más que un sentimiento racional y razonable, parece una sensación de tintes salvajes que ha experimentado en ocasiones anteriores al enfrentarse a trances particularmente críticos, en el sentido de revolucionarios a efectos de cotidianeidad vital. Aunque nunca de manera tan intensa y por momentos angustiosa como ahora, es cierto. La privación prematura de padre efectivo conlleva, piensa el hombre con igual dosis de lógica y de cerrazón, la carencia de un referente en el que hallar inspiración para la crianza. Y la carencia de ese modelo especular le genera una inseguridad que se traduce en temor e inmovilismo, y estos, a su vez y, a fin de cuentas, en la idea de incapacidad arraigada honda y fuertemente en su personalidad. A la fuerza ha de haber gente con vivencias muy similares o incluso idénticas que nunca haya adolecido de confianza y autoestima. Pero no existe nada más privado e intransferible que la pena y el complejo, el hombre es sabedor de ello, de modo que jamás ha cometido el error de compararse, ni el de competir, con la experiencia ajena. Es así de sencillo: el hombre nunca ha dejado de percibir, tan callada como vivamente, el vacío de información y formación que la muerte de su padre dejó en su historia personal. Y se siente inacabado. Y débil. Y torpe. Contra estos miedos, la infancia ofrece buen resguardo. El definitivo. El mejor. La infancia siempre es el refugio insuperable, con su luz matinal tan pura, y la calidez dorada que emitía la lámpara de aquella mesita de noche que, según recuerda, o eso cree, su madre compró una tarde del siglo pasado en Galerías

Preciados. Como todo el mundo sabe Galerías Preciados desapareció hace mucho. Como todo el mundo debería saber, opina el hombre, su madre murió hace un año. Un poco a traición. No era tan mayor. Aunque desde luego era mucho mayor de lo que era su padre cuando murió. El caso es que su madre se habría alegrado de saber que iba a ser abuela, eso seguro. Al hombre le duele pensarlo en la medida en que duelen las cosas que no tienen solución, que son como son, y punto. Es decir: en unas ocasiones muy poco, en otras mucho. La madre del hombre vivió de alquiler durante cuarenta años largos en aquel piso de la tranquila calle Salabert del barrio de Patraix de València, muy viejo pero muy apañado, como ella decía. Jamás lo habitó otro hombre que el padre del hombre, durante apenas una década. Y él, el hombre, hasta los veintisiete. Su madre, ya está dicho, unas cuatro décadas. Exactamente cuarenta y dos años. Buena parte de ellos sola con su hijo. Los últimos, muy pocos o demasiados, nunca se sabe, sola a secas. El hombre tuvo la oportunidad de volver al piso. Pudo haberse subrogado en el contrato al precio que había venido pagando su madre durante la etapa final, ya no de renta antigua pero sí muy barato. La familia de la propietaria original así se lo ofreció. Un buen detalle. Después de tantos años un remedo de familiaridad sustentaba la relación entre arrendadores y arrendatarios. Pero la mujer y él prefirieron quedarse donde estaban. La mudanza les dio pereza. Además, la mujer opina que lo que tienen que hacer es meterse en la compra de uno nuevo, y más ahora, con lo de la niña; que hablará con sus padres, que seguro que pueden ayudarles. Así que siguen en un piso de la Avenida de Pérez Galdós. Un segundo. Mucho ruido, mucho humo. Solo pueden ventilar a altas horas de la madrugada; el resto del día el tráfico no da tregua. Por lo demás, ochocientos euros. Hace unas semanas, en otra noche de vigilia, el hombre se encontró a sí mismo con la vista en el techo del pequeño dormitorio de su destierro dudando acerca de la necesidad o no de comprar un purificador de aire para la habitación de la niña. Salió al balcón a echar un cigarro para pensar con mayor claridad. Era una madrugada amable. Mediados de octubre. El aire por fin era incuestionablemente fresco. Le masajeó las sienes, le susurró consejos al oído. Sí, le parecía conveniente hacerse con uno de esos aparatos, o por lo menos no improcedente. El Lucky a deshoras le removió las tripas. Sentado en la taza del váter estuvo un buen rato comparando modelos y precios en internet. Dio con uno Philips que le convenció bastante. No era demasiado caro; entre ciento cuarenta y ciento sesenta euros en función de la página. De vuelta en la cama cogió el libro de cuentos de William Saroyan que llevaba unos días releyendo. Al cabo de diez o doce renglones se le fueron cerrando los ojos. Contra todo pronóstico durmió relativamente bien. Poco, porque ya pasaban de las cuatro, pero durmió más o menos tranquila y profundamente. Con serenidad y limpieza. Fue un islote paradisíaco en la turbulencia de sus noches. Al día siguiente regresaron los desvelos y las pesadillas. Y hasta la fecha no han vuelto a dejarle dormir en paz. La Lasea, o el Lasea, como se diga, no le funcionó, ya está dicho. Tampoco las infusiones de tila y valeriana, a las que recurrió movido por la desesperación, renunciando a sus convicciones. Tres o cuatro tardes incluso ha salido a correr al oscurecer con la esperanza de forzar su cuerpo más de lo habitual, a ver si así logra conciliar el sueño por puro cansancio físico. Sin embargo, la posibilidad de combatir el insomnio es en verdad una motivación accesoria. La principal razón de que le haya dado por lo del *running* es la misma por la que le gusta salir a fumar al balcón: estar unos minutos a solas. Está en muy baja forma. Ni siquiera tenía unas deportivas adecuadas. Huelga decir que chándal tampoco. Tuvo que equiparse en el Decathlon de Campanar. No aguanta el trote más de un cuarto de hora, lo que le cuesta subir por Pérez Galdós hasta el cruce con Tres Forques, remontarla hasta la esquina de Archiduque Carlos y dar unas últimas zancadas, penosas, hasta el histórico bar Aptc. El primer día que salió a correr se sentó en la terraza y se pidió un verdejo. Los otros también. En la acera de enfrente, justo a la altura del bar, empieza la calle Salabert. Le gusta beber y fumar despacio mirando de tanto en tanto, allá a lo lejos, el edificio en que vivió su madre, el edificio en que vivió su padre, el edificio en el que creció. Si concede al Aptc la categoría de histórico es porque no se le ha ocurrido antes el adjetivo «legendario», que sería más apropiado, y porque a principios de los noventa existió al fondo del local una máquina recreativa del videojuego *Street Fighter II*. El único bar de todo Patraix que podía presumir de ello. Siempre estaba hasta los topes de chavales, se formaban corros alrededor del jugador de turno. Él jugaba con Blanka, el monstruo verde brasileño, mitad hombre mitad bestia. Era muy bueno. A menudo sus iniciales brillaban en el número uno del *ranking*. Quizá fuera aquel su momento de gloria. Quizá el momento de gloria de todo ser humano y de los ángeles y de los demonios sea ese: triunfar en los videojuegos y luego ir al parque de Enrique Granados a dar unas caladas furtivas al canuto, y volver fulgurante a casa, y cenar longanizas, huevo frito, patatas y coles de Bruselas con la vista absorta en el bigote televisivo de Paco Lobatón, y seguir teniendo hambre, y meterse entre pecho y espalda un colacao, y recibir el beso purificador de una madre antes de irse a la cama, y tener quince benditos años y mucho amor y mucho esperma para Manoli, la camarera del Aptc. Tendría veintitantos y el escote más poderoso que, incluso a día de hoy, el hombre haya contemplado. Le parecía una mujer de una madurez inaccesible. Ahora le parecería una chica de una juventud inalcanzable. ¿Qué ha pasado con mi vida?, se pregunta el hombre cada vez con mayor frecuencia. Probablemente una pregunta sin respuesta, pero en caso de tenerla no importaría mucho cuál fuera. El caso es que el resplandor de la máquina del *Street Fighter II* ya no ilumina las entrañas del Aptc, eso es un hecho, igual que es un hecho que Manoli ya no existe, por lo menos no detrás de la barra. Ha sido sustituida por un chino corpulento con cara de bonachón y, para el gusto del hombre, carente de cualquier atractivo. Casi mejor, se dice cuando piensa en ello; es seguro que hoy, casi treinta años después de aquel primoroso tiempo, si

Manoli se me apareciera al otro lado del mostrador me sobrevendría el tartamudeo que me asaltaba en mil novecientos noventa y pocos cuando tenía que pedirle cambio para la máquina. Por cierto, la última tarde que se sentó en la terraza del Aptc a reponer las fuerzas malgastadas con el *running*, acariciado su cerebro por recuerdos plácidos, se le ocurrió que tal vez Manoli fuera un buen nombre para la niña. O Blanka, por qué no; Blanca. Al fin y al cabo, a la mujer le gusta Clara. Mismo campo semántico, similar estructura y sonoridad. Otro tema a evitar. Se siente a gusto manteniendo a la niña en una especie de limbo identitario, como una entidad exclusivamente potencial, desprovista de las características que concretan la existencia humana. Rostro, voz, olor, nombre y apellidos. La niña llevará primero el de la madre. A la mujer le hace ilusión. La semana pasada, mientras se burlaban de las gentes que busca el amor en *First Dates*, ella se lo propuso con la tímida prudencia que uno emplearía para pedir a un extraño un favor excepcional, como si diera por sentado el derecho del hombre a negárselo. Por supuesto, él aceptó. Los apellidos se extinguen sin dolor; los recuerdos no, si es que logran desaparecer. Al terminar el programa, en el sofá y después del ritual del Trofolastín, hicieron el amor por primera vez desde que el test de ClearBlue diagnosticara el embarazo. Lo conservan en la balda del espejo del cuarto de baño. Nunca había tenido sexo con una mujer embarazada, desde luego nunca lo había practicado con ninguna en tan avanzado estado de gestación. Fue un trance delicado y tierno, también algo turbador. En cualquier caso, esa noche, levemente reconciliado consigo mismo y su novedosa misión en el mundo, se acostó con ella en la cama de matrimonio, si es que es posible denominar así a la cama que comparte una pareja de hecho. Cayó enseguida dormido, pero a las tres de la mañana despertó empapado en un sudor helado y pidiendo auxilio. La mujer murmuró algo ininteligible y se giró en la cama dándole la espalda. Él se levantó y fue al baño a mear y a enjuagarse la boca. Tenía la lengua seca, un esparto. Tampoco en esta ocasión logró evitarlo: miró de reojo el emoticono del *display* del ClearBlue. Esa cara redonda, perfecta en su simpleza. Esa sonrisa primordial con un punto de ausencia, de demencia, heraldo de la buena nueva por excelencia. La cara y la sonrisa que dibujaría un niño, cualquier niño del mundo. De pie frente al espejo se preguntó vagamente cuánto tardaría en agotarse la pila del dispositivo. Y acto seguido se preguntó cuánto tardaría en agotarse él. Cuándo dejaría a la niña huérfana de padre. Jurándose que había terminado con el tabaco, se acostó en el cuarto del pasillo. Como todas las noches desde que se asentara en su exilio nocturno, durante tres o cuatro horas estuvo yendo y viniendo del balcón. Esa vez en concreto se encendió seis cigarrillos y arrojó los seis al vacío eléctrico de la madrugada después de darles tan solo dos o tres caladas con ansia y arrepentimiento. Algo es algo, se dijo. Como todas las noches desde que se asentara en su exilio nocturno, entre pitillo y pitillo, mató la madrugada sacando de sus cajas los coches de Scalextric y limpiándoles el polvo inexistente con la gamuza color salmón que a los doce años había comprado en Hobby Centro, la tienda de multicoleccionismo de la calle Músico Peydró, junto con su primer bólido: el Tyrrell P34 seis ruedas del 76, azul cielo. Después de devolver los coches a sus cajas, a sus urnas y, como todas esas noches, quiso invocar el sueño abriendo por la página del Valencia Club de Fútbol, el álbum de la temporada 85-86 y contemplando el último recuerdo que conservaba de su padre: el rostro de Emili Fenoll, juvenil, feliz, orgulloso y bastante estúpido, y desde luego indiferente a los sentimientos del hombre y a los del niño que el futuro padre había sido. Clareaba cuando por fin se durmió con el álbum sobre el pecho, y al poco sonó la alarma del móvil. El cansancio y la tibieza del agua de la ducha lo sumieron en una especie de trance y se vio a sí mismo a los cinco años, seis, siete, en brazos de su padre, bañándose en una de las piscinas del balneario de Fortuna, Murcia. La imagen no brotaba de su memoria, sino del fondo del cajón inferior de la derecha de los seis que componían la cómoda de casa de su madre. Allí, dentro de un desgastado sobre de papel amarillo y naranja con la palabra Kodak impresa, había, entre otras, una foto que daba fe de la realidad de aquella vivencia. Naturalmente el hombre se llevó el sobre cuando fue a vaciar la casa de su madre. Cogió esas fotos y todas las demás, todas las que puedo encontrar, por lo menos, y que en todo caso eran pocas, porque antes las fotos eran otra cosa, una cosa más especial y más cara. Cogió también el perfume de su madre y el perchero repintado de blanco que había en el breve recibidor de la casa paterna, más bien materna. Le gustaba volver del colegio o del instituto o del trabajo o de donde fuera y colgar en el perchero aquel anorak azul, amarillo y rojo que se le había quedado pequeño en sexto de EGB pero que se empeñó en seguir usando durante un par de inviernos más; la *bomber* naranja con la que a los dieciséis se sentía tan peligroso, tan salvaje y al mismo tiempo tan enclenque y tan feo; o la americana de Emidio Tucci que ella, su madre, le compró en El Corte Inglés, llena de orgullo, la víspera de que empezara a trabajar en el departamento de contabilidad de la extinta Cárnicas Esteve, en el polígono de Fuente del Jarro. Veintitrés años tenía. Hoy, casi media vida después, sigue trabajando en el polígono Fuente del Jarro de Paterna, haciendo más o menos lo mismo que hizo en su remoto primer día de trabajo. Solo que en otra empresa y por un poco más de dinero al mes, que, en realidad, tras una buena tanda de crisis y conflictos geopolíticos de toda índole, cunde bastante menos que lo que le pagaron en su primera nómina. Es entendible, por tanto, que el hombre deseara lo que había deseado con todas sus fuerzas esa mañana en la ducha: habitar para siempre la limpia y dócil catarata de agua dulce, con los ojos cerrados a cualquier cosa que no fuera el recuerdo engañoso pero cálido, sobre todo cálido como la sangre que sentía afluir a sus párpados apretados, de él y su padre riendo en una piscina de los primeros años ochenta. Es evidente que no se cumplió. Ese día acudió al trabajo y realizó su labor sin problemas ni alardes, si bien un tanto incomodado por un impreciso resentimiento hacia la mujer. Era profesora de secundaria en un colegio concertado, y estaba de baja por embarazo de riesgo desde que a principios del sexto mes de gestación sufriera unos desconcertantes calambres abdominales, que al cabo de una estancia de tres horas en las urgencias ginecológicas del Hospital General se habían revelado como unas contracciones de Braxton Hicks merecedoras de especial precaución por su intensidad mayor de lo habitual y su cadencia regular. Por descontado que el hombre, desde la parte más altruista de su alma, se había alegrado de que la mujer pudiera reposar plena y libremente durante lo que le quedaba de estado de buena esperanza. Sin embargo, echa de menos regresar del trabajo a las cuatro y encontrar el piso vacío. Echa de menos no tener que hablar del embarazo o de la niña o de las cosas que iba a necesitar la niña desde que entraba por la puerta. Y sobre todo disponer de un par de horas diarias para sentarse delante del portátil que tiene sobre el escritorio del cuarto del pasillo, ponerse Elvis o Idles o Pulp o Roy Orbison en YouTube y escribir en paz. Aunque luego acabe desperdiciándolas, porque tiene que reconocer que hace mucho que no encuentra un buen filón de inspiración, si es que tal cosa existe y es relevante a la hora de escribir. Lo indudable es que desde que supiera que iba a ser padre solo ha escrito basura, cuentos breves apresurados y poemas casi automáticos y totalmente intrascendentes. Salvo por un relato que tiene a medio hacer acerca de lo que imagina que supondrá ser padre para alguien como él. Le está gustando bastante cómo ese texto va creciendo y tomando forma; tanto que cuando encuentra la oportunidad de seguir desarrollándolo, no es raro que le pueda la presión de aprovecharla y en lugar de escribir se ponga a preparar la cena o a ordenar los armarios. Habrá que comprar uno para la ropa de la niña, por cierto. Una de estas últimas noches, tumbado en la cama del cuarto del pasillo, estuvo mirando hasta las tantas la web de Ikea. Encontró una cómoda blanca llamada Godyshus, de tres cajones con los tiradores redondos de color verde turquesa, que le pareció adecuada. Por fin le venció el sueño mientras imaginaba cómo quedaría el mueble allí, en ese cuarto que a la fuerza un día no muy lejano acabaría siendo el de la niña a menos que la pareja se aventurara antes a meterse en una hipoteca y mudarse deprisa y corriendo, o que al final la niña no naciera, o que de bien pequeña le sobreviniera la legendaria muerta súbita de los bebés, o que sucediera cualquiera de las miles de cosas que pueden surgir de la nada, como asteroides obviados por la necesidad humana de un futuro, y dar al traste con los planes más ambiciosos y con los más humildes. Pero si hay que estar preparado para la posibilidad de la tragedia, también, y seguramente más, hay que estarlo para la posibilidad de que las cosas salgan bien. Así que, salvo el mueble cajonero, ya tenían en casa buena parte de los enseres fundamentales para los primeros años de vida de un ser humano. A principios del mes anterior, aprovechando un martes festivo que permitía montar un buen puente, los padres de la mujer habían venido a pasar unos días desde Extremadura. Querían regalar algunas cosas a la niña para ayudar un poco a la pareja. Cumplieron de sobra. Una cuna, un cochecito y una bañerita, que la mujer previamente había elegido, con la ayuda y asesoramiento de su madre, después de no menos de una docena de larguísimas conversaciones nocturnas de Skype durante las cuales ambas navegaban por internet en busca del modelo óptimo de cada artículo en términos de relación calidad-precio. Las mujeres habían reservado los objetos, mediante la transferencia del veinticinco por ciento de su importe en concepto de seña, en Mundopeque, una tienda cercana de València, ubicada en el polígono de Alfafar y especializada en puericultura y crianza. Habían acordado con el negocio que abonarían el importe restante y recogerían los objetos el sábado de ese fin de semana; de manera incomprensible o no, Mundopeque no ofrecía el servicio de reparto a domicilio. A última hora de esa tarde fueron los cuatro a la tienda en el Dacia Sandero del hombre. Ninguno de ellos había anticipado la circunstancia, por otro lado, bastante probable, de que el maletero del coche no proporcionara el espacio suficiente para cargar los tres bultos. Las dimensiones de las cajas de la cuna y del cochecito hacían necesario abatir los asientos traseros, cosa inviable teniendo en cuenta la presencia de los padres de la mujer. La solución fue llevar a casa a la mujer y su madre con la bañerita, y volver a por la cuna y el cochecito a la tienda, en cuya puerta el padre de la mujer se quedó esperándole con los dos paquetes apoyados contra la fachada. Allí lo encontró cuando regresó casi una hora más tarde. La tienda ya había cerrado. También casi todas las demás del polígono. El hombre se sorprendió a sí mismo al conmoverse ante la imagen solitaria de su suegro, que, bañado por la penumbra eléctrica de las escasas farolas naranjas que medio iluminaban la zona, custodiaba los trastos de su nieta mientras se echaba un cigarrillo con expresión taciturna. Era la imagen de un viejo. No importaba que aquel hombre de setenta años calzara unas deportivas New Balance, grises, naturalmente. Era un viejo, y un viejo fatigado, a juzgar por su manera perpleja de parpadear cuando los faros del coche, al detenerse a sus pies, lo arrancaron bruscamente de sus pensamientos. Por supuesto, y como tantas otras veces, el hombre dedicó unos instantes a imaginar cómo habría envejecido su padre. Qué aspecto tendría. Si calzaría zapatillas de deporte o a estas alturas habría sucumbido a esas alpargatas azul marino de rejilla que el paso del suficiente número de años, igual que hace con las manchas en las sienes y la calvicie y los problemas de erección y el cáncer de próstata, parece imponer a los varones. Luego él y su suegro cargaron los bártulos en el Sandero sin excesivos problemas y condujeron hacia València envueltos en un silencio confortable. En sentido estricto apenas sabían nada el uno del otro. Además, la distancia geográfica que separaba sus respectivas existencias y la escasa frecuencia de sus encuentros, o por lo menos eso intuía el hombre, de una inefable conexión de caracteres, alimentaba la naturalidad ausente que reinaba entre ellos. Durante el trayecto ninguno de los dos cometió la descortesía de forzar un tema de conversación con el que aderezar los kilómetros. No digas nada del tabaco, fue lo único que salió de la boca de aquel casi perfecto desconocido pacense cuando ya estaban cerca de casa, cerca de sus mujeres; aunque te parezca increíble hace veintitantos años que cree que no fumo, o que finge creerlo. En la cena se habló de la oportunidad de cambiar de coche. La madre de la mujer consideraba conveniente que la pareja comprara uno con un buen maletero. La mujer se mostró de acuerdo. Un bebé necesita muchos cacharros, pero muchos, muchos; ya veréis, ya; y además San Vicente queda muy lejos; setecientos cincuenta kilómetros para ir y otros tantos para volver; mejor un coche nuevo, estaba claro. Durante la cena el padre de la mujer asintió un par de veces. Cuando hubo terminado el huevo frito con patatas, se rellenó el vaso de cerveza, se levantó y se dejó caer en el sofá frente al televisor. Teledeporte emitía la final del campeonato del mundo sub-17 de fútbol femenino. Colombia-España. El hombre volvió a sentir por su suegro la ternura que había experimentado al verlo en la puerta de Mundopeque. Le bastó contemplar la mirada del padre de la mujer, perdida en el resplandor fosforescente del césped, para saber que no sentía el menor interés por el resultado de aquel partido. Para saber que se habría sentado frente a la tele estuvieran poniendo lo que estuvieran poniendo. Para saber que aquel setentón extremeño solo quería acabar el día tomándose tranquilo un último vaso de cerveza, lejos de la palabrería en bucle sobre los cachivaches del bebé y los planes de futuro de su hija y el raro de su yerno. Y después irse a dormir. Y, con suerte, dormir largo y profundamente. Ahora, unas pocas semanas después, el asunto del coche nuevo ya está resuelto. En un primer momento el hombre se había opuesto a la idea de deshacerse del Sandero. En la medida de sus posibilidades intentó imponer su voluntad de conservar su querido coche. Porque en verdad lo quiere, en verdad ama ese Dacia Sandero blanco blanquísimo de dos mil doce. Está claro que el coche tiene unas cuantas abolladuras, severos problemas de embrague y ciento veinte mil kilómetros a sus espaldas, pero a pesar de ello, o tal vez por eso, el hombre siente por él un afecto mayor que el que pudo albergar por cualquiera de sus anteriores vehículos y, por descontado, mucho mayor que el que pueda llegar a desarrollar por ningún coche nuevo. Porque el Sandero es y siempre será el coche que, por ejemplo, acogió los asaltos de aquel sexo irrefrenable que poseía de repente la voluntad de la pareja en los albores de su relación, cuando la mujer era joven a rabiar y el hombre aún conservaba en sus entrañas las brasas resplandecientes de la hoguera en que durante los años dulces había quemado, inconsciente, su energía juvenil, como si fuera inagotable, incombustible. Cosas de estar vivo. El Sandero es y siempre será el coche que, por ejemplo, los llevó en dos mil quince a aquella sidrería de Nava en que ambos probaron por vez primera el cachopo y se emborracharon como adolescentes a base de manzanas. Cosas de estar vivo. El Sandero es y siempre será el coche que, por ejemplo, condujo al hombre a través del infierno ibérico de agosto del diecisiete hasta la mismísima raya hispanolusa para recoger a la mujer y continuar hacia Lisboa, no sin antes, ya puestos y anecdóticamente, conocer a los que ni por asomo imaginaba que acabarían siendo oficialmente sus suegros. Cosas de estar vivo. El Sandero es y siempre será el coche que, por ejemplo y, en definitiva, una tarde de otoño del veintidós abrió su modesto maletero, abatió sus algo desvencijados asientos traseros y, humilde y devoto, acogió en su seno las sagradas pertenencias de una niña que aún no existía: su cuna, su cochecito, su bañera. Cosas de estar vivo, se dice el hombre, del mismo modo que es propio de estar vivo que aquello que uno ama vaya quedando atrás. Vaya muriendo, hablando con propiedad. Un coche, un padre. Incluso la persona que uno creía ser. Total que, por supuesto, le dolía y le duele desprenderse del Dacia, convertirlo en un pedazo de pasado, en algo inútil o, lo que es peor, en una evocación puntual molesta e insidiosa. Pero, también por supuesto, se ha avenido rápido y sin ofrecer demasiada resistencia al deseo de la mujer, y seguramente también al dictado del sentido común, de renovar el coche. Como buen padre de familia, en breve conducirá un SUV. Lo piensa y se le ponen los pelos de punta. En concreto un Kia Sportage que la pareja pagará en sesenta cuotas y que el concesionario Motor Ibérica de la pista de Ademuz tardará unos cuatro meses en entregarles por culpa de la escasez de componentes ocasionada por la guerra de Ucrania. Hasta ese momento el hombre tendrá ocasión, cuanto menos en potencia, de llenar el depósito al Sandero y desaparecer en plena noche o a plena luz del día. Una divagación absurda, una fantasía que en el fondo ni siquiera anhela, que sin embargo le reconforta. Por las noches, mientras espera que el sueño acuda a visitarlo al cuarto del pasillo, le gusta entretenerse acariciando su colección de coches y la posibilidad de largarse en el suyo, el de verdad, el Dacia. La posibilidad de alejarse de todo por las carreteras mentales de España. Coger su coche favorito, el Lotus Renault R31 del ochenta y dos, negro y dorado, oscuro y luminoso, precioso, y tumbarse en la cama, y cerrar los ojos y, como cuando pergeña un relato, encender el motor de su imaginación y dejarla rodar. Se visualiza en otros lugares, en otros tiempos, incluso en compañía de otros cuerpos, de otras mujeres. Porque en estas transmigraciones nunca está presente la suya, la mujer. Tampoco la niña, esa misteriosa niña que en cuestión de semanas dejará de ser un enigma para convertirse en una realidad rotunda y puede que hasta rolliza de pongamos tres kilos, con la nariz griega de su madre y los ojos esquivos del hombre. Esa diminuta hija que, según la opinión unánime de propios y extraños, necesitará y exigirá ingentes cantidades de espacio y de tiempo desde el instante mismo en que venga al mundo. Tanto, tantísimo tiempo, que el hombre difícilmente podrá seguir acudiendo a su cita cada dos sábados con el torneo provincial de Scalextric, en el que participa desde hace casi treinta años con sus dos mejores amigos del instituto, a decir verdad, los únicos, ambos tan dolorosa como maravillosamente solteros, solos, sin amor, perfectas encarnaciones del futuro que en lo más íntimo el hombre siempre intuyó y asumió para sí mismo: ninguna otra responsabilidad que las propias de un trabajo alimenticio; aferrarse de por vida a la falsa inocencia de la infancia, a la falsa libertad de la juventud, a esa inconsciencia; envejecer acunado por ensoñaciones de premios literarios y mujeres que nunca pierden la turgencia; jugar eternamente al Scalextric nostálgico de los cuarentones descatalogados, los cuarentones cobardes; ganar sin gloria, perder sin repercusiones; jugar eterna y torpemente al dulce juego de un sexo fácil cada día más difícil, de un malditismo literario cada día menos seductor, más vergonzante; tener siempre la licencia de la bendita genialidad o la bendita estupidez para presentar una enmienda al fracaso. Y tanto, tantísimo espacio, que el hombre va a tener que desmontar las estanterías del cuarto del pasillo, no hay más que hablar, arrasar el templo último de su infancia, sacrificar como si tal cosa sus coches y sus cromos. Dios bendito, lo piensa y se estremece. Lo piensa y se le revuelven las tripas: encerrar a Emili Fenoll en cualquier armario, arrinconarlo en lo más oscuro de un altillo, de la mente, quién sabe si incluso armarse de valor y en un arrebato tirarlo todo al contenedor de la esquina. Tantísimo tiempo y espacio reclamará e invadirá la hija que, con toda probabilidad, el hombre ya no podrá sentarse al escritorio que se extiende bajo la ventana del cuarto del pasillo, abrir el Word en ese portátil cada vez más en desuso, escribir un rato cada día, cada tres o cuatro días o semanas. Rendido a la evidencia, anoche decidió por fin deshacerse de sus reliquias. Las fotografió sin cuidado, dos o tres planos generales de las estanterías del cuarto. Abrió una cuenta en Milanuncios y, acompañando las fotos de un somero texto, puso a la venta sus coches y sus cromos. También el de Emili Fenoll, que en un primer momento había arrancado del álbum con la romántica intención de conservarlo por siempre en el tarjetero de su cartera, con la estúpida intención de que el día de su entierro, conforme habría dejado dicho con la debida antelación, alguien se lo introdujera en el bolsillo interior de la chaqueta del traje con que entrara al cielo o al infierno. Pero no: después de acariciar durante unos minutos el cromo más importante de la Historia de la Humanidad, y con el recuerdo en descomposición de su padre en la cabeza, le dio un beso a su querido Fenoll, lamió el dorso del cartón y volvió a pegarlo en su sitio. Así que todo: lo puso a la venta absolutamente todo. Por cinco euros. No pasaron ni diez minutos cuando recibió la primera oferta. El *e-mail* lo remitía alguien que se hacía llamar Lucero, y parecía escrito por un tarado o un chiquillo. Normal, se dijo el hombre, y contestó de inmediato que *ok* a todo, que ningún problema, que su única condición para cerrar el trato era que la transacción se llevara a cabo la mañana siguiente, sábado, y lo más temprano posible, que él mismo llevaría las colecciones donde su interlocutor quisiera. A las nueve en la calle de los Lirios número 1 de la urbanización Cumbres de San Antonio, Bétera. Ahora son las ocho y media de la mañana del día siguiente y el hombre ya se encuentra en el punto convenido para formalizar la compraventa. No se ha despedido de la mujer. Antes de salir se ha acercado sigiloso a la puerta entornada del dormitorio y ha escuchado su respiración dormida. Ha estado a punto de entrar y decirle hasta luego o hasta siempre o sencillamente buenos días, pero ha reprimido el impulso por temor a que ella se levantara, viera las cajas apiladas en el recibidor, se le ablandara el corazón y le dijera que no hacía falta, que se las quedara, que ya encontrarían dónde meter todas esas chorradas. En este momento, apoyado en el lateral del morro del Sandero mientras fuma al sol pálido con dolor de estómago y escucha el rumor plácido, seguro, como alfombrado de buen césped, del fin de semana desperezándose en el complejo de viviendas unifamiliares de extrarradio, el hombre lamenta levemente no haber empujado esa puerta entreabierta, a la vez que se enorgullece de ello con equiparable vaguedad. El residencial es un lugar tranquilo, sin duda, menos monte que urbanización, pero más monte que pueblo, y desde luego más monte que ciudad. Hacia el este, a veinte kilómetros, un gigantesco disco de polución flota sobre València como una tenebrosa nave nodriza. Pero aquí, en las Cumbres de San Antonio, el aire del otoño sopla fresco y bastante limpio y los pájaros vienen y van bajo un cielo de un azul irrebatible. Es hermoso. El hombre respira hondo, intenta aplacar los sentimientos y pensamientos que le sobrevienen, desconcertantes, inquietantes y perversos por inconcebibles hace solo unos meses, unos días, un minuto, por parecer producto de una inteligencia y una sensibilidad ajenas a las suyas. Ideas, deseos como que la niña merece crecer jugando en un jardín del estilo de los que deben de extenderse al otro lado de esas cercas de arbolillos que a bote pronto el hombre cataloga como cipreses aún sabiendo que son demasiado pequeños para serlo y que, impulsado por una curiosidad inexplicable, tras una rápida consulta en Google con el móvil identifica como cipreses, sí, pero de Leyland, especie resultante de la hibridación del ciprés de Monterrey y el cedro de Alaska o ciprés falso de Nootka, e idónea para levantar setos pantalla y setos parabrisas. Que la niña merece disfrutar de una piscina como las que con toda seguridad se abren en el centro de cada uno de esos jardines ocultos, ahora mismo, dada la fecha, cubiertas por una lona de seguridad sobre la que ya se acumulan las primeras hojas muertas, pero que en verano resplandecerán como zafiros bajo los rayos del sol mediterráneo. Que la niña merece tener una casa con garaje en el que, desde la ventana de su habitación, vea a su padre introducir el Kia al volver del trabajo, y con el tiempo el Volkswagen y, por qué no, el BMW, siempre inmaculados y brillantes gracias a su descanso cotidiano al abrigo de los elementos, no como aquel Opel Corsa TR que el padre del hombre aparcaba en el descampado que había enfrente del piso de Patraix y que allí permaneció durante meses y meses hasta que la madre del hombre por fin se lo vendió a un primo segundo de Cuenca, o puede que de Albacete. Que la niña, en definitiva, merece tener un padre de fiar, capaz de hacer cualquier cosa por ella. Incluso malvender por internet los restos preciosos de sí mismo. Por suerte o por desgracia, el hombre acaba de perder el hilo de sus pensamientos distraído por el vuelo extravagante y relativamente bajo de un pájaro blanco que, surgido desde detrás de un tejado cercano, parece avanzar hacia su posición a velocidad cambiante y con trayectoria irregular. Enseguida se da cuenta de que se trata de un dron. Al poco ve a un chaval encapuchado salir por la puerta de una parcela unos números más arriba del 1 de la calle de los Lirios. El chico, o quizá la chica, el hombre no lo tiene claro porque él o ella viste ropa holgada o más bien gigantesca, se le acerca a pasos desmadejados con la vista en las alturas y el control remoto del dron entre las manos. Tampoco cuando se detiene frente a él y, con esa voz arrastrada de los adolescentes, le pregunta si es Vicente, se atreve el hombre a determinar el sexo. Sí, le contesta, y supongo que tú eres Lucero. Bueno, ese es mi nombre en redes, sí, dice el chaval o la chavala; y añade: oye, perdona que no te diera la dirección exacta, pero es que hay mucho loco, tío, ya sabes. Ya, no te preocupes. De pronto el hombre se siente incómodo. Está casi por completo seguro de no estar loco, y quiere pensar que el hecho de reflexionar sobre la cuestión y no llegar a afirmar una respuesta es prueba de ello, aunque quizá, también se dice, tal cosa demuestre todo lo contrario. Se hace el silencio, solo roto por el tenue zumbido del dron suspendido a unos diez metros de altura en la luz de la mañana. Un colibrí del futuro, del presente en realidad. El hombre se pregunta si tendrá cámara incorporada, si en este momento estará siendo capturado por un dispositivo de grabación incorporado en el artefacto. Está a punto de trasladarle la duda al chico, chica, lo que sea, pero lo único que sale de su boca al abrirla es: oye, tengo prisa, te doy las cosas, ¿vale? Juntos se acercan al maletero. El hombre lo abre e invita a la adolescente a inspeccionar el material. Ahora cree que es una chica porque, cuando ella le ha pedido que le sostenga el control remoto para poder manipular las cajas, sus manos se han rozado y ha percibido en esa piel juvenil un tacto tan indudable como inexplicablemente femenino. Pero no toques los mandos, ¿vale?, le ha dicho, que lo tengo en punto muerto. Además, al inclinarse la muchacha sobre el maletero, la goma desbocada de la sudadera se ha fruncido dejando por un segundo a la vista la parte baja de una espalda tersa, de curvas suaves, hermosa y prometedora. Una tristeza tranquila invade al hombre. Cuando él tenía quince años no había chicas aficionadas al coleccionismo de cromos ni de coches de Fórmula 1, ni a los videojuegos ni al Subbuteo ni a los juegos de mesa ni a la literatura fantástica. Y si las había no se dejaban ver, o él no sabía verlas. Lo que hubo en su infancia, en su adolescencia, en su juventud y en general en su vida fue soledad, incomprensión y aburrimiento, además de desorientación y frustración. Más tarde, mucho más tarde, un buen día, había aparecido la mujer, y las cosas empezaron a cambiar un poco. *Ok, bro*, le dice entonces la chavala, ¿todo por cinco euros, seguro? Segurísimo. La chica saca un billete de algún lugar de sus bombachos y se lo tiende al hombre diciendo: *Ok, bro*, pues aquí los tienes. Él, como no puede ser de otro modo, rechaza el dinero. Ella le da las gracias y le pide: oye una cosa: ¿puedes acercar el coche a la puerta de casa, y así descargo más fácil? No. ¿No? No. *Ok, bro*, pues nada, ahora saco las cajas. Bien, date prisa. *Ok, bro*, cuidado con el control, ¿vale?, no lo toquetees, que el dron es nuevo y vale un huevo. Descuida, sigue el hombre, y deja el mando sobre el techo del Sandero. Entonces, una agudización en el zumbido del dron llama la atención del hombre y de la muchacha. Juntos contemplan cómo el dron se eleva más y más en el cielo hasta que su cuerpo esmaltado en blanco se reduce a una silueta oscura recortada contra el azul. Allí, en las alturas, flotando, permanece durante un segundo, tal vez dos o cinco o diez, hasta que se lanza en picado contra el suelo. Porque el dron no cae víctima de una avería atrapado por la fuerza de la gravedad. No: el dron se arroja como un kamikaze a toda velocidad contra la tierra. Se despedaza cuando impacta contra el asfalto de la calzada de la calle de los Lirios, pero sin estrépito, sin el menor ruido, como si el ingenio, tan caro, en realidad fuera un juguete malo y barato. Lo siento, dice el hombre a Lucero; lo siento de veras. Y cierra el maletero, se sube al Dacia y maniobra para cambiar de sentido e irse por donde ha venido. Serpentea por la estrecha carretera que conecta la urbanización con la comarcal, y luego serpentea por la comarcal hasta desembocar en la autovía CV-35, por la que ahora rueda en dirección a València con el alma ligera y limpia como un hombre bueno o imbécil. Cuando llegue a la ciudad se detendrá en doble fila frente a la primera farmacia que encuentre, seguramente esa de la avenida de Las Cortes Valencianas, junto al Nuevo Mestalla, eternamente en obras, donde, aunque algún día llegan a concluirse, jamás jugará Emili Fenoll. Como, y para no variar, se le ha olvidado llevar encima una mascarilla, a través de la ventanilla de la farmacia comprará un tubo de Trofolastín. Luego, ya en casa, a eso de las nueve y media, sorprenderá a la mujer todavía en la cama, si no dormida, casi, porque ella también hace tiempo que pasa malas noches por culpa, entre otras cosas, de la acidez y el estreñimiento. Él retirará la sábana y la ligera manta con que la encontrará medio tapada, le levantará ese horrible camisón color carne tan amplio que viene utilizando desde hace cosa de un mes para dormir, y le untará generosamente de crema el vientre. Lo acariciará durante más rato que en ninguna otra ocasión. Tres cuartos de hora por lo menos, y seguramente más, derramando más Trofalastín cada vez que haga falta y frotando y frotando y acariciando y acariciando mientras intenta dar dentro de su cabeza con el nombre perfecto para la niña. No lo encontrará, porque la perfección no existe. Pero no importa. Lo que importa es que en cierto momento el hombre acercará su boca al ombligo de la mujer, le dará un beso y dirá:

—Hola, hija; hola, hola; ¿cómo va por ahí dentro?

Los drones

Acudió poca gente a la ceremonia. A la mayoría no la había visto antes. Tres coronas. Una rezaba: Descansa en paz, amigo. Tus compañeros de Cárnicas Túrmix. No tenía ni idea de que mi hermano hubiera dejado el trabajo en la fábrica de lámparas. Y ese pensamiento se entrelazaba con una ligera indignación mientras un operario introducía las urnas con las cenizas en el nicho del columbario. O quizá fue que lo despidieron. No sé. No importa. De un tiempo a esta parte no hablábamos mucho, y nuestras comunicaciones versaban casi en exclusiva sobre el chaval. Muchas fotos por guasap. El chaval en la cuna, dándole al chupete; el chaval en brazos de su madre; el chaval en la bañera, con el cordón umbilical brotando de su abdomen como una raíz cada vez más oscura y seca. La vida, supongo. Nuevas obligaciones, nuevas rutinas. Durante todo el tiempo que duró el sepelio un inmenso enjambre de drones estuvo zumbando allá a lo lejos en el cielo magenta del oeste.

Qué sincronía. Qué perfección. Una coreografía. Un espectáculo casi sinfónico. Justo y hermoso. Como es natural me acordé de los estorninos que invadían el cielo otoñal del barrio cuando éramos chiquillos. Visualicé aquel cielo desdibujado, como el borrón de una goma Milan. En cambio, me asaltó con una nitidez lacerante la cara de mi hermano a los diez años. Me acordé de mi hermano pequeño.

Ya estamos en casa. Han tenido al chaval seis días en observación. Pruebas de todo tipo. Nada. Está perfecto. Un milagro. No albergo sentimientos religiosos. Ojalá lo hiciera; es probable que todo esto me resultara más fácil. Pero milagro es la palabra que me vino a la cabeza en cuanto vi el estado en que había quedado el Octavia. No es que tuviera yo el mal gusto de desplazarme al lugar del accidente ni al depósito municipal. Emitieron las imágenes en los informativos. Los de las televisiones y los de internet. Hay gente que considera noticiable una tragedia familiar. No sé por qué. Sé pocas cosas. Quizá por eso me pareció tan misterioso y casi mágico el dato científico de que el chaval hubiera sobrevivido. Un milagro, ya digo. Sin embargo, los médicos que durante estos días han venido dándome el parte explicaron el asunto como una simple cuestión de suerte. Eso y que la sillita estaba colocada a contramarcha o justo lo contrario, no recuerdo. No sé. No importa. Tengo tan poca fe en la benevolencia de la suerte como en la del destino, si es que existen tales cosas. En cualquier caso, la semana del chaval en el hospital me ha dado el margen de maniobra necesario para habilitarle una habitación y comprar pañales, peleles, un par de chupetes, varios botes de leche de fórmula y biberones. También he tenido que hacer algo de burocracia. Unos cuantos formularios para los servicios sociales, un par de entrevistas con funcionarias amables de mirada suspicaz, arreglar el papeleo de la incineración de mi hermano y su mujer. Y ayer tuve que acudir al juzgado. Una funcionaria me entregó en una bolsa de plástico azul transparente, como esas de congelación, los móviles de mi hermano y de su mujer. El de ella estaba hecho pedazos. El de él estaba intacto. Sesenta y dos por ciento de batería, una galaxia en espiral de fondo de pantalla. La Vía Láctea, quizá.

No le veo al chaval el menor parecido con mi hermano. Por más que lo miro no se lo encuentro. Si acaso en las orejas. Pero no, en realidad no. Tampoco tiene nada que ver con la madre. Y desde luego no ha salido a ninguno de los abuelos. A mis padres quiero decir, a los otros nunca los conocí. Descubrir un aire familiar en la apariencia del chaval ayudaría a naturalizar un poco la situación. Es posible que él piense lo mismo cada vez que mi cara se acerca a la suya para comprobar si duerme o no, si respira o no. O que lo sienta, si es que todavía no puede pensar propiamente. Me refiero a esta desubicación, a este extrañamiento. Por eso lo trato con cautela. Con excesiva cautela, soy consciente. Sé que es absurdo, pero no quiero invadir su intimidad al igual que seguro él no deseaba acabar ocupando el cuarto de los libros, los discos y el ordenador.

La dueña del piso de mi hermano volvió a llamar. Soy consciente de que la frase anterior contiene un error, una mentira. El piso alquilado de mi hermano ya no es el piso alquilado de mi hermano. Tendré que ir acostumbrándome a rutas alternativas de pensamiento. De nuevo la mujer me urgía a vaciarlo. Y de nuevo se me olvidó preguntarle cómo había conseguido mi número. Esta vez no supe colgarle. O no pude. O no quise. Algo dentro de mí me impulsó a aceptar el reto, a afrontar el terror, a pasar por fin ese trago. Algo oscuro. Cierta furia, cierta sed de venganza. Amor. Desviaciones del amor. No sé. No importa. Fuera por lo que fuera concretamos día y hora. Así que esta mañana me colgué al chaval en el portabebés que me improvisé con el fular verde y naranja de mi madre, agarré el carro de la compra y una bolsa de esas reforzadas del Mercadona y acudimos a la cita dando un paseo. Supongo que más pronto que tarde tendré que comprarle un carrito, cochecito, no sé cuál es el término de mayor aceptación general. No importa. Diré carrito. Mi madre decía carrito. He mirado precios en internet. Una locura. Y supongo también que habré de agenciarme una silla para montarlo en el Dacia. A su debido tiempo. Me preocupa enfrentarlo con un viaje en coche de manera prematura. Cosas por el estilo pensaba mientras atravesaba la ciudad respirando la fragancia confusa que ascendía de la cabeza dormida del chaval. Un poco a talco, un poco a vómito. Quizá heces. Se removió contra mi pecho nada más hubimos atravesado la puerta de la que hasta hacía muy poco había sido su casa. Algo le hizo despertar muy agitado. Una intuición. Una percepción inescrutable, al alcance solo de los seres puros. Cierta luz familiar, a lo mejor, un resplandor de intensidad precisa en la sangre ligera de sus párpados. O quizá un olor, las últimas trazas del olor irrepetible de sus padres. También pudo ser que se contagiara del dolor muy fuerte y muy adulto que sentí al entrar en el piso. No lo sé. No importa. Empezó a llorar. Sin lágrimas. Más que un llanto tuve la impresión de que lo que emitía era una llamada. Le puse el chupete. Lo escupió. Le puse el chupete. Lo escupió. Entretanto la mujer me pedía disculpas por su insistencia, se había comprometido con un buen inquilino para tenerle el piso listo el primero de mes. Era más joven que yo, y hermosa en términos objetivos. Sin embargo, no me despertó ningún interés, ni un ramalazo de instinto. Hablaba de un modo calculado en exceso, protocolario, también cuando en tres o cuatros ocasiones me dijo que me acompañaba en el sentimiento, que qué desgracia y que pobre niño, al que calificó como tan bonico pese a que apenas lo había mirado. Su atención estaba centrada en mí. Le pedí por favor que nos dejara solos unos minutos. Un rato. Un buen rato. Que si no le importaba volviera dentro de una hora o dos. A lo mejor, la formalidad artificiosa y un tanto sumisa con que la mujer me dijo: Faltaría más, la misma con que me había expresado sus condolencias, se debía a su temor a la posibilidad de que, aprovechando la visita al piso a la que tenía derecho por ley, me diera por ocuparlo o algo así. También es posible que todo fuera cosa de mi pensamiento retorcido. No sé. Y no importa. Ya solos conseguí que el chaval se calmara. Aunque dudo que su paz fuera mi mérito. El chaval me hace sentir torpe. Torpe y desvalido. Juntos y en silencio recorrimos la casa. Varias veces noté que me faltaba el aire, que la sangre no me llegaba al cerebro. Mi corazón aplastado. Diminuto y pesado. Las ruinas de una implosión. Una estrella de neutrones. Aquel submarino que se comprimió sobre sí mismo a cinco kilómetros de profundidad como castigo por perturbar el descanso del Titanic. Titán. Una piedra. Morir debe de ser algo parecido. No ocurrió. Me senté en la cama que había sido de mi hermano y su mujer. Me dejé caer de espaldas. Boqueé, boqueé, boqueé, el chaval tendido sobre mi pecho. A mi izquierda estaba la cuna entre la cama y un armario empotrado. Me pregunté ¿Quién de los dos habría ocupado ese lado, esa vecindad íntima con el sueño del chaval? Lo que descansaba sobre las mesillas de noche no me proporcionaba pistas fiables. Sendos vasos vacíos. En la más próxima a la cuna también un paquete de pañuelos de papel. Eso era todo. De nuevo el ahogo. Un sudor frío me empapó de pies a cabeza. Tenía que salir de allí. Teníamos que salir de allí. Me levanté. Metí deprisa en el carro ropa del chaval que cogí de cajones abiertos al azar, el móvil de elefantes naranjas que pendía sobre su cuna y juguetes, todos los juguetes que pude. Llené la bolsa de cosas de mi hermano. Jerséis y camisas, sus cedés, su desodorante, su colonia y esa fotografía en la que salimos los dos con dieciséis, diecisiete años agarrados del hombro en la playa de Alcossebre, Castellón. Es difícil saber si la luz que brilla en el mar de la foto es la del sol de los noventa o brota de nosotros. A nuestra espalda, gaviotas en el aire alto.

Hoy era primer domingo de mes. Nos untamos de crema y fuimos al puerto a ver zarpar el crucero mensual de veteranos. Siempre intento evitarlo. Y siempre acabo yendo. Con el chaval ya van dos veces. Me consuela pensar que no recordará nada de esto. Desde el templete la banda municipal amenizaba el ambiente con clásicos de los setenta, ochenta. Algunas autoridades de segunda o tercera fila se fotografiaban con la gente en el muelle. Los drones iban y venían a lo suyo, chillando sobre las barcazas y los puestos de *noodles*. De tanto en tanto alguno que otro se zambullía en picado en las aguas negras y brillantes. No es que hiciera demasiado frío pero le puse al chaval su peto más abrigado. Y encima ese jersey con un perro, zorro o coyote bordado en el pecho. En realidad, si a algo se asemeja es a una hiena. Esas orejas, el lomo encorvado. Dudo que tal resultado fuera el deseado por quienquiera que diseñara la figura. No sé. No importa. Le puse también el anorak amarillo limón, para asegurar. Lo desconozco todo acerca de la sensibilidad y resistencia térmicas de un niño de apenas medio año. Lo desconozco todo acerca de un niño de apenas medio año. Lo que sé es que bajo la cazadora yo lucía la camiseta del Valencia Club de Fútbol de mi hermano, la de la temporada 01-02, la de la propaganda de MetroRed. La de aquel equipo glorioso. A la espalda el catorce de Vicente Rodríguez, el puñal de Benicalap. También sé que al chaval le han salido unas ronchas muy rojas en el cuello, en la papada. Me he dado cuenta a mitad de mañana, allí en el muelle, cuando he querido orientarle la cara hacia el barco. Hacia el espectáculo. Los fuegos artificiales se elevaban desde la dársena. Qué tristes los fuegos artificiales a plena luz del día. Qué absurdos. Ruido y humo nada más. Los viejos se despedían con la mano de esta ciudad desde las tres cubiertas. Silencio y humo. Poca gente en tierra devolviéndoles el adiós. Yo alcé el brazo, abrí la mano, la mantuve en alto unos segundos. Los bendije. Por supuesto, de vuelta en casa he rebozado al chaval de inmediato y de pies a cabeza en Talquistina. Una croqueta de unos siete kilos y medio. La pediatra comentó el otro día algo al respecto, algo sobre el percentil. Me pilló distraído, dándole al coco. Últimamente mi mente se desancla del entorno en cualquier momento y pone rumbo a la desesperada hacia mundos mejores. Hacia otros mundos, para ser exactos, cualesquiera. En el consultorio alcancé a entender que el peso y la talla del chaval se encuentran dentro de los parámetros de la normalidad. Supongo que eso está bien. Hoy estuvo bastante inquieto toda la mañana. Lo achaqué al sarpullido. A lo mejor es que le rozaba la camisa. No sé. Su tacto es suave, inofensivo. He investigado un poco en internet. Puede que sea cosa del detergente. La gente recomienda usar Norit Bebé Cuidado Delicado para lavar la ropa de críos de esta edad.

He leído por primera vez desde el advenimiento del chaval. Algo breve y ligero, claro, aprovechando que se quedó traspuesto después del potito de frutas. Un cuento. Pero algo es algo. «Caleidoscopio», de Bradbury. Puede que ya lo hubiera leído. Es muy probable, de hecho.

Supongo que he leído la mayoría de los cientos de libros de ciencia-ficción de las cajas del tamaño de una lavadora que mis padres nos dejaron preparadas antes de su botadura. Me traje las seis. Un par de viajes con el Dacia. Ahí están, apiladas en dos torres al fondo de lo que ahora es el cuarto del chaval. Mi hermano almacenó las lámparas y algunos muebles. Hace tanto tiempo de aquellas lecturas que no recuerdo casi ninguna. Todavía vivía con ellos. De crío, de quinceañero, de veinteañero. Mis padres compartían la pasión por el género. Apenas había otros libros en las estanterías de casa. De pequeño me avergonzaba ese gusto de mis padres. Me hacía verlos como personas a medio hacer, deslegitimadas para educar a otro ser humano. Con los años empecé a valorar su afición, que llegó a ser uno de los motores de la vida familiar. Durante un buen tiempo los sábados por la noche veíamos adaptaciones cinematográficas de aquellas narraciones divertidas y emocionantes. Y, de entrada, inofensivas. Nadie pensó que el mundo acabaría siendo como el que se reflejaba en muchas de ellas.

Ya no hay herencia. Ya no hay estirpe. Ni ilustre ni humilde. Ya no hay camino que desandar para volver a casa, porque ya no hay casa. Todos esos pisos que un día acogieron nuestras vidas de carne y hueso, nuestra infancia más o menos analógica, nuestro reposo y nuestro amor, nuestros miedos y nuestros sueños. Todos esos pisos que un día dieron cobijo a nuestros viejos, a nuestro pasado. Todos esos pisos que un día abrigaron a la larva inocente del monstruo en que hemos devenido, todos esos pisos en que viajamos a velocidad de crucero hacia el futuro. Todos esos pisos perfumados de comida caliente, espuma de afeitar y pintalabios de madre joven se ven ahora destinados al almacenaje de proximidad de Amazon y sus competidoras. Todos esos pisos, vacíos, convertidos por decreto en áreas de breve descanso para los drones de reparto de Amazon, de Ali Express, de Ford Delivery. Áreas de descanso para criaturas que nunca descansan porque nunca se cansan. Dormideras para criaturas que no duermen, que solo muy de vez en cuando han de pasar la noche en nuestros dormitorios perdidos por necesitar alguna pequeña reparación en remoto o recargar sus baterías. Todos esos pisos asaltados. Profanados. Expoliados.

Se portaron bien en el trabajo. En cuanto comuniqué lo del chaval me enviaron a casa un portátil, unos auriculares y un teléfono. Todo a estrenar y de las mejores marcas. No creo que les tenga que estar agradecido. Como cualquier otra multinacional, la mía presume en su ideario fomentar y facilitar la conciliación de la vida laboral con la vida familiar de sus empleados. Además, mi nueva situación no le supone el menor perjuicio en términos económicos o de rendimiento. Al contrario, imagino: un ahorro insignificante en la factura de la luz. Hago la jornada que venía haciendo en la oficina durante estos últimos años: nueve horas diarias de lunes a viernes. Me parece que por esto del chaval podría haber tenido derecho a una reducción en el horario. A lo mejor incluso a algún tipo de permiso, licencia o excedencia. No sé. Tampoco me preocupé de averiguarlo. Creo que en buena medida porque no me veía, ni me veo, dedicando al chaval todo mi tiempo. Desde su llegada, suelo trabajar con él sentado en mi regazo o bien a mi lado en el carrito. Lo compré hace unos días a través de la web de El Corte Inglés. Llegó esa misma tarde. Cuatrocientos cincuenta y nueve euros. Plegado compacto de chasis, silla reversible, respaldo abatible en tres posiciones, manillar regulable en tres alturas, capota extensible con ventana de vigilancia. Tapizado: poliéster con revestimiento antirradiación. Material de la estructura:

textil. Es de un desenfrenado color rosa. Rosa chicle, aquellos chicles dulcísimos de mi infancia. Intuyo que esa es la razón de que estuviera de oferta. Esté dormido o despierto pongo al chaval de espaldas a la pantalla. Esté dormido o despierto siempre mantengo su cabeza lo bastante alejada de la mía como para que ninguno de los ruidos, palabras, gemidos, golpes, gritos y gruñidos que la red me mete en la cabeza a través de los auriculares pueda introducirse en la suya.

Su muñeco favorito es el tiburón azul de goma. No sé si es un mordedor, lo dudo porque no es todo lo flexible que tal función demandaría, pero se pasa el día con él en la boca. Las encías, seguramente. No sé. A fecha de hoy no le asoma ningún diente. O no se lo veo. No pueden tardar mucho, en cualquier caso. Entre los seis y los ocho meses, según internet, se inicia el proceso de dentición. Su comida favorita es la papilla de plátano y naranja, o la de plátano y manzana, o la de plátano y aguacate. En fin, la papilla de plátano. Su color favorito es el verde rana. Sonríe de inmediato al verme con el pijama de mi hermano.

Cuando acabo mi jornada le pongo música. Lo cierto es que ya lo hacía antes del chaval. Me lo requería la mente. Me lo suplicaba el corazón. Aún me lo exigen. *Country* gótico, casi siempre, por su belleza redentora y amenazante. No pocas veces Triángulo de Amor Bizarro. Me resulta familiar esa distorsión, y la voz, casi indistinguible entre el ruido. Es un sonido muy similar al del interior de mi cabeza. Pero inofensivo. Y Silverchair, claro, en su etapa *grunge*. Porque fui joven con ellos y porque nunca entendí su éxito. ¿Alguien más los recuerda? Lo que oímos desde que está conmigo son los viejos cedés que me traje de casa de mi hermano. Los cedés de la juventud de su padre, casi todos piratas. Hoy escuchamos Estopa. El disco con el que se hicieron famosos, creo. Bañaba al chaval en su bañera Confort con fondo antideslizante y paredes acolchadas de Mundibaby cuando desde el ordenador llegó la melodía de *Me falta el aliento*. Me asaltó la visión de mi hermano y de mí de botellón en el parquin de Mestalla con aquellos amigos que ya solo existen en un grupo de guasap que lleva años inactivo. Aquella noche milenarista, estoy seguro, sonaba esa canción en el radio-cd del Xsara de Nachete mientras bebíamos, quién sabe por qué, a lo mejor porque éramos jóvenes y felices, cuarenta y tres con piña. Unas cuantas lágrimas rodaron por mi nariz torcida, saltaron al vacío y se perdieron entre las pompas de jabón que recubrían la barriga del chaval.

El parque Enrique Granados es un espacio hostil. Ni una flor, ni una brizna de hierba. Los chopos quemados. Conocí esos árboles vivos y jóvenes, poderosos, engalanados de pies a cabeza con la radiante gasa blanquiverde de sus hojas. En ocasiones dudo de mi memoria. Hay borrachos en los bancos, locos hablando solos, adolescentes de mirada brumosa sentados en el pretil del estanque seco. Perros, muchos perros abandonados y polvorientos, de fauces negras, trotando de un lado a otro en busca de carne. Aun así, vamos un par de veces a la semana. Por lo general a mediodía cuando el sol brilla, protegidos como es debido. Con esa luz el mundo es un lugar más amable. Y si no más amable sí más sincero, menos taimado. Nunca he sido un valiente, sin embargo, ahora busco sin tapujos la seguridad y la luz. Puede que sea consecuencia de la llegada del chaval. O a lo mejor tan solo es que mis músculos han languidecido, que hace demasiado tiempo que la velocidad y la fuerza de la juventud abandonaron mi cuerpo. Que envejezco. Además, a esa hora suele haber mujeres en el parque. Hubo una época en la que se decía que un hombre solo con su hijo en un parque era un imán para las mujeres. No sé. No importa. Aquí y ahora no despierto gran interés entre las madres que se atreven a traer a sus niños a jugar. No un interés positivo, por lo menos. Algunas me miran, es cierto, si bien casi todas con gesto receloso. A lo mejor tiene que ver con el instinto femenino. A lo mejor intuyen que hay algo raro en mí y en mi historia. Que el chaval no es mi hijo. Que soy un intruso. Un farsante.

La realidad supera la ficción. Me avergüenza haber usado ese tópico. Pero es cierto, y además hoy no doy para más. Me duelen los riñones después de estar toda la tarde inclinado sobre la cuna del chaval, pese a que su ficha en Amazon decía que la barandilla, deslizable por completo hasta quedar plegada, encajada y oculta en la base de la cuna, garantiza la salud postural de los padres en el manejo de su hijo/a. Quizá no la mía. Ha estado lloriqueando unas cuantas horas. Está pachucho. No ha querido la papilla. Apenas ha probado la leche. Acaba de dormirse. Lo que quería decir es que, a pesar de las complicaciones mundanas que me causa la llegada del chaval sigue pareciéndome un acontecimiento fantástico, por lo menos en la primera acepción del término en el diccionario de la Real Academia Española. Me siento como si acabara de ser protagonista de un encuentro en la tercera fase: el protagonista de un encuentro en la tercera fase eterno. O como si un meteorito surgido de otros mundos, fragantes, frondosos, frescos, hubiera ido a estrellarse por carambolas de las fuerzas cósmicas y de la mala suerte en el centro yermo y tranquilo de mi corazón. Los primeros efectos de su impacto se dejaron sentir de inmediato. Apenas dormía, no sé si ya lo he dejado dicho. Apenas comía. Apenas pensaba. Estaba deslumbrado por el chaval, cegado por el miedo que me inspiraba su presencia exótica, su compañía alienígena. Poco a poco he ido recuperando instintos y funciones. Sin embargo, las consecuencias a medio y largo plazo de su llegada para mi forma de vida serán devastadoras.

Supongo que ser lo que suele llamarse revisor o supervisor de contenidos es lo mismo que ser un mirón y un chivato, por mucho que el contrato denomine mi puesto de trabajo como técnica/o de ciberinspección. Examino las imágenes, los vídeos y los textos que los usuarios suben a la red social para la que trabajo y, en su caso, propongo su retirada a mis superiores. Cuando digo la red social para la que trabajo quiero decir la red social para la que trabajo en última instancia, porque lo cierto es que la gestión de vigilancia se encuentra descentralizada por zonas geográficas a base de subcontratas anuales. Cuando se acerca la fecha de vencimiento todos en la empresa nos ponemos muy nerviosos, no vaya a ser que no nos prorroguen el servicio. Todos cruzamos los dedos para que se nos conceda la suerte de seguir buscando violencia y degeneración en internet por dos mil doscientos euros al mes. Supongo que en Perú o Moldavia bastante menos al cambio. No sé. No importa. Tengo prohibido hablar de todo esto. Firmé una cláusula de confidencialidad.

Al atardecer le doy la cena al chaval frente a la ventana del salón. Los domingos por la noche confecciono su menú semanal de cenas y los lunes por la tarde hago la compra necesaria en el Mercadona. Las cenas son su principal comida diaria, por lo menos entre semana. Sé que no es lo recomendable, pero durante la jornada solo dispongo de un par de descansos de veinte minutos, así que el chaval almuerza, come y merienda frío, a base de potitos, galletas, fruta, quesos frescos y biberones. A veces le hiervo deprisa un puñado de arroz. Según el cuadrante que tengo sujeto a la nevera con un imán de PortAventura, hoy tocaba medallón de merluza con pimientos y zanahoria, manzana rallada y leche. Como siempre, he llevado al chaval a la cocina en su trona de Ikea y le he ido relatando el cocinado. Más que nada para mantenerme atento al proceso. Se me da realmente mal. Pero creo que voy mejorando con los sofritos. Hoy el aire estaba bastante limpio. Desde la ventana, entre tenedor y tenedor, hemos podido ver bien cómo la nube de drones danzaba sobre las azoteas de Zafranar y San Isidro recortada contra la luz trémula, inflamada y turbia del sol. Esa llama vieja e indolente. Se ha convertido en una costumbre. Una de nuestras costumbres. Es un espectáculo hipnótico. El chaval duerme de maravilla después de contemplar el ballet de los drones salvajes. Si por lo que sea los drones no vuelan en el ocaso, le entretengo con mi voz hasta que sucumbe al sueño. Le cuento cosas de su padre. Le cuento cosas de mi hermano. Historias. Historias reales que me parecen de ficción.

Retomo estas notas porque hoy, por fin, me he atrevido a montar al chaval en el Dacia. A contramarcha. Internet dice que es lo más seguro. No he apreciado en él ninguna reacción significativa. Supongo que se ha olvidado por completo del accidente. Supongo que un segundo después del impacto ya lo había olvidado. Ojalá. Lo que pasa es que eso es tanto como aceptar que se ha olvidado de sus padres. Lo pienso y se me gira el estómago. Lo pienso y voy de inmediato al cuarto de baño a rociarme de pies a cabeza con la colonia de mi hermano. Se llama Como Tú, Atracción, y el otro día descubrí que la venden en Mercadona. Una suerte, porque al bote que cogí de casa de mi hermano, quiero decir de la que era la casa de mi hermano, le queda poco más de un cuarto de su contenido. Huele bien. Un poco a jazmín, un poco a cedro. Esto último no lo ha detectado mi olfato; lo pone en internet. Tal vez. Lo que importa es que huele a mi hermano. A tu padre, chaval. Ayer por la tarde nos acercamos dando un paseo al Carrefour de Gran Turia para comprar la sillita reglamentaria. La comparativa de modelos que había hecho en la web no me dejó tranquilo. Para atajar atravesamos el grupo de viviendas Antonio Rueda, más conocido por aquí como el Chaparral. No fue valentía, es que me había olvidado de su ambiente, casi incluso de su existencia. Está igual que hace treinta años. Corros de gitanos en las plazuelas marchitas. Ropa de lo más hortera tendida orgullosa en cada balcón. Coches hechos polvo y deportivos último modelo. Droga y música aflamencada en el ambiente. Medallas de oro, sellos de oro, esclavas de oro. Dientes de oro. Niños bailando, bailando de maravilla. Unas muchachas nos cortaron el paso atraídas por el color alucinante del carrito. Dijeron que era chulísimo. Eran muy jóvenes. Iban en bata. Por lo menos tres de las cuatro estaban embarazadas. El futuro dentro de ellas, retorciéndose, dando patadas. Asomaron sus caras redondas al interior del carrito. Me puse bastante nervioso. Lamenté no haber echado la capota. Resultó que solo querían ver al chaval. Una de ellas le acarició la mejilla. Otra la nariz. Qué guapo. Guapo y salado. Como su padre, rieron mirándome con picardía, o más bien descaro. Nunca sabrán cuánta razón tenían. Me pidieron un cigarro. Me exigió un cigarro cada una de ellas. Luego me permitieron seguir mi camino hacia la gran superficie. Ciento noventa euros la sillita. Reclinable, cabezal regulable en altura, ocho posiciones, giro de trescientos sesenta grados, apta para circular a contramarcha. Relleno cien por cien poliéster. Estructura cien por cien PHDE. Las había más baratas y más caras. Llegó a última hora de la tarde, suspendida de un dron bastante viejo y, como era habitual, sobrecalentado. Esta mañana la hemos estrenado yendo a La Albufera. Al mirador de La gola de Pujol. CV-500, km 9,5. He colgado al chaval en el fular, de cara al horizonte. Fulares, en realidad, porque como ya va pesando lo suyo he reforzado el sistema de sujeción con un pañuelo adicional. Le he puesto el sombrero azul estampado de tiranosaurios y hemos pasado un buen rato viendo a los drones zancudos pasearse tranquilos y con un andar tan elegante como cómico a través del agua oleosa de la laguna.

Porque hay que hablarle. Al chaval, digo. Hay que hablarle mucho y de todo. Es bueno para el desarrollo de sus capacidades intelectuales y de sus habilidades sociales. Es fundamental. En *El maravilloso mundo de los bebés* no se cansan de insistir en ello. Se trata de un documental. Creo que de la BBC. Es británico, eso seguro. Pero un afán de universalidad tal vez demasiado simplista inspira sus planteamientos y sustenta sus conclusiones. Quiero pensar que unos y otras serán válidos en potencia para los niños españoles. Lo he visto ya unas cuantas veces. Cuatro o cinco. Quizá el doble. Está en internet, claro.

Cuando me invade el insomnio me levanto y me lo pongo. Me lo sé de memoria, pero no me quito de encima la sensación de olvidar de la noche a la mañana todos los sabios consejos que ofrece la voz en *off*. Una voz de mujer. Una voz dulce y armoniosa, alegre y fiable. Una voz de madre. La voz ideal de una madre ideal.

Me gusta mirar la última foto de mi hermano. En realidad, puede que no sea su última foto. Es probable que no. Espero que no. Confío que se hiciera o le hicieran muchas fotos mejores entre el instante capturado en esta y el momento de su muerte. Preciosas fotos que hayan quedado almacenadas para siempre en su móvil o en el de quien sea. He intentado un par de veces adivinarle el pin. Nada, claro. Tengo entendido que al tercer error se bloquearía. Lo tengo en el cuarto del chaval, en la estantería. Lo agarro a menudo y contemplo la galaxia en la que, a lo mejor, me miento, mi hermano está flotando ahora mismo, ingrávido y limpio, como un asteroide o un ángel. Sé que no, naturalmente. En cualquier caso, gracias a ello el otro día de casualidad vi que su teléfono solo tenía un seis por ciento de batería. Corrí, corrimos donde los indios de la esquina de Humanista Mariner y Músico Barbieri y compré un cargador universal *in extremis*; el de mi teléfono no era compatible. Lo que quería y quiero decir es que me gusta mirar la foto más reciente que tengo de mi hermano. Uno de los tesoros que me llevé con prisa y angustia del piso al que nunca regresará. Y sin embargo miento: no es eso lo que quiero decir. Miento porque la palabra no es gustar. La palabra no es en absoluto gustar. Me resulta doloroso contemplar el busto de mi hermano recortado contra lo que parece la fachada trasera de un centro comercial. Muelles de carga y descarga. Torres de palés. Canalizaciones en forma de largos tubos cilíndricos amarillas y verdes serpenteando geométricamente, si es que eso es posible, a lo largo de la pared. Un lugar un tanto extraño para hacerse una foto. Una foto un tanto extraña para ser enmarcada. No sé. No importa. La vida es un misterio. Como la camisa que luce mi hermano, azul celeste con un estampado de pequeñas mariposas amarillos. La camisa de un hombre feliz, que, sin embargo, solo acierta a componer una media sonrisa tímida o cansada. Nunca lo vi usándola, en todo caso. Me duele mirar la foto, pero lo hago. La miro todos los días. Lo miro todos los días. El marco es horrible. Dorado. Figuras grabadas. Flores o perros. Creo que flores y perros. Margaritas y caniches.

A primera hora de la mañana, todavía medio oscuro, vi cómo dos hombres gordos con la cara recubierta de barro o de algo parecido a barro partían un potro en dos. Lo vi. Lo vi con estos ojos. La IP era canadiense. Ellos no lo sé. Hablaban en inglés. El vídeo tenía una duración de dos minutos y cuarenta y cuatro segundos. Se veía campo, kilómetros y kilómetros de campo abierto y unas montañas al fondo. Imponentes, nevadas. Quizá las Rocosas. O los Apalaches. O los Cárpatos. O a lo mejor aquel lugar era Australia. No lo sé. No importa. El cielo brillaba sobre la llanura como un zafiro recién pulido. Debía de hacer frío. Un denso vaho acompañaba las respiraciones de los protagonistas. Al principio de la grabación el potro mal trotaba a la suya por la hierba. Creo que era un recién nacido. Su pata trasera izquierda presentaba una malformación evidente. Era más corta que las demás. Entre los segundos treinta y ocho y cuarenta y dos de la filmación el más corpulento de los hombres agarra y desenrolla una cuerda que lleva enganchada al cinto. He pasado a narrar en tiempo presente el contenido de la grabación porque se me antoja la manera más adecuada y sobre todo más lógica y natural de relatar la acción de una película. No hay pasado ni futuro en una película. No hay pasado ni futuro en un vídeo de internet. Todo es ahora en la red.

Todo es aquí y ahora y desde siempre y para siempre. En el segundo cuarenta y siete el hombre enlaza por el cuello al potrillo. Antes de que se cumpla el minuto de grabación el otro tipo ya lo tiene también inmovilizado por los cuartos traseros. Los hombres se reúnen junto al potro. Tendido en el suelo en el centro del precioso paisaje, en el centro de la pantalla Full HD de mi portátil de empresa, en el mismísimo centro de Internet, el animal se esfuerza en vano por ponerse en pie. Los hombres se acuclillan e invierten cincuenta y ocho segundos en asegurar las ligaduras que someten al potrillo. Luego se incorporan y se estrechan la mano con brío. Ambos ríen con gran sonoridad y al menos aparente salud mientras se alejan en direcciones opuestas. A cada poco uno u otro se gira para gritarle alguna cosa a su compañero. Palabras y frases que no entiendo del todo. Intuyo jerga, coloquialismos. Bromas privadas. Mi nivel de inglés no es el mejor. Mentí y tuve suerte en el proceso de selección. La calidad del sonido no es la mejor. Cuando los hombres están a punto de perderse al otro lado de los bordes laterales de la ventana de reproducción el plano de la grabación se abre convenientemente. Sendos tractores se hacen entonces visibles a izquierda y derecha de la imagen. Tractores viejos y oxidados, enormes. Cada hombre anuda con fuerza a la parte trasera de su tractor la cuerda que ha venido arrastrando desde que se separara del cuerpo refulgente de sol y sudor del animal. Y enseguida ocurre lo previsible. Lo previsible y lo inconcebible, supongo que en ciertas ocasiones tales conceptos pueden resultar de aplicación simultánea a una misma realidad. Los hombres suben a los tractores. Ríen. Se sientan al volante. Ríen. Hacen rugir los motores. Ríen. Aceleran. Ríen. Las cuerdas se tensan. Ríen, ríen y ríen. Etcétera. Llevo buena parte del día preguntándome si no sería Dios el tercer sujeto implicado en la grabación. Si no sería Dios ese cámara diligente encargado de abrir el plano en el momento preciso para que el mundo entero pueda ver lo que sus amados hijos somos capaces de hacer. Si no sería nuestro buen Dios el autor material del vídeo que acabo de arrojar ladera abajo hacia las profundidades del vertedero de mi sesera. Soy incapaz de recordar de qué color era. El potro, digo. Un tractor era verde. El otro naranja. Ninguno de ellos tenía matrícula. Así lo reflejé en el informe.

Acabo de bañar al chaval. De fondo, Andrés Calamaro. No sé qué disco. El cedé no es original. Diría que se trata de una recopilación de temas de *El salmón*. Como siempre, he esperado para meterlo en la bañera a que la temperatura del agua fuera la de los treinta y siete grados Celsius que me recomendó internet la primera vez que me vi en la necesidad de bañarlo. El termómetro sumergible que compré hace casi diez meses en el bazar Eurochina IV de la calle José María Mortes Lerma sigue funcionando. Tiene forma de pececillo plateado. Supongo que representa una sardina. Unas veces flota, otras, se hunde. Ocho euros redondos. Me pareció muy barato. El de hoy ha sido un baño largo, puede que demasiado. Aparte de que he estado un buen rato intentando determinar si todo está bien con su prepucio, he frotado al chaval a conciencia por todo el cuerpo. Quería verlo resplandeciente. Necesitaba verlo resplandeciente. Hay demasiada basura dentro de mí. No es inusual que me sienta como un vertedero. Le gusta bañarse, al chaval, pero al final se ha puesto un poco renegón. Quiero decir que le gusta que lo bañen. Le divierte. Sonríe y de tanto en tanto palmotea el agua y emite algún que otro sonido gutural desconcertante y algo histérico que decido interpretar como muestra de contento. También le relaja. Pone cara de gusto cuando le froto con la esponja. Es de celulosa. Es de color rosa palo. Tiene forma de corazón. Compré unos cuantos *packs* de cinco unidades. El gel es de Johnson's, claro. El único nombre comercial que mi cerebro anegado de publicidad supo identificar con seguridad como una marca de prestigio con relación al cuidado infantil de entre cuantos en aquella primera compra se me ofrecieron en la sección *Hora del baño* del Carrefour. Gel Johnson's Cotton Touch. Sin sulfatos, alcohol ni colorantes. Sigo fiel a ese gel. Me ha fidelizado. Cuando he querido darme cuenta el chaval estaba arrugado y temblaba. Lo he sacado del agua a toda prisa. La sardina marcaba una temperatura de veinticuatro grados. Se me debe de haber ido el santo al cielo. Ya lo he dicho, creo, o quizá no: en ocasiones y sin previo aviso algunas de mis funciones dejan de operar. Desconecto. Me desconecto. Igual es culpa del estrés. Igual esto que a veces me muerde los pulmones es lo que llaman ansiedad. O igual todo se debe al hecho de dormir mal noche sí, noche también. Ya de regreso en mí mismo, he envuelto al chaval en su toalla y me lo he metido bajo la sudadera. Vestía esa azul marino con una montaña primordial y las palabras *Michigan University* en mayúsculas en el pecho que mi hermano solía ponerse para andar por casa y cuyo uso para lo mismo ahora yo alterno con el de otras prendas de similares características que me llevé de su armario. La toalla del chaval, por cierto, no es una toalla sino una capa de baño. Según la señora de la mercería Parpy's de la calle Fontanares, la diferencia entre una cosa y otra es más importante de lo que pueda pensarse. Me explicó que las capas están muy de moda entre las mamás, por eso de incorporar una capucha. Sin embargo, ella prefería la toalla de toda la vida. Me expuso largo y tendido sus motivos, pero no me quedaron del todo claros. Me decanté por la capa de manera impulsiva y desde luego infundada. Compré unas cuantas. Cuatro o cinco, todas ellas cien por cien algodón, de color negro con un ribete morado a lo largo del bajo. La combinación confiere al chaval un aura fúnebre. Parece un monje. Un monje calvo, enanizado y contrahecho. Pese a no haber seguido su consejo la señora de Parpy's me aplicó un veinte por cien de descuento que acto seguido subió hasta el treinta como en un arrebato. Era amiga de mi madre. Quiero decir conocida. Me lo comentó mientras me devolvía el cambio. Me dio un vuelco el corazón. A veces se me olvida que hubo un tiempo en que en los barrios la gente entablaba relaciones de vecindad más o menos desinteresadas, estables y duraderas. A veces se me olvida que tuve madre, una madre hermosa y alegre que vivió en este barrio de Patraix durante treinta y cinco años. Que compraba acelgas de huerta en pequeñas verdulerías esquineras. Que se teñía el pelo en peluquerías ubicadas en la salita de estar de la puerta uno, dos, tres o cuatro del primer piso de cualquier bloque. Que nos compraba a mí y a mi hermano polos de hielo y sobres de cromos en quioscos que olían a periódicos de ayer y puromoro de regaliz. Que cada equis tiempo renovaba su ropa interior y la de mi padre en tiendas de retales que ya no existen. Mercerías como Parpy's. A veces se me olvida, pero pronto recuerdo que si cuando mis padres zarparon me empeñé en buscar alquiler por el barrio fue precisa, única y exclusivamente para que de tanto en tanto alguien me pare todavía por la calle y me pregunte por ellos. Por mi madre, por mi padre. Para eso, y a lo mejor también un poco porque esta nunca ha dejado de ser una zona asequible. La tendera quiso corroborar lo que sospechaba dado el tiempo que llevaba sin ver a mis padres por ahí paseando del brazo: que ya habían embarcado. Hace ya un par de años, le confirmé. Un par de años largos.

Tu padre y yo teníamos una BH roja con la que cruzábamos los descampados marrones de Patraix y luego los rojizos de Zafranar, más o menos allá por donde el enjambre de drones, para ir a jugar al frontón en el polideportivo de San Isidro. Pegado a la V-30. Un poco más allá de las cocheras de la EMT. Detrás del cementerio. Un día te llevaré. Me refiero al cementerio. A ver a tu padre. Y a tu madre, claro. No hay foto en el pequeño nicho. Las normas del columbario establecían unas medidas muy reducidas para la fotografía, poco mayores que la de una fotografía para carné. Para no romper la armonía del espacio o algo así, no sabría precisar lo que me dijo el hombre aquel. Sí recuerdo que tenía un visible flemón en el carrillo derecho, y aspecto febril. Estar vivo a menudo es difícil. A tu padre, en cambio, ya jamás le dolería esa muela que de tanto en tanto se las hacía pasar canutas. El caso es que no encontré ninguna foto que reuniera las características. Jugábamos con las raquetas de nuestro padre. Es decir, tu abuelo. Eran de madera, o por lo menos eso parecía. Sin marca, viejísimas, de cuando él era un muchacho y jugaba en el pueblo. Nunca le vi jugar al frontón, pero las conservaba. En un rincón al fondo del armario empotrado del pasillo. Lo peor es que en alguna ocasión tu abuelo nos habló de su relación con esas raquetas, de la razón por la que habían estado con él hasta el último día. Y, ¿sabes qué, chaval?, se me ha olvidado.

Una voz siempre parlotea dentro de mi cabeza, dificultándome prestar atención a las de los demás. A lo mejor tu padre nos habría podido decir algo al respecto. En fin. Poco antes de zarpar tu abuelo le llamó de madrugada angustiado, con la urgencia de decirle, de recordarle que no se nos podía olvidar quedarnos con las raquetas. Una tu padre, la otra yo. Todavía a ratos me ofende que no me llamara a mí. Pero tengo que reconocer que tu abuelo sabía lo que hacía. Tu padre acabó guardando las dos. Y yo no pensé en ellas aquel día que fuimos a tu casa, a la que había sido tu casa, a coger las cosas más importantes de mi hermano, quiero decir de tu padre.

En un principio, imagino que es evidente, me propuse llevar un diario de mi vida con el chaval. O de la vida del chaval conmigo. Nunca de nuestra vida, porque ese concepto me parecía de una intimidad inimaginable. Ahora también, aunque quizá un poco menos. El caso es que, como supongo que la lectura de estas notas deja patente, esto no es un diario. Ni siquiera conseguí encadenar apuntes consecutivos durante los primeros días. Bien pensado es normal; entonces andaba desbordado. Ahora quizá solo un poco menos. No es excusa; una vez superada la vorágine inicial tampoco he conseguido concatenar entradas. No soy una persona constante. Cumplo con las obligaciones mínimas necesarias para salir adelante día a día. Nunca he tenido planes de futuro. Jamás pensé, en consecuencia, que un día se me encargaría, a traición, la misión de velar por el bienestar de la generación venidera. Por eso sigo desvelándome por las noches, imagino. Esta situación supone mucha presión para alguien como yo. Al fin y al cabo, si algo tiene el chaval es futuro. Un futuro que solo alcanzará, si todo va bien, después de dejar atrás un largo presente conmigo.

Fuimos al parque, el sol ya en irreversible derrota, inofensivo y algo ridículo como todo lo que agoniza. A pesar de ello y de que la temperatura era agradable la plaza de Enrique Granados estaba desierta. La televisión había venido informando desde primera hora de la mañana que hoy la radiación ultravioleta 1 y también en buena medida la de tipo 2 serían especialmente peligrosas. Pero el chaval llevaba revoltoso toda la tarde. Insoportable. Necesitaba despejarse. Y yo más. Así que le puse el mono de manga larga y su sombrero de ala más voluminosa y un cuarto de hora después llegábamos al parque. La luz como de ascua que caía de las alturas acentuaba el característico tono apocalíptico del lugar. Mi idea era sentarme en un banco y leer el cuento «No tengo boca y debo gritar» de Harlan Ellison mientras mecía el carro del chaval, los dos encapsulados en el halo de luz de una farola. Pero las pocas que conservaban la bombilla seguían apagadas. Pasearíamos. En eso estábamos cuando se nos acercó un sintecho dando traspiés. Se detuvo a pocos metros. En la mano portaba una botella de dos litros de Sprite medio llena o medio vacía. Mantenía el equilibrio con cierta dignidad. Nos miró unos segundos. Casi no se le distinguían los ojos en mitad de esa caraza deshecha y muy roja. Pensé en una tarta de cumpleaños derretida. Pensé en los restos de la fiesta de mi vida. Se fue por donde había venido. Se nos acercó otro mendigo. Me habló de usted. Me pidió la voluntad. Le dije que lo sentía. Me gritó hijoputa varias veces mientras nos alejábamos. Se nos acercó un perro ni pequeño ni grande, ni bonito ni feo, gris. Un perro al que espanté con un ademán de patada cuando puso su cabeza demasiado cerca de los pies del chaval. Por lo demás no había nadie a la vista con quien pudiéramos interactuar. Nadie merecedor de la inefable condición de normalidad. Ni padres, ni madres, ni chavales.

Ningún otro crío con quien poder comparar en forma y tamaño a este. En belleza. En carácter. En inteligencia. Ningún chaval a quien sentar delante del chaval y así demostrarle que no soy lo único que tiene en el mundo. Ningún adulto más o menos operativo a quien poder plantearle, aunque solo fuera por cruzar unas palabras y sentirme también menos solo, si eso de tanto quejarse el chaval por las noches no sería cosa de gases o apendicitis o terrores nocturnos. Si no le estarían saliendo ya los dientes. Anduvimos arriba y abajo por los senderos de grava. Me prometí que esa noche le contaría al chaval que en esos recuadros de tierra seca alfombrados de excrementos creció un día la hierba. Que su padre y yo y un buen montón de muchachos del barrio jugábamos al fútbol allí casi todas las tardes. Que intentábamos tener cuidado de no pisotear los ramilletes de pensamientos. Pero que acabábamos pisándolos, claro; era inevitable; teníamos trece años o doce o quince y el cuerpo nos pedía correr y sudar y ser rápido, fuerte y feliz del modo más sencillo y desconsiderado posible. Le contaría que, además, la pobre suerte de las flores de colores no tenía la menor importancia porque al tercer día volvían a brotar. Resucitaban. Siempre. Ya nos íbamos cuando vimos a una mujer empujando un carrito de bebé. Avanzaba en dirección a nosotros a través del último aliento de claridad. Los chopos consumidos proyectaban sus sombras en una atmósfera atigrada de negro y oro fundido que molestaba a la vista. Los drones regresaban, silenciosos, a las ramas. Drones redondos y gordos como bolas de navidad, aquellos adornos que se pretendían precisamente de oro pero que brillaban en mi memoria de un modo sucio y tramposo, quizá justo por eso de una hermosura inolvidable. Al cruzarnos con la mujer del carrito nos detuvimos. Me pareció que ella aminoraba el paso para decirme algo. Así fue; me dio las buenas tardes. Era más o menos joven, pero tenía una inquietante voz de vieja. Debería haber seguido mi camino. No lo hice. Hacía mucho tiempo que no interactuaba con una mujer. Y esta era guapa, más o menos guapa. Justo lo que comentó ella del chaval, que era muy guapo. Se lo agradecí, sintiéndome del todo deslegitimado al hacerlo, y en reciprocidad busqué el ángulo adecuado para echar un educado vistazo al ocupante de su carrito. La ocupante. Era una niña, unos meses más pequeña que el chaval. Un cromo de niña, guapísima, ella sí. Perfecta. Qué hermosura, dije en voz baja. La criatura dormía como un ángel. No obstante, había en ella algo turbador. Era una niña extraña, demasiado perfecta. Sí, es una muñeca, me dijo la mujer. Lo interpreté como una alabanza un tanto improcedente y desde luego presuntuosa a la belleza de su criatura. Enseguida la mujer añadió: Es una muñeca de verdad, una muñeca *reborn*. Me fijé con detenimiento en la chavala. Me incliné sobre el carrito. Tenía perforados los lóbulos de las orejas. Incluso presentaba una leve inflamación en los párpados, como si acabara de despertar. Me tomé la licencia de rozar su mano diminuta. Retiré la mía al instante. Se me pusieron los pelos de punta. Estaba caliente, pero el calor que desprendía no era el de un animal. Me recordó al recalentamiento que emite mi viejo ordenador cuando lo mantengo encendido demasiado tiempo. En definitiva, la piel de la chavala no era piel. Era plástico. O goma. No sé. No importa. Tejido muerto, en cualquier caso. Se llama Lola, me dijo la mujer, y yo soy Amparo; encantada. Me tendió la mano. Tuve miedo de estrechársela, aterrorizado por la posibilidad de que fuera la de un muñeco. Una muñeca. Una muñeca andante y parlante de, calculé, metro sesenta y cinco de estatura, treinta y pocos, labios carnosos, buen cuerpo. Así que fingí no darme cuenta de su ofrecimiento. Tampoco estoy seguro de si le informé siquiera de mi nombre. Me despedí como pude.

Veo muchos penes en mi trabajo. Si el mundo está plagado de hombres que salen a la calle con la intención de violar a una mujer, supongo que es lógico que la red esté infestada de hombres que no necesitan grandes razones para regalar al mundo la visión de su pene. La inmensa mayoría de los documentos de este tipo que propongo para sanción a mis superiores recogen el simple impulso exhibicionista del protagonista. Con frecuencia aparece en ellos, bien visible, el fetiche de la gabardina. Pero no es extraordinario que tenga que visionar archivos donde el pene, además de ser objeto de exhibición, tiene un papel más activo. No estoy hablando de material pornográfico legal y comercializable, obvio. Estoy hablando de vídeos de connotaciones caseras, no pocas veces carentes de pista de sonido y a menudo envueltos en una media luz de clandestinidad, de violencia y quién sabe si de delito. Hoy, sin ir más lejos, ha emergido a mi pantalla un vídeo que he juzgado pertinente calificar con una doble c ante la posibilidad de que la chica pelirroja que lo protagonizaba fuera menor de edad y, además, estuviera siendo forzada por el hombre corpulento con orejas de soplillo que tenía encima.

El chaval casi siempre se queda dormido antes de que acabe de contarle la historia de turno. Aun así, sigo, siempre sigo hablándole. Lo acuesto en su cuna, acerco la silla, me siento a su lado y continúo susurrándole el relato de turno, los dos bañados por el azulino fuego fatuo de la lámpara Little kitten de Fisher Price con brillo ajustable, control táctil, USB, recargable, clase de eficiencia energética A. Luz quitamiedos para bebé, la llaman. Lo cierto es que la compré en Amazon por mí y para mí, para ver si me ayuda a conciliar el sueño. Sigo durmiendo mal. Sigo teniendo miedo. Sigo compartiendo mis recuerdos con el chaval a través de las noches. Para no sentirme tan solo, pese a su presencia o justo por ello. Pero es que además es posible que de algún modo las palabras logren filtrarse hasta su tierno cerebro en *standby*. De hecho, según *El maravilloso mundo de los bebés* y un buen puñado de páginas de Internet especializadas en la crianza es incluso probable. Mis narraciones son episodios autoconclusivos que no guardan entre sí el orden cronológico en que sucedieron, si es que sucedieron. No estoy seguro. Hoy no. Quizá mañana. No lo sé. Y no importa. Le hablo de lo que me viene a la cabeza por la razón que sea o por nada. Cosas de la familia que el chaval jamás conocerá.

Cuentos. Y cuando acabo me quedo observando su sueño, atento a la menor muestra de entendimiento por su parte. Por supuesto nunca se da. Pero permanezco junto a él, sabedor de que esta jeta mía no es la que el chaval elegiría ver si pudiera. Nunca lo será. Sabedor de que no soy la persona que sus ojos deberían ver si ahora mismo se abrieran. No soy mi hermano. No soy su padre. Nunca lo seré. Y de nuevo me sobreviene esa impresión que no es una impresión, que es una certeza. La certeza de ser un impostor. Y ahí sentado en la penumbra fosforescente de un cuarto que jamás debería haber acogido el descanso de un niño me sé el monstruo que habita lo más oscuro de los cuentos infantiles. Yo no era feliz antes de que el chaval llegara a mi vida. No sé hacer feliz a nadie.

Hoy, mientras escuchábamos un recopilatorio casero en cuya carátula mi hermano había escrito Mix Gandía 01, nos cortamos el pelo. Por aburrimiento más que por otra cosa. Ahí, frente al espejo del baño. Metí al chaval en su bañera. La estabilicé sobre el lavabo calzándola con el libro de cuentos de Matheson que estoy releyendo. Se me ha mojado un poco pero el texto sigue legible casi en su totalidad. Yo, lo de siempre: me pasé la máquina. Me gusta lo rápido, me gusta lo fácil. Con el chaval no me atreví, no vaya a ser que todavía tenga la cabeza demasiado tierna. Las fontanelas. No lo sé. Debería saberlo. Un padre lo sabría. Pero no lo sé. Quizá algún día. Estoy aprendiendo. Iba a echarle por los hombros la capa de baño pero me lo pensé mejor. No quise llenarla de pelos. Las otras capas estaban y están amontonadas con otras muchas prendas sucias en el rincón de detrás de la puerta del cuarto del chaval. Como de costumbre la lavadora estaba hasta los topes. Por cierto, se me ha vuelto a olvidar ponerla. Mañana. Ya son más de las doce y tengo sueño. Mejor mañana. Es muy probable que me durmiera antes de que el programa delicado terminara de lavar. La ropa se quedaría toda la noche en el bombo cogiendo humedad y mal olor. Y me gusta que el chaval huela bien. Me gusta respirar el aire perfumado que lo envuelve la mayor parte del tiempo. Me sorprende y sobrecoge hacer este tipo de reflexiones. Así que al final rescaté del montón un par de paños de cocina no del todo indecentes para cubrirle la espalda y el pecho. Con las tijeras rojas como de manualidades escolares que encontré en el fondo del cajón del mueble del recibidor empecé a cortar aquí y allá aprovechando la circunstancia de que el chaval se quedó como en trance cuando sonó *La Lola* de Café Quijano, a la que sucedió la otra, por cierto, la de Jarabe de Palo. Aun así, y a pesar de que no tiene una gran mata de pelo, el asunto no resultó rápido ni fácil. No ha quedado bien. Le han quedado calvas en unas zonas y mechones ralos en otras. Su cabeza recuerda a las de las muñecas que mis primas mayores conservaban en un baúl solo para seguir olvidándolas, para no jugar nunca más con ellas. Creo que eran *nancys*. Mi hermano y yo, quiero decir tu padre y yo, sí que las liberábamos de la oscuridad polvorienta cuando íbamos por casa de mis tíos. Les sacábamos los ojos, les arrancábamos el pelo. Y mirábamos debajo de sus vestidos de niña de colegio de monjas. Supongo que las primas nunca se enteraron. La cabeza del chaval, ahí tan callado, recuerda a la de un muñeco de otra época, a la de un viejo muñeco de ventrílocuo, con el cabello deshecho a trasquilones y ese barniz de enfermedad o locura que le imprimen las luces amarillentas del espejo y, en buena medida, la letanía de mi pensamiento. Pero está sano, por dentro y por fuera. Todo está en mis ojos. Todo está en mi voz. Elijo pensar eso, y lo pienso.

Hace un rato coincidimos en el zaguán con el matrimonio del tercero. Sesenta y algo. Entrábamos, salían. Veníamos del Mercadona bastante cargados. Iban a dar el paseo de todas las tardes. Ya los tenía vistos, además se encargaron de contármelo. Practican esa costumbre desde que se jubilaron. Hay que cuidarse, hay que mantenerse más o menos en forma mientras uno pueda. Él sufre de artritis. O artrosis, no me acuerdo. No sé. Y tampoco resultar necesario decir que no me importa en absoluto. La mujer tiene varices. Unas varices muy feas, muy dolorosas. En otros tiempos ya la habrían operado, pero claro... No pude evitar mirarle las piernas a pesar de que las llevara ocultas tras un pantalón largo de chándal, igual que su marido. Idéntico al de su marido. Adidas blanco, pernera ancha, las tres bandas de color azul celeste. Si la conversación se ha alargado más allá del hola y adiós de rigor ha sido sin duda por el chaval. En cuanto los jubilados lo vieron se han acercado a él y se han puesto a rondarlo como polillas a la luz. Sobre todo el hombre. Es que es muy niñero, me ha explicado la señora. El encuentro ha durado unos tres minutos, durante los cuales no han dejado de hacer carantoñas al chaval. Adosado a mi pecho en el fular, ya con triple refuerzo, no he podido deducir de su cara si la interacción con la pareja de extraños le estaba resultando placentera o lo contrario o ni lo uno ni lo otro. Lo que es cierto es que no ha declinado la invitación cuando la mujer le ha ofrecido el dedo índice para que lo agarrara. No ha llorado ni ha protestado cuando el hombre se ha venido arriba y le ha estampado un sonoro beso en la mejilla. Ni siquiera parecía molestarle el bigote del señor, que no dejaba de llamarle bonito, rebonito y guaperas. Las bolsas de la compra empezaban a cortarme el riego sanguíneo en los dedos. Al final las he tenido que dejar en el suelo. Por descontado los vecinos me han preguntado el nombre del chaval. Y qué tiempo tiene. Ellos lo llamaban zagal. Me suena que son de León o de Asturias o de por ahí. Por descontado han dado por hecho que el chaval era mío. Y por descontado me han preguntado por su madre. Eso. Todo eso y más cosas han querido saber. Respondo a cada una de las cuestiones. Algo lacónico y movido por una emoción que no sabría si definir como apuro o como turbación, pero he respondido. Y en la medida de lo posible he respondido la verdad porque he detectado o he querido detectar en ellos muestras de interés genuino más que de sociabilidad por mero y avaro entretenimiento. Pero es que además en el bloque de mis padres vivía un matrimonio de similares características, originarios de Calzadilla ella y de Benavente él. Hará unas tres décadas. O ella de Benavente y él de Calzadilla. María Ángeles y Manolo. Manolo y María Ángeles. Seguro que ya están muertos.

Hay un vídeo que cada poco tiempo me salta como potencialmente nocivo. Tiene ya quince años, pero aún hay gente que lo denuncia. Buena gente, quiero pensar. Es el vídeo que más me turba de todos cuantos he visto por obligación laboral. Es el único que eliminaría de la red para siempre si de mí dependiera. Y sin embargo no puedo dejar de verlo. No solo porque el sensor de pupilas del ordenador del trabajo avisaría a mis superiores si detectara un incumplimiento de mis tareas, sino porque la filmación posee una fuerza y una sinceridad que conectan con los vestigios de mis emociones más humanas, más puras, no sé si buenas o malas. En el vídeo tres personas caminan en un día nublado por lo que parece un pequeño cañón que desemboca en el extremo rocoso de una playa. Es una playa inglesa. O por lo menos británica. Hay lluvia en suspensión en el aire. Se percibe el frío. Los protagonistas visten ropa impermeable con capucha y calzan botas de agua. Los dos que abren la marcha son ancianos. Andan despacio, con precaución, evitando las piedras que siembran la arena mojada. No tengo ningún dato objetivo para afirmar que son marido y mujer, pero estoy seguro de ello. Igual que estoy seguro de que la tercera persona, unos metros más atrás, es su hijo. En realidad hay un cuarto elemento, claro, el que está grabando el vídeo. Pero la filmación es tan poderosa, puro cine, que uno logra olvidarse de la participación del cámara en ella. De repente, una ola invade la boca del estrecho desfiladero. Ahora hay mar, gris e iracundo, donde hace un segundo había tierra firme. Padres e hijo se encuentran con el agua a la altura de las rodillas. Se tambalean. Al momento otra ola, mucho más fuerte que la primera, les golpea. El viejo cae de espaldas. Queda flotando en el agua como un corcho. La mujer intenta agarrarlo por una bota. No lo consigue. Y el anciano empieza a ser arrastrado aguas adentro por la violenta resaca. La mujer grita. Es un chillido de terror infantil. Corre, en la medida de sus posibilidades, tras su marido, que sigue flotando boca arriba cada vez más y más lejos mientras, sin duda presa del pánico, manotea con movimientos ridículos que asemejan a un saludo a cámara. El hijo, por su parte, lleva ya unos cuantos segundos paralizado de espaldas a cámara con el agua a la altura de la cintura y las manos en la cabeza. Otro grito de la anciana, que ya no es más que un busto que empequeñece en su viaje hacia la muerte zarandeado por la oscura marejada. Hay muchas maneras de zarpar, supongo, pero en el fondo todas son iguales.

A media tarde vibró mi móvil. El chaval jugueteaba con el biberón que le había preparado al tiempo que reptaba por su colchoneta de gateo de 200 x 160 cm. El mensaje era de AliExpress. Me avisaban que mi paquete llegaría en tres minutos. Vía aérea. Me levanté del ordenador, cogí al chaval y fuimos a la ventana. Descorrí las cortinas. Abrí la ventana. El sol ceniciento medio hundido tras los bloques de Virgen de la Cabeza nos golpeó en la cara. Pude oler su calor desgastado. Imagino que el chaval también. Dejé el biberón sobre la mesa y usé la mano para hacer visera sobre sus ojos. Y juntos vimos el dron de reparto aparecer sobre las azoteas del grupo de viviendas Antonio Rueda y avanzar hacia nosotros con el vuelo en absoluto elegante, pero desde luego eficiente de las gaviotas que una vez surcaron los cielos especulares de las costas. De todas las costas. El dron depositó la caja sobre el alféizar con precisión animal o robótica. Viene a ser lo mismo. La pureza del instinto, programado o no. La pulcritud de lo no humano. Luego quedó suspendido un par de segundos frente a nuestras miradas, un par de segundos en los que sentí que aquella criatura me observaba con la misma atención y profundidad que yo a ella. Hola, le dije. No obtuve respuesta. Dio un giro de ciento ochenta grados y reemprendió el vuelo hacia su vida o comoquiera que pueda llamarse a la existencia de un dron. El chaval se acabó el biberón y pidió más. Le di un poco de crema de arroz con aguacate que tenía en un cuenco en la nevera. Le hice expulsar los gases y lo senté en el carrito. Se le cerraron los ojos, cosa extraña a esas horas. Agarré el paquete, lo sopesé. Debía de ser lo que esperaba. Lo abrí. Era lo que esperaba. Era lo que deseaba. Era la máscara. La máscara hiperrealista de silicona con ocho puntos —dos en la frente, uno en cada pómulo, uno en cada masetero de la mandíbula inferior, uno sobre el labio superior, uno en la protuberancia mentoniana— de fijación adhesiva no abrasiva activable con la transpiración que reproduce en 3D y a escala 105 x 100 el rostro de mi hermano en su última fotografía. Algo había leído yo sobre este tipo de tecnología. Algo había visto en YouTube. Seguramente la palabra sea técnica. No, tecnología. No lo sé. No importa. Ya había fantaseado con la idea alguna vez que otra durante este tiempo, ya va para un año, se dice pronto. El otro día volvió a pasarme por la cabeza. Cogí el móvil y le hice una foto a esa foto, la de mi hermano, la última foto de mi hermano, quiero decir, lo sea o no. Primero la extraje de su marco. La limpié con calma y un algodoncillo empapado en alcohol. La coloqué con delicadeza sobre la mesa del comedor. Procuré evitar reflejos, destellos. Desactivé el *flash*. Obtuve una imagen bastante nítida. Esa misma noche se la envié por correo electrónico a My_loved_face Europe, la filial para el mercado del viejo continente de la empresa japonesa pionera y líder en el sector todavía emergente de la fabricación y distribución de máscaras de superrealidad facial. También les envié una transferencia por importe de doscientos diecinueve euros. Teniendo en cuenta la calidad del producto que he recibido lo encuentro un precio baratísimo. Se me heló la sangre cuando retiré el papel de seda blanco que protegía el interior de la caja y me encontré cara a cara con mi hermano. Literalmente. Textualmente. Demasiado real. Demasiado humano. Me temblaban las manos. Con torpeza volví a cubrir la máscara, la cara, con el leve sudario. Cerré con precipitación la caja. Me alejé. Me abrí una lata de Steinburg y luego otra y luego otra. Bebí y fumé despacio acodado en la repisa de la ventana, casi en cada calada consciente de soltar el humo con la suficiente fuerza como para que no se colara en el piso ni en los sueños del chaval. Este ha sido el último, me dije al apurarlo. Arrojé la colilla al vacío. Debe de ser época de migración. Unas cuantas bandadas de drones en formación de cuña hendieron el brillo en retirada del cielo. No sé si volaban rumbo sur, norte, este u oeste. Pero volaban. Se iban. Los envidié sin dolor, solo con un punto de vergüenza. No he reunido el ánimo para abrir la caja hasta ahora que han pasado ya dos o tres horas. El chaval sigue dormido. Ya es de noche ahí afuera. No sé si despertarlo para darle cena o permitirle seguir soñando hasta mañana. Quizá su mente dormida intuya que esta cosa que me traigo entre manos es importante. Que esta cosa que sostengo entre las manos es muy importante. Que este engendro de silicona increíblemente terso que acaricio con los dedos y una mezcla de asco y devoción es lo más parecido que jamás existirá a su padre resucitado. Me da miedo ponérmelo. Me abochorna. Este acto tiene bastante de profanación. Ojalá pudiera evitarlo. Ojalá pudiera. Ojalá. Pero mientras pensaba todo esto mirándome en el espejo del baño sabía muy bien que no iba a lograr resistirme a la tentación de ver a mi hermano frente a mí, más o menos vivo, renacido, mirándome con esta su camiseta blanca tan desgastada recuerdo de aquel primer viaje con su mujer, aquel fin de semana en Mojácar. No sé por qué he conservado fresco este dato en mi memoria. La mente es caprichosa. Mi mente es un desastre. Rozo el Indalo dibujado en negro sobre el corazón. El arte rupestre. El Neolítico tardío. La Edad del Cobre. Lo muerto. Entonces me echo el pelo hacia atrás, aprieto los dientes, aprieto los párpados y me enfundo la máscara, tan horrible y tan hermosa. La fría piel sintética de 1,2 milímetros de grosor se adhiere a mi cara con precisión y, lo noto, malignidad. He invocado algo terrible. Una presencia intrusa de la que quizá ya nunca pueda librarme. Pero lo acepto. Lo asumo. ¿Quién no lo haría? Porque, cuando abro los ojos, el espejo manchado de dentífrico y agua antigua me regala el retorno de mi hermano de entre los muertos. Ahí está la cicatriz de los cinco puntos de sutura que le pusieron en la ceja izquierda cuando a principios de los noventa nos liamos a pedradas con los de San Isidro por la propiedad simbólica de un solar de Zafranar. Ahí está, si ladeo un poco la cabeza, esa nariz griega que le hizo ser el muchacho más guapo de Patraix, el Marlon Brando del barrio. Ahí está su sonrisa, o por lo menos la media sonrisa de su extraña última foto. Ahora percibo en el gesto un poso de desconcierto. Me fallan las rodillas. Se me nubla la vista. Me inclino sobre el lavabo, acerco el rostro, mi flamante e indestructible rostro al espejo. Intento besarlo en la mejilla. No puedo. Solo encuentro la boca del muerto, que busca la mía. No importa. La beso. Beso a mi hermano y voy en busca de su hijo. No lo dudo. Me acuclillo junto al carrito. Chaval, le digo bajito. Eh, chaval, chaval, y lo sacudo muy suave por su pie diminuto. Se despierta enseguida. Me clava esos ojazos perplejos, me clava sobre todo el bueno, ávidos de información, ávidos de aprender de qué va esto de la vida. Y agita los brazos, loco de alegría de ver a su padre. Aplaude. Grita. Ríe. Movido por la emoción se esfuerza por desprenderse de las cintas de seguridad del carrito. Le libero. Y le ofrezco mi mano para bajar. Un par de pasos torpes le bastan para abalanzarse sobre mí, quiero decir sobre mi hermano, quiero decir sobre su padre, mientras el piso se llena con el vuelo de sus carcajadas limpias y agudas. Tan limpias, agudas y alegres como el canto del jilguero que mi hermano y yo, tu padre y yo, salvamos en el último momento de las fauces de Sara, la perra de Toni el del taller de Fontanares, cuando los dos aún estábamos vivos, cuando aún éramos niños, y tú ni existías ni nos importabas. Eso le digo, desde detrás de la careta. De repente, empieza a temblarle la barbilla. Llora con contención, en mis brazos, es decir en los de su padre, en la cuna y finalmente conmigo, durante cosa de hora y media.

Tu padre y yo nos parecíamos bastante, pero no lo suficiente. Más que como mi hermano pequeño, siempre lo vi como una versión perfeccionada de mí mismo, por fuera y por dentro. Como la persona que habría sido si la naturaleza me hubiera concedido el privilegio de alargar mi gestación durante los veinte meses que separaron nuestros nacimientos. Ambos compartíamos el dominio de unas funcionalidades primordiales, pero su personalidad llevaba incorporadas de serie un buen puñado de habilidades de las que yo carezco. Tenía una gran capacidad para el disfrute del momento. Era divertido. Y era de fiar. Era lo que se suele llamar una buena persona. Lo que quiero decirte es que sin duda habrías preferido crecer a su lado.

El chaval cumplió su primer año hace dos semanas. Se me olvidó.

El chaval se cayó de morros y se partió un diente. Ahí, en el pasillo. Una pala, una paleta, la de la izquierda si lo miras de frente. Acabábamos de levantarnos. El plan para este sábado era ir a mirar el escaparate de la tienda de mascotas de la calle Jacinto Labaila. Seguramente comprarnos unos helados en el Mercadona de Humanista Mariner. Le encantan las serpientes y el chocolate. Fue un golpe seco. Una fractura limpia, sin sangre. Se me pusieron los pelos de punta. No obstante, diría que reaccioné como tocaba. En algún sitio había leído que en estos casos lo mejor es lavar el fragmento y guardarlo en la propia boca, por no sé qué del pH de la saliva. Recogí del suelo el añico con una delicadeza emparentada al mismo tiempo con el esmero artístico y con el método científico, como si se tratara de una porcelana milenaria de valor incalculable. Se lo puse debajo de la lengua y le dije que ojo con tragárselo. Me miró con cara de espanto. Intenté sonreírle. Intenté tranquilizarle. Simulé solvencia. Acudimos deprisa a un dentista de urgencias que localicé en internet. Dos manzanas más allá.

En un sexto. El ascensor no funcionaba. Nos abrió una mujer flaca, más bien enflaquecida. Daba la impresión de tener hambre, alguna clase de hambre. Alrededor de cincuenta. En un rincón del recibidor había un Buda sedente de tamaño casi natural, la pintura dorada saltada aquí y allá. El aire olía a incienso y caracoles. Es probable que solo oliera a hierbabuena o a ambientador de lavanda. Sea como fuere me acordé de un par de bares donde los preparaban buenísimos. Los caracoles, digo. Me acordé de mi padre. Lo vi fumando en una terraza de la calle Cuenca, a mi lado, iluminado por el sol mientras mi hermano y yo asistíamos atentos a su clase magistral sobre cómo sacar de manera rápida, fácil y limpia caracoles de su concha. Pasamos a la consulta. Un butacón de escay azul, una mesa camilla para el instrumental. En la pared amarilleaban algunos pósteres de dentaduras y un calendario de dos mil cinco. La mujer me explicó muy seria, casi solemne, que convenía arreglar ese incisivo superior pues de lo contrario existía el riesgo de que los dientes adyacentes crecieran desviados. Un tema de presión estructural. Precisó: Los dientes de leche también son importantes, muy importantes. Yo, atento: Usted manda. Me pidió un cigarrillo. Le dije que acababa de dejarlo, y creo que por primera vez en mi vida experimenté el orgullo de ser sincero al mismo tiempo conmigo y con el mundo. Desconfió de mi respuesta, lo vi en sus ojos, pero le restauró la paleta al chaval con una cola especial y mucho cariño natural. Pensé que sería una buena madre para él. Una buena madre para cualquiera. Supongo que no. No sé. No importa. Me dieron ganas de besarle las manos. Solo nos las estrechamos. Ha quedado bien, apenas se distingue la línea de pegado. Por lo visto aguantará cosa de un año. Luego ya veremos.

Volvimos a buscar a la mujer del bebé *reborn*. Dimos cuatro vueltas al parque de Enrique Granados. Nada. A lo mejor fue un sueño lo de aquella tarde.

Otro momento de estupor. Otra vez. A lo mejor es lo que me espera hasta que me muera. Ni lo sé ni me importa. Amén. Que así sea. El chaval se atragantó con el pollo. Me preocupo de desmenuzárselo con esmero, o como mínimo con diligencia. El pollo y cualquier otro alimento. Pero estaba terminando de darle la cena cuando un bocado se le atravesó. Cosas que pasan, supongo.

Además, está muy parlanchín últimamente. Aún no habla, pero creo que empieza a intentarlo seriamente. No deja de emitir sonidos, inflexiones de su voz en forma de gritos de mayor o menor duración y sílabas sueltas impredecibles no siempre de naturaleza onomatopéyica. Ningún significado, ningún significante siquiera. Fuera por sus intentos de hablar o no, se le fue el pollo por el otro lado. Durante unos segundos de tensión estática nos miramos el uno al otro con los ojos muy abiertos mientras pensaba en la maniobra de Heimlich, y en si se le puede practicar a un crío tan pequeño, y en que en realidad esta duda era absurda pues la cuestión de verdad problemática consistía en que no sé hacerla. Nunca jamás había sentido un miedo, una impotencia y una culpabilidad como los de ese momento. Me quité la máscara con violencia, la arrojé por ahí y saqué al chaval de la trona dispuesto a descoyuntarlo a palmetazos si hacía falta para salvarle la vida. Por suerte el trance terminó tan de repente como había empezado. Su rictus se sosegó. Imagino que el mío también. Todavía con el chaval en brazos, le ofrecí ese recipiente híbrido de vaso y biberón con asas y tetina que de un tiempo a esta parte exige a gruñidos para el agua. Yo le pegué un buen tiento rápido al verdejo. Nos brillaban las pupilas. Me temblaban las piernas. Me dejé caer en la silla y senté al chaval en mi regazo. Allí estábamos, frente a frente, vivos y aún aterrados, cuando el chaval sonrió. Me sonrió. De un modo diferente al habitual. Si no fuera porque tiene apenas trece meses diría que me sonrió con complicidad, con camaradería. Con comprensión. O quizá, me dio por pensar, con amor. Acto seguido, sin previo aviso, extendió el brazo, me toqueteó la nariz como si le pareciera un objeto divertidísimo, soltó una risotada y me llamó papá. Me acordé del mío. Otra vez me acordé de mi padre. Digo yo que es normal. Y enseguida me acordé de mi madre.

Sirio B o el pez mantequilla

La pareja está sentada frente a frente en la mesa de la zona central de la terraza, un cuadrado casi perfecto que se extiende entre el paseo marítimo y el edificio principal del hotel de tres estrellas Papa Luna II de Peñíscola. Beben vino blanco bajo la luz de las guirnaldas de bombillas redondas con las que es más que probable que el equipo de decoración del establecimiento haya querido, en combinación con el diseño, material y pintura del mobiliario de la terraza, proporcionar al lugar la atmósfera blanquiazul, acogedora y alegre, de una verbena veraniega en la plaza de un pueblo español, más concretamente de un pueblo español de la costa mediterránea, y más concretamente aún de un pueblo español de la costa mediterránea ubicado en un tiempo ya perteneciente a la actual etapa democrática de España pero bastante anterior a la generalización del uso de internet. Mil novecientos ochenta y cinco u ochenta y seis es una fecha que al hombre le parece atinada basándose exclusivamente, como por otra parte es normal, en imágenes de semejante temática de su archivo memorístico infantil. Los responsables de la decoración del hotel, piensa, no han tenido demasiado éxito en su propósito. La tonalidad lumínica de las bombillas, demasiado cálida, así como la escasa intensidad de su brillo, no alcanzan más que para envolver el espacio en un fulgor amarillento, pobre, ceroso y un tanto opresivo, como el que por aquellos mismos años agonizaba en el interior del Opel Corsa de su padre. La mujer está sentada orientada hacia el mar, que no alcanza a distinguir pues el resplandor anaranjado de las farolas del paseo vela su vista de la playa y, claro, también de la porción de Mediterráneo que se extiende hasta el horizonte. El hecho le despierta un sentimiento de frustración de baja intensidad y tan difuso que ni siquiera acierta a asociarlo con el movimiento impaciente que se ha instalado en el pie de su pierna derecha, cruzada sobre la otra. Desde su silla en el lado opuesto de la mesa, el hombre mira hacia el hotel. Se ha entretenido durante un rato buscando y a veces creyendo identificar patrones arquitectónicos en el planteamiento del edificio, hasta que sus elucubraciones han embarrancado en un detalle para el que no encuentra explicación: a diferencia del resto, los balcones del tercer y quinto piso tienen voladizo. Debe de obedecer al capricho creativo del arquitecto o de los arquitectos, ha sido la hipótesis por la que el hombre ha optado, con desdeñosa satisfacción, para zanjar el asunto. Ahora su atención se halla centrada de manera inconsciente en un balcón concreto del segundo piso. El sexto balcón empezando por la izquierda de la hilera de nueve que recorre cada una de las ocho plantas de la fachada. Por supuesto tanto el hombre como la mujer tienen bien a mano el móvil junto a su respectiva copa. Son casi las doce de una noche del puente del Pilar. La temperatura es agradable, suave. Sin embargo, como siempre que el termómetro desciende de los veintidós o veintitrés grados centígrados, ella tiene frío. Se acaba de echar sobre los hombros la rebeca verde manzana a la que tiene tanto cariño. Ha agarrado con la mano izquierda el extremo de una de las mangas colgantes y lo ha mantenido unos segundos pegado a su nariz. La rebeca era de su madre. Cree que todavía huele a ella. Él, que no suele desperdiciar la ocasión de argumentar que tal cosa es imposible, que ni siquiera un perro adiestrado para ello sería capaz de reconocer en una prenda lavada tropecientas veces el olor de una persona que lleva quince años muerta, esta noche encuentra en su interior la nobleza mínima necesaria para callar al respecto. No tiene frío, ni siquiera fresco.

Tampoco el calor que suele tener en València, donde hace mucho que el verano se extiende desde mayo hasta Todos los Santos. Agradece el simple hecho de no estar sudando. Se encuentra a gusto con el polo Superdry negro que ella le compró hace poco durante la Semana Fantástica de El Corte Inglés. O a lo mejor durante Los 8 Días de Oro. Mientras siente cómo el aire fresco caracolea en el vello de sus brazos se pregunta si tales nombres publicitarios son expresiones sinónimas para hacer referencia a una misma campaña de descuentos o bien representan realidades promocionales diferenciadas aun cuando solo sea de manera sutil. Tal meditación se esfuma de su cerebro con la misma brusquedad que lo ha asaltado.

—Se está bien, ¿eh? —dice como para sí mismo—; hace buena brisa.

Ella sigue con la vista perdida en algún punto bastante bajo del cielo turbio más allá del hombre. No se está ni bien ni mal. Por lo menos ella no está ni bien ni mal, o eso cree. Está como viene estando los últimos meses, puede que incluso años: aburrida. Tan aburrida que ni siquiera se molesta en atender el comentario del hombre. Además, ni la supuesta brisa mencionada por el último ni sus recientes inhalaciones al tejido de su rebeca, es decir, se corrige, de la rebeca de su madre, han conseguido apartarle de la nariz el perfume pesado a algo así como azahar mustio que emana de los ambientadores de varillas que decoran las mesas. Y, por otra parte, sucede que el tiempo se ha convertido en uno de sus principales temas de conversación. Está cansada de hablar del calor que hace, del frío que hará, de si va a llover o no. Eso: está aburrida. También, y es posible que este sea un dato de mayor significación, se siente avergonzada por la responsabilidad personal, intransferible e inexcusable que, siendo honesta, debe atribuirse al desencanto que la habita. Sin embargo, es probable que, como consecuencia del instinto humano de preservación del *statu quo* o algún mecanismo defensivo de naturaleza análoga, este adjetivo no llegue a cobrar forma con toda su crudeza en su conversación consigo misma. Si la mujer se plantea, en todo caso vagamente, la posibilidad de reaccionar de palabra al apunte meteorológico hecho por el hombre, es porque el silencio reinante entre ellos resalta la naturaleza insidiosa de la música que brota de los altavoces anclados a la parta alta de cada una de las palmeras esquineras de la terraza. Música ligera, bailable. Una recopilación de canciones veraniegas a cuál más trasnochada. Ahora mismo la vida se desarrolla al son de las últimas notas del tema *Azul* de Cristian Castro. Sin embargo, nadie baila. La edad media de los clientes rondará los cincuenta años. El hombre y la mujer son casi una década más jóvenes, pero a ninguno de los dos se le pasa por la cabeza la posibilidad de salir a la pequeña pista de baile entarimada que ocupa uno de los ángulos de la terraza contiguos al edificio. La última vez que bailaron fue en su boda. Pusieron el *I love you* de Dylan para acompañar su entrada al salón de banquetes. Luego, durante la fiesta, saltaron al ritmo del *mix* de temazos que habían preparado entre los dos. Hicieron copias en cedé para los invitados. Lo titularon *Bodorrio Total*, un guiño que seguro no todos los asistentes captaron a la canción de apertura de la compilación, el *Cumpleaños total* de Los Planetas, poco apropiada *a priori* para formar parte del recordatorio musical de un enlace matrimonial pero que cuya presencia en el disco el hombre y la mujer habían entendido fundamental dado el protagonismo especialmente feliz que el tema había tenido y en el momento de la boda seguía teniendo en su bagaje sentimental como pareja. Rocanrol, *grunge*, *brit-pop* e *indie* es lo que contenía aquel cedé del que aún queda una copia en el cajón debajo de la tele entre llaveros viejos, clips sueltos, bolígrafos y tacos de *post-its* a medio gastar. Lo que les gusta. O lo que les gustaba. Lo que les hacía sentirse especiales. Lo típico, en realidad. Lo tópico. La música moderna de su juventud tierna y salvaje, cuando se habían conocido, hacía tanto. Fue un buen día, el de la boda. Se divirtieron. Es lo que él está pensando cuando ella, tras dar un pequeño sorbo a su vino, arruga los labios, niega con una serie de movimientos breves y rápidos de cabeza y dice:

—Nada, no quiero más.

Acto seguido se lleva la mano libre a su abdomen. Lo acaricia. Sigue plano. Casi tan plano como antes, como cuando ella solo era ella. Casi. El hombre le dedica una mirada en la que se mezclan en igual proporción la interrogación y el reproche.

—Demasiado dulce —le explica la mujer, sintiéndose estúpida por hacerlo—. Me da dolor de estómago.

Aun así, bebe de nuevo antes de, sin despegar la espalda del respaldo de la silla, dejar la copa en la mesa y alejarla de sí cuanto le permite la longitud de su brazo.

—Pídete otra cosa —le sugiere él mientras se incorpora en su silla y barre con la mirada la terraza buscando algún camarero.

—No me apetece nada.

—No sé, un zumo, una infusión. Ya me bebo yo eso, no te preocupes. O una tónica.

Ella alarga de nuevo el brazo hasta posar la mano despacio sobre la base de la copa. Muy despacio, como si quisiera enfatizar la gravedad del movimiento ralentizándolo. La música veraniega arrecia.

—Hostia... El velero... —dice él intentando sonar tan desdeñoso como divertido.

—El puto velero...

Fórmula Abierta, apostillan los dos al unísono.

Hay algo horrible en el hecho de que ambos conozcan el nombre del conjunto musical que cantaba la letra de esa melodía infame. Existió un tiempo en que su vida en común no ofrecía resquicio alguno por el que pudiera colarse la vulgaridad. Creían ser invulnerables, inmunes a la vergüenza. Lo creían con firmeza, incluso con orgullo. Lo habrían jurado el uno por el otro. Pero estaban equivocados. Lo saben desde hace mucho. La canción en cuestión no es más que un recordatorio cruel y burlón de aquella ingenuidad. Se dan cuenta de ello, pero ninguno dice nada al respecto. Cada uno a su modo entiende que hacerlo sería incómodo y peligroso.

—Visto lo visto, deberíamos haber ido a Benidorm —comenta él.

—Aquí por lo menos no hay guiris borrachos. No muchos, quiero decir.

—Podríamos haber ido al *pub* de *rock* al que me llevaron estos cuando la despedida —insiste el hombre—. Te habría gustado. Te gustaría, llevo años diciéndotelo.

—Y tu hija qué, ¿eh? ¿Se habría venido de juerga con nosotros?

La mujer habla sin apartar la vista de la noche borrosa que se extiende detrás del hombre. Su mirada como la de los ciegos, entre abstraída, perpleja y cansada. Las abruptas preguntas retóricas que ha lanzado al aire dulce y pestilente de la velada desprenden una hostilidad a duras penas contenida. El hombre, todavía orgulloso por haber logrado reprimir su previsible comentario sobre la rebeca, se dice con convencimiento que lo mejor será pasar por alto el desafío de la mujer, cambiar de tema o simplemente replegarse en el silencio durante un par de minutos. Pero después de apurar su vino levanta un poco la barbilla para señalar el balcón de la segunda planta y replica:

—Se habría quedado durmiendo, igual que aquí.

Ella resopla. Entonces, providencial, como por intervención de una potencia superior y bondadosa que desde un lugar mejor les estuviera observando, vigilando, cuidando, concediendo una última oportunidad para la paz, empieza a sonar David Civera, el turolense. El hombre y la mujer se miran y no pueden evitar regalarse sendas medias sonrisas timoratas, casi pueriles. La tensión entre ellos languidece. Recuerdan, también cada uno a su manera, que hace dieciocho años el Opel en que viajaban chocó contra el Golf del cantante en un ceda el paso de Albentosa. Habían parado a comer algo de camino a La Almunia de Doña Godina, donde pasarían y pasaron las fiestas con quienes entonces eran y parecía que siempre serían sus mejores amigos y a los que después de aquellos días festivos nunca volvieron a ver. Fue poca cosa, un roce. A la sombra blanquiverde de unos chopos altísimos, el hombre —que entonces ni siquiera se consideraba un hombre, que cuando pensaba en su propia identidad utilizaba términos como chico, chaval o muchacho, o pretenciosos e ineficientes conjuntos de palabras como, por ejemplo, adulto masculino joven— y el conductor del Volkswagen cumplimentaron sus partes amistosamente. Tan amistosamente que, por no examinar los datos del otro conductor en el parte, o por no haberlo hecho con la atención debida, ni el hombre ni la mujer repararon en que el chico del Golf era David Civera hasta que esa misma noche lo reconocieron al verlo actuar sobre el escenario de la plaza mayor de La Almunia, doscientos kilómetros al norte del lugar de la colisión. Siempre han pensado que fue durante aquel fin de semana cuando ella se quedó embarazada por primera vez. Estuvieron de acuerdo en que no era el momento. Eran tan jóvenes, tenían tantas ganas de vivir. De vivir sin cargas, se entiende. Hoy, si la comunicación entre el hombre y la mujer no adoleciera de la fluidez y de la honestidad de las que adolece, ambos admitirían que es, en puridad, la única forma de vivir. A principios de los dos mil, además, ninguno de los dos sospechaba que acabarían compartiendo una hipoteca, casándose, formando una familia. Solo existía el presente. El futuro era inimaginable. De hecho, sus respectivos subconscientes daban por sentado que el porvenir les separaría. Y, sin embargo, se querían más que ahora. O por lo menos de una manera más hermosa, más vívida.

—¿Sabes? —dice el hombre—. Aún me acuerdo a menudo del Astra.

Es curioso. Ella también piensa a veces en aquel coche rojo. Aunque siempre estuvo hecho polvo se las arregló para llevarlos a los Pirineos. Y a Córdoba. Y a Tarifa. Incluso a la Costa da Morte. Pero no lo reconoce. Calla.

—Lo pasamos bien con él… —insiste el hombre.

Se conocen. La mujer entiende lo que pretende con esos puntos suspensivos que se elevan como estrellas a contracorriente hacia la noche sucia de luz. Pero no piensa añadir que también lo pasaron bien en el coche o dentro del coche. La persona con que muchas veces hizo el amor en los asientos de aquel Astra no tenía nada que ver con el hombre que tiene delante. Peor aún: la persona con la que muchas veces, o por lo menos bastantes, hizo el amor en aquel coche, se dice la mujer con repugnancia, se habría llevado a matar con el hombre que desde el otro lado de la mesa le dedica una mirada larga, ridículamente intensa y por completo fallida en sus propósitos sensuales. No. El problema no es que el hombre del pasado y el hombre del presente sean tan diferentes; no es que el segundo haya pagado el peaje de la entropía que se acaba deformando, desvirtuando las cosas y las vidas. El problema es que el hombre del presente reúne gran parte de los atributos mezquinos que el primero detestaba o, claro, decía detestar. La mujer, por tanto, ahora lo entiende, además de aburrida, cansada y avergonzada, se siente estafada en lo más íntimo.

—Bueno, ¿la despertamos? —propone él con fingida espontaneidad cuando percibe que el efecto de la vieja anécdota automovilística en sus respectivos ánimos está a punto de disiparse por completo.

La mujer se arrebuja un poco más en la rebeca, yergue la espalda y mueve los hombros de tal manera que, podría decirse, en lugar de ponerse una chaqueta, intenta zafarse del abrazo de una camisa de fuerza.

—Sí, claro, ahora mismo... —dice cuando se reclina de nuevo sobre el respaldo.

—Quería ver los drones.

—Qué va a querer ella...

—¡Pero sí estaba muy ilusionada!

—Tiene tres años y medio. Dice que sí a todo, como es natural.

—Luces de colores. Luces de colores voladoras. ¿Qué niño no va a querer ver eso?

—Niña, si no te importa.

—¿Crees que me importa?

—Preferías un niño...

—Yo no prefería nada. Es algo que pregunta todo el mundo. ¿Qué prefieres? ¿Niño o niña? Y al principio pensaba en lo que vendría y me imaginaba un niño. Fin. Tú una niña. Pues vale. ¿Y qué?

—Que te divertirías más con un niño, ¿no? Eso dijiste el otro día, como quien habla de un juguete.

—Tergiversas. En fin, paso. Te repito: luces de colores en el cielo. ¿Qué niño no va a querer ver eso?

Ella entorna los ojos y por primera vez en un buen rato, minutos, horas, quizá meses, mira al hombre con verdadera atención. Responde con frialdad:

—Una niña dormida.

—Venga —insiste el hombre, intrépido—; la despertamos y vemos los tres el espectáculo desde el balcón.

Suenan los primeros acordes de *No soy un supermán* de Bustamante.

—Haz lo que te dé la gana. Pero seréis dos; yo me quedo aquí —sentencia la mujer, y echa mano al móvil.

El hombre agradece en secreto el gesto, se arrellana en la silla y hace lo propio. Lo cierto es que no le apetece en absoluto despertar a la cría, jugar con ella, poner esa vocecilla de idiota que le sale cuando le habla. Además, le duele la espalda. De lo que tenía ganas desde hacía ya rato era de consultar los resultados de la jornada de Liga y sobre todo de pasarse por Instagram. Lo tiene desde hace cinco o seis años. No ha colgado una sola foto de la niña. Ni de la mujer. Ni de los lugares a los que de vez en cuando viajan en familia. Tampoco ninguna, piensa a veces en su descargo, en la que salga él. Solo las portadas de los discos que considera de escucha obligatoria para todo aquel que desee ser una persona plena. Sigue ochocientos doce perfiles y tiene noventa y nueve seguidores, en su mayoría amigos del colegio y del instituto a los que ya apenas ve y algunos compañeros de la Ford. Entre sus *followers* no está la mujer, que no usa las redes. Con cierta resignación, pero también y sobre todo con extrañeza, el hombre comprueba ahora que su última publicación, la portada del *Superunknown* de Soundgarden, cuenta con tres corazones. Su *nick* es *ElMelómalo*. Cuando se lo dice a alguien no puede disimular el orgullo que siente por su ingenio. Después de ver que el Valencia ha perdido en San Mamés por dos goles a uno, devuelve el móvil a la mesa y dice:

—De todas maneras, te digo otra cosa: espero que en València no prohíban nunca los fuegos artificiales.

Silencio.

El hombre se incorpora en la silla, abre los brazos en perpendicular a su tronco y estira de manera exagerada la espalda, que le cruje en algún punto de difícil concreción de la parte media. Con el mentón levantado pasea la mirada de un lado a otro. Tras unos segundos cree establecer contacto visual con una camarera. Alza el brazo para asegurarse de que ha reparado en él. Diría que sí.

—Ya los han prohibido en media Europa. Y en Barcelona y creo que en Madrid. Que contaminan, dicen, y que los perros sufren con el ruido. Tócate los cojones...

Sin embargo, es un camarero quien acude a atender la mesa. Les saluda con acento argentino. Tiene buen cuerpo, los dientes alineados a la perfección y de un blanco agresivo y el pelo recogido en un moño de hechuras demasiado desenfadadas como para que su elaboración no haya exigido por lo menos una buena media hora de ensayos frente al espejo. Es lo que piensa el hombre, con desagrado. También piensa que el tipo es joven y muy guapo. En el centro del triángulo de pecho afeitado que su camisa desabotonada permite observar luce, casualidades, un colgante idéntico al que el hombre lleva al cuello oculto bajo el polo. Se lo compró hace un par de veranos, miente: tres, en un tenderete del mercadillo de Alcossebre. Una guitarra eléctrica plateada de la longitud del diámetro de una moneda de cincuenta céntimos, más o menos, y con un pájaro posado en su mástil. Un pájaro carpintero, en su opinión. Para la mujer un aguilucho. Tras un par de minutos de regateo lo consiguió por ocho euros. Ella se burló con ternura de él. Ya no tienes edad para estas cosas, mucho opinar de música, pero ni sabes tocar la flauta. Y siguió entre carcajadas que en aquel entonces aún sonaban sinceras y saludables, seguramente porque lo eran: El colgante es una horterada total, menos mal que la niña aún no tiene memoria, haz el favor de tapártelo en las fotos, anda. No le molestó. No discutieron. Entonces apenas discutían. Entonces se reían de casi todo. El hombre pide otro vino al argentino, el tercero, y también que, por favor, retire las copas vacías, cosa que el camarero no escucha o sí escucha, pero no hace. Una mesa repleta de bebidas da muy mala impresión. Es lo que mil veces le dijo su padre, palabra por palabra, con aquella lengua de trapo que articulaba su voz cuando tenía treinta y cinco, cuarenta, cincuenta años y su hijo cinco, diez, veinte. También solía hablarle de la importancia de no dejar nada a deber en los bares. Hay que pagar cada toma en cuanto te la sirven; el día que a uno le fían el coñac puede darse por acabado. En su día fue alcohólico profesional, de los que no beben para olvidar, sino para estar más contentos. Lleva ya más de dos décadas sin probar ni gota. Está hecho un roble. Desde luego más fuerte que su hijo, al que se permite amonestar si se le va un poco la mano con el vino en la cena de Nochebuena. Él, por su parte, no se considera un adicto, aunque hace unos días leyó en elmundo.es una noticia donde se citaba un estudio según el cual los varones que toman más de veintiuna cervezas o catorce vinos a la semana harían bien en asumir que tienen un problema serio con el alcohol. Para las mujeres el umbral era considerablemente menor. No retuvo el dato concreto porque la suya apenas bebe.

—No sé —continúa—. Los drones están bien. Es bonito verlos bailar tan sincronizados ahí arriba como, eh, como estorninos, como estorninos nor…, eh, eh, como estorninos militares —en realidad quería decir estorninos norcoreanos, pero en el último momento ha dudado si los chalados esos de las coreografías marciales son los del norte o los del sur—. Pero, vamos, ¿sustituir los fuegos artificiales? Venga, no me jodas. En València se montaría la de Dios.

—¿Se puede saber desde cuándo eres tan fallero? —dice ella con sorna. Nada más terminar la pregunta se lleva la mano al estómago al tiempo que frunce los labios y el ceño en un gesto fugaz de dolor.

—No lo soy. A mí las fallas me la pelan, y lo sabes; siempre que podemos nos vamos de València esos días. Pero también me la sudan los oídos de los perros, la verdad. Estoy harto de moderneces. Quiero decir: los castillos no son solo luz y color. El ruido es una parte indispensable del espectáculo. Por mucho que se quejen los animalistas, los modernos. Y además está el olor. El olor de la pólvora qué, ¿eh?

—Pues ve haciéndote a la idea —replica la mujer con un dejo travieso. Más: de deleite malicioso—. Esto es Peñíscola, a un paso de València. Berlanga rodó Calabuig en esa playa. Se supone que aquí también les va el fuego, y ya ves...

—Ya —concede el hombre, no muy seguro de haber visto esa película—. Lo que pasa es que, mira; aquí hay mucho madrileño, mucho francés. Tiene que ser por eso.

El camarero trae el vino. Lo deja sin cuidado en la mesa y se va deprisa. Tampoco en esta ocasión se lleva las copas vacías. El hombre se incomoda. Se siente ninguneado. No es novedad, por cierto. Hace tiempo que tiene la impresión de que nadie le dispensa el trato que merece. Debería darle un grito al argentino, se dice; aún no está lo bastante lejos como para que hacerlo resulte inapropiado. Se visualiza alzando la voz sobre la música de mierda y el murmullo misceláneo de los turistas y diciendo con firmeza: Eh, tú, guaperas, ¿te llevas las copas o qué? Pero calla pensativo con la mirada fija en el moñito ridículo del camarero mientras este se pierde entre las mesas. Agarra la copa y bebe. Se da cuenta de que no le apetece más vino, pero vuelve a beber y continúa al tiempo que señala el abdomen de la mujer con un gesto vago de la mano:

—Puede que sea por el sushi.

—¿Cómo?

—Tu tripa. Que igual no es por el vino, igual es cosa del sushi del bufet.

—Estaba bueno.

—No sé... pescado crudo.

—Ufff... pareces un viejo maniático.

—Es peligroso. Anisakis.

—Que ha sido el vino.

—Pero si apenas has bebido.

—Estos dulzones me caen mal en el estómago enseguida, lo sabes de siempre.

—Lo que tú digas... pero te has comido unos cuantos montaditos de esos de pescado blanco que tenía una pinta un poco rara.

—¿El pez mantequilla? ¿En serio? ¿Otra vez me vas a dar la paliza con el pez mantequilla? Qué cansino, estás obsesionado.

—Lo dicen los expertos: es tóxico.

—No era pez mantequilla.

—¿Cómo lo sabes?

—Porque en la carta decía que no sirven pez mantequilla.

—¿Y te lo crees? ¿Te crees todo lo que lees?

—¿Y tú? ¿Tú te crees todo lo que lees? Desde que

leíste lo del pez mantequilla en internet pareces un inspector de sanidad.

—Salió hasta en el telediario. Por algo será.

—Lo que tú digas.

—No, no, insisto: lo que tú digas.

—Déjame en paz.

Pero la paz solo dura tres o cuatro segundos.

—No creo que una niña de tres años deba comer pescado crudo —arremete de nuevo el hombre—. No creo que nadie deba comer pescado crudo. Me preocupo por vosotras, eso es todo.

—¿Pero acaso lo ha comido ella? Joder.

—Porque estaba yo delante. Si por ti fuera lo habría probado.

—Claro, eres el padre perfecto, ¿no?

—Yo por lo menos lo intento. Yo por lo menos echo un vistazo de vez en cuando a ese balcón. Tú no te has girado ni una vez.

—Pues hala, corre, sube a despertarla. Faltan cinco minutos para que empiece lo de los putos drones.

—En fin…

El hombre abandona el intercambio de golpes sin sentirse ganador ni perdedor, tan solo ligeramente embotado y cansado, su cerebro como una rata empachada condenada a buscar un queso inexistente en un laberinto imaginario. Bebe. Piensa. Bebe. Sin soltar la copa se levanta, con la mano libre y cierta dificultad traslada su silla al otro lado de la mesa y se sienta junto a la mujer justo en el instante en que las luces del paseo se apagan ahí delante. Un rumor colectivo de expectación se eleva hacia el cielo sin estrellas. El hombre siente unas ganas súbitas de aplaudir, de llevarse los dedos a la boca y emitir un silbido fuerte y alegre. Un calor vago le enciende las sienes. También es un calor dulce, como el que provocan los juegos infantiles. Se recuerda a sí mismo en el campo de futbito del Chaparral, con el ocho a la espalda de una camiseta blanca bordado por su madre con retales. Diez, once años. Una pequeña parte de su ser todavía aspira a la felicidad.

—¿Y estos capullos del hotel no piensan apagar la iluminación o qué? —pregunta, sin embargo, solo para demostrar a la mujer que su capacidad de queja no conoce límites, que puede ser una compañía cada vez más tediosa y frustrante. Solo para joderla un poco más—. Con todas estas bombillitas colgando no vamos a ver nada.

La mujer no responde. Las guirnaldas se apagan. Prefiere no hacer sangre.

Allí delante, donde debe de extenderse el Mediterráneo, un enorme enjambre de luces de colores conquista de repente el cielo nocturno al tiempo que, desde algún lugar impreciso, brota la melodía de una composición clásica que el hombre no acierta a identificar y que la mujer reconoce enseguida como *En la gruta del rey de la montaña* de Grieg. Era uno de los seis o siete vinilos de música clásica que sus padres guardaban en el armario de su dormitorio. Apenas los escuchaban. Pero el día de año nuevo cumplían religiosamente con la costumbre, hasta el día de hoy misteriosa en su etiología, de ver por televisión el concierto de Viena y, después, poner el disco de Grieg. De modo que la mujer se acuerda de sus padres, sus padres cuando jóvenes, y lamenta no haber intentado conocerlos mejor. Lamenta no saber si fueron de verdad felices. Lamenta no saber en qué medida su nacimiento, el de ella, su hija, supuso para ellos la renuncia a ser quienes querían ser. Lamenta no saber cosas tan sencillas como, por ejemplo, de dónde salieron esos discos. Porque no se imagina a sus padres yendo a comprarlos a una tienda especializada, ni siquiera a la sección musical de El Corte Inglés. Ni desde luego al rastro. No se imagina a sus padres interesados de verdad en nada que no tuviera que ver con el cuidado esencial del hogar y, en especial, de ella. Así que la mujer escucha a Grieg y se acuerda también, claro, de sí misma de niña, de adolescente, de joven, cuando su vida prometía ser una cosa muy diferente de la que ha acabado siendo: vendedora a media jornada en la Perfumería Mari Pili de Tres Forques; esposa de José Llopis Izquierdo, un idiota; madre de una niña tan especial como cualquiera. Rezuma audacia esta música, exclamaba su padre cada vez que escuchaba *El rey de la montaña*; está llena de energía; hace a uno sentirse capaz de todo. Y su madre le replicaba bromeando que todos los años repetía lo mismo, palabra por palabra. Ahora ninguno de los dos existe. Es algo a lo que ya está acostumbrada y que, sin embargo, algunos días, algunos momentos, como este, le produce una pena difícil de soportar.

Durante los primeros segundos del espectáculo, quizá un minuto o dos, las figuras que dibujan los drones danzan en las alturas al compás sigiloso y travieso de la música. Luego, a lo largo del crescendo, los drones emulan los estallidos de los fuegos artificiales convencionales. Inmensas palmeras rojas, verdes, doradas florecen en la oscuridad aérea, hacia la que se elevan las exclamaciones maravilladas del público.

Cuando se hace el silencio y las luces se apagan en el cielo, los espectadores rompen a aplaudir. No así la pareja. El hombre y la mujer permanecen estáticos con la vista aún en la noche apagada. Él se dice que sería buena idea aprovechar la alegría general para intentar apaciguar la situación. Quiere firmar la paz antes de irse a dormir. Sabe que de no ser así le costará conciliar el sueño. Y le gusta dormir. Dormir es lo que más le gusta en la vida desde el nacimiento de la niña. Así que toma su copa, la apura, la devuelve a la mesa, extiende el brazo y rodea los hombros de la mujer concentrado en imprimir naturalidad a su gesto, cosa que no consigue. Ella no rechaza el abrazo, lo que hace que el hombre se sienta lo bastante seguro como para acercar su boca a la oreja de la mujer y susurrar:

—Imagínate que ahora mismo, ahí detrás —señala la fachada del hotel con una mínima inclinación de la cabeza—, hay un loco entrando en nuestra habitación por el balcón.

La mujer vuelve la mirada hacia el hombre, en cuyos ojos rojizos ve arder el resplandor estertóreo de la enfermedad.

—Imagínate que ya ha entrado —continúa él, consciente de su mezquindad, incapaz de parar—. Imagínate:

ya ha salido y se ha llevado a la niña. Imagínate que nos acabamos de convertir en los McCann españoles.

Hasta hace poco, quizá hasta solo un segundo, la mujer se habría horrorizado de las palabras del hombre. Ahora no. Ya no. Ahora está segura de que ya no lo quiere, de que ya nunca lo querrá. La siguiente intervención del hombre apuntala su convicción:

—No te hagas la digna; tú misma lo dijiste aquella noche: qué tranquilos estábamos antes. De hecho, se te han escapado frases por el estilo unas cuantas veces.

La mujer se deshace del brazo del hombre con un contoneo de hombros. Le duele darle esa satisfacción, pero descruza las piernas, se gira y mira el balcón. La luz de la habitación está encendida. No recuerda si la apagaron al salir. Bueno, se dice volviendo a sentarse con normalidad, si estuviera apagada tampoco recordaría si la había dejado encendida. Y se tranquiliza. Alza la vista hacia el cielo engalanado de música mala y bombillas mortecinas. Nunca ha visto una luciérnaga, piensa debido a una asociación de ideas bastante simple obrada en su cerebro, que sin embargo le sorprende para bien, le inspira, le hace desear vivir una vida mejor.

—Una cosa te aseguro —vuelve a golpear el hombre—: mi madre nunca me habría dejado solo en una habitación de hotel. Mi padre no lo sé, pero mi madre jamás. Y la tuya a ti tampoco.

Para la mujer la voz del hombre ya solo es ruido.

—Nunca he visto una luciérnaga —dice, ahora en voz alta, y retrepándose en la silla hasta acomodar la nuca en el borde del respaldo lanza una risa perpleja. —Ja.

—¿Qué? —pregunta el hombre acercando su cara a la de ella.

El espectáculo se reanuda con una composición de Prokófiev sobre la que ninguno de los dos es capaz siquiera de decir si la ha escuchado con anterioridad. Es hermosa. Los drones vuelven a volar. Ahora trazan garabatos de luz blanca, blanquísima en la negrura flotante. Palabras. *Happiness*. *Love*. *Amour*. Diputación de Castellón.

La semilla

La cefalea de Horton, también llamada neuralgia de Horton, cefalea histamínica o cefalea acuminada o en racimos, se manifiesta en forma de ataques en serie de cefalea unilateral muy intensa, siempre en el mismo lado, que cursan con síntomas vegetativos limitados al mismo lado de la cabeza. La prevalencia de esta cefalea trigémino-autonómica (CTA) oscila entre el cero coma uno y el cero coma cuatro por ciento de la población general, siendo nueve veces más frecuente en hombres que en mujeres. Suele debutar entre la segunda y la cuarta década de la vida, aunque en las mujeres no es raro que la aparición tenga lugar ya en la cincuentena.

El primer ataque me sobrevino en el salón de actos del colegio, justo en plena actuación de la clase de las chiquillas. Era el festival de Navidad. Hacía unos días que me encontraba raro. Un moqueo nasal intermitente y muy líquido, casi agua, y sensaciones insidiosas alrededor de mi ojo derecho. Hormigueos en el pómulo y la ceja, temblores en el párpado superior. Salvo lo del moco, nada que no me hubiera ocurrido antes. Nada que no se pudiera atribuir al estrés, más aún teniendo en cuenta que llevaba un tiempo estando un poco más nervioso de lo habitual. Esa misma mañana, eso sí, había experimentado algo novedoso: mientras me examinaba la zona frente al espejo del baño, el ojo se había mostrado insensible al tacto. Quiero decir que, al rozarlo con el dedo, este transmitía al mi cerebro la sensación de estar tocando el ojo, pero mi ojo, por su parte, no lograba hacerme llegar el mensaje de estar siendo tocado por el dedo. Era como si el ojo estuviera hecho de un material inerte. Como si fuera un objeto ajeno a mí. Era como si mi ojo derecho fuera el ojo de otra persona. Me inquieté dentro de un orden. Desde bien pequeño he tenido el miedo a ser poseído por entes mayores y más oscuros que yo, a convertirme en el hogar de algo malvado que se adueñe de mis actos y, peor aún, de mis emociones. Convertirme en una cueva húmeda y vacía, anhelante de cualquier calor. Hasta el que desprende lo horrible. Como es lógico jamás he hablado ni hablaré de ello con nadie. Es importante no mostrar debilidades más exóticas de la cuenta, digan lo que digan los manifiestos de las nuevas masculinidades. Así que me dije a mí mismo, al respecto del ojo tullido, que no, que todo estaba bien, y que dentro de mí mismo seguía estando solo yo. Tenía que ser estrés. Ni siquiera recordaba la última vez que me había tomado la tensión. No pude evitar, lo admito, preguntarme si no tendría un tumor cerebral, pero enseguida califiqué la posibilidad como remota, de poco menos que fantástica. Ese tipo de cosas sucede a la gente buena, buenísima. Estrés, tenía que ser eso. Nada serio, seguro. Además, me tranquilizaba el hecho de que mi sintomatología no se acompañara del menor dolor. Ya digo: no fue hasta once horas más tarde, sentado en la penumbra del patio de butacas, en realidad sillas plegables de madera, cuando la cuchillada me atravesó de golpe. Un hierro ígneo me traspasó la cabeza, desde el hueso de la ceja hasta el cielo de la boca. Con mayor torpeza, pensé algo similar: que una pieza metálica incandescente desprendida del techo había ido a clavarse en mi cráneo. Me llevé las manos a la cabeza, buscando de dónde agarrar, de dónde tirar. No encontré nada, y seguí rebuscando entre mi pelo con los dedos crispados. Si hubiera tenido a mano un instrumento apropiado habría seguido hurgando hasta el hueso y más abajo, más adentro. Hasta los secretos de mi mismísimo yo, si es que eso existe. Qué pasa, me preguntó en voz baja mi mujer, qué te pasa, por Dios. La miré. Entreví su cara de susto entre los cientos de serpientes de luz roja que zigzagueban en mi campo de visión. No sé qué afán racionalista me hizo pensar que debía de tratarse de los capilares de mi globo ocular a punto de estallar. Siéntate, por favor. Quise responderle. No logré articular palabra. Mi voz era un gemido, un quejido agudo y largo a medio camino entre el lamento de un animal y el de un niño pequeño que se elevaba monstruoso sobre el popurrí de villancicos que cantaba el coro infantil. Me levanté. Mi mujer intentó que volviera a sentarme tironeándome de la chaqueta. Me zafé con un manotazo violento. Sin dejar de agarrarme la cabeza avancé desbocado a lo largo de la fila de sillas pisando los pies y tropezando con las rodillas de otros padres. Todo me daba vueltas. No sé cómo logré salir de la sala.

La etiología de la cefalea de Horton aún no se ha esclarecido, si bien los estudios coinciden en el dato de que en dos de cada tres casos puede rastrearse un componente hereditario. Se sabe que durante la crisis aumenta significativamente la concentración de algunos neurotransmisores en las terminaciones de las fibras C del nervio trigémino. La aparición cíclica de las crisis y los resultados de las pruebas funcionales de neuroimagen indican la importancia de la activación de los núcleos hipotalámicos.

Estábamos de vacaciones en Salamanca cuando mi padre debutó en la neuralgia, o la neuralgia debutó en él, nunca he sabido muy bien cómo decirlo. Ni importa. Agosto del noventa y siete. Yo tenía dieciséis años. Él veintisiete más. Es decir: ambos nos estrenamos a la misma edad en esto de la cefalea de Horton. Unas veces me parece un dato trascendental, cargado de un significado profundo y casi esotérico, un guiño de inteligencias sobrehumanas; otras, en cambio, reduzco el hecho a la categoría de coincidencia absolutamente baladí. Acabábamos de comer en un bar de la Rúa. Estábamos haciendo cola en una heladería cercana cuando empezó a sentirse mal. Me voy a la habitación, comentó, no sé qué me pasa. La cabeza, la cabeza. La piel de su rostro se había puesto verde de repente. No verdosa; verde. De ese verde enfermo que cubre la superficie de las ciénagas. Verde, pensé, como el de los sapos verdes y viscosos que nunca había ni he visto, y que, por qué no, a lo mejor querrían instalarse en los charcos de mi cueva personal y dejarse acariciar un rato. Supusimos que le habrían caído mal los chipirones. No os preocupéis, dijo mi padre, cuando se me pase os busco. Anochecía cuando mi madre, mi hermana y yo regresamos al hotel. Lo encontramos tumbado bocabajo desnudo en el cuarto de baño, las persianas bajadas por completo y la cabeza envuelta de mala manera en una toalla mojada. Un charco de orina bajo su cuerpo, densa, a medio cuajar, como una bilis. Lloraba mientras golpeaba rítmica y enérgicamente la frente contra aquel suelo de baldosas hexagonales azules y amarillas y verdes tan grotesco como el resto de la escena. Intentó decirnos algo. Bramaba. Pensé en un búfalo, a lo grande. Pensé en un búfalo de agua como el que el ritual, es decir la devoción por lo inaprensible, es decir el miedo a lo inhumano, parte en dos de un espadazo en *Apocalypse Now*. Solo por un instante. Enseguida pensé en algo más circunscrito a nuestro lugar en la Tierra. Una vaca. Una vaca enferma, igual que una vaca sana solo que con los ojos saltones y vidriosos, como los que, lo supe sin necesidad de verlos, detrás de la toalla se le salían a mi padre de las órbitas. Al fin y al cabo nunca había ni he visto una vaca en carne y hueso. La luz, la luz, entendimos al fin. Volvimos a apagarlas de inmediato. A él no nos atrevimos ni a tocarlo. Mi madre bajó a toda prisa a la recepción a pedir ayuda. Desde allí llamaron a una ambulancia. Cuando llegaron los médicos, enfermeros o lo que fueran y empezaron las maniobras para subirlo en la camilla, se puso como loco. Hubo que atarlo. En el hospital lo tuvieron horas y horas en un pasillo, enchufado a un gotero que no parecía producirle ningún efecto positivo. Desde debajo de la toalla no hacía más que suplicar que le dieran la vuelta, que necesitaba ponerse bocabajo. Encontraba cierto alivio en esa posición. Al final se lo concedieron. Por momentos parecía que se había desmayado. Supongo que todos temíamos que se estuviera muriendo. Por fin se lo llevaron a hacerle una resonancia y no sé qué más pruebas. Serían las tres de la mañana. Ya había amanecido cuando nos dijeron que podíamos subir a verlo a la habitación. Estaba dormido. Más bien noqueado. Tenía el aspecto de un apaleado. Pero su cara volvía a ser su cara, más o menos. Todavía con la piel levemente verdosa y algo engrosada, pero sí: volví a reconocer ese rostro. Mi padre volvía a ser mi padre. Poco después pasó la médica. Era joven y hermosísima, y hablaba desde el otro lado del abismo insalvable de confianza y solvencia que, lo entendí de repente, como en una epifanía, separa a esas mujeres del resto de mortales. Claro que tal vez solo fuera prudencia y profesionalidad. Le preguntó a mi madre si su marido bebía, si fumaba, si abusaba de las drogas. Quiso saber también si en la familia de mi padre existían antecedentes de dolencias similares. Nos dijo que el resultado de la resonancia no era concluyente, pero que estaba segura de que estábamos ante algún tipo de neuralgia grave. Las había en gran cantidad y muy diversas. Por la intensidad del dolor que cabía deducir del comportamiento de mi padre, así como por los detalles de su desencadenamiento y duración, apostaba por la de Horton o la esencial del trigémino. De la una y de la otra desconocemos su origen, y hoy por hoy aún no hemos dado con la cura para ninguna, nos explicó en un tono compungido que denotaba más frustración por el fracaso de la comunidad científica a la que pertenecía que empatía por el hombre que yacía en la cama extenuado por el sufrimiento. Quizá tuviera que ver el hecho de que empleara el siempre inquietante plural mayestático. Sin embargo y por suerte, disponemos de calmantes muy fuertes y eficaces, aunque en buena medida incapacitantes, que el especialista le recetará, en su caso. Ahora mismo yo solo puedo pautarles Nolotil. Aquí tiene. Uno cada ocho horas durante cinco días, con o sin dolor. Uno cada seis horas, si no hay más remedio. Que su marido le entregue este informe a su médico de cabecera cuando vuelvan a València. Le harán un volante para el neurólogo. Diría que lo peor del brote de su marido ya ha pasado. Aún experimentará un dolor fuerte durante unos días, puede que una semana, pero debería ser más soportable. De todos modos, nunca se sabe. A veces el brote dura unas cuantas semanas, meses incluso, si bien esto es raro. Ánimo y suerte. Voy preparándoles el alta. Estas cefaleas pueden llegar a ser crónicas. Esperemos que no sea el caso. Algo así nos vino a decir aquella hermosa doctora.

No mentía, por cierto. La cefalea en racimos o acuminada es una cefalea que se presenta en crisis agrupadas durante un cierto periodo de tiempo, de ahí que tenga esta denominación. Se distinguen dos variedades evolutivas fundamentales de cefalea en racimos: la variedad episódica y la variedad crónica. La primera forma es cuatro veces más frecuente. La forma episódica es aquella en la que las crisis de cefalea se presentan agrupadas diariamente durante cursos de tiempo limitado que puede extenderse desde uno o unos pocos días a varias semanas, intercalados con épocas de remisión en que el paciente está completamente asintomático y que varían entre unos pocos meses y varios años. La forma crónica, por su parte, se caracteriza por la ausencia de estos lapsos de remisión, produciéndose la cefalea casi diariamente durante un largo periodo de tiempo.

Tampoco tengo claro cómo llegué a la calle. Los pasillos del colegio, las escaleras, las puertas, el mundo entero era una sombra detrás de los fogonazos sanguinos y los gusanos preñados de luz que invadían mi vista. Sé que después de lo que me pareció una eternidad alcancé tambaleándome el bordillo de la acera, me senté entre dos coches, me incliné hacia delante y aprisioné mi cabeza con las rodillas mientras con las manos me toqueteaba con consternación la cara. Como si en sus facciones pudiera hallar la monstruosa razón de mi suplicio. Como si mi cuerpo supiera por instinto que en esa postura el dolor descendería desde el diez sobre diez hasta el nueve coma cinco. En esos momentos no pensé en mi padre, ni en el flamante y terrible último lote de la herencia que me había dejado. No había cabida en mí para la solidaridad ni para el odio. Tampoco para el amor. Porque ni siquiera pensé en mis hijas, que le cantaban al niño Jesús ahí dentro, felices, ajenas al dolor que me martirizaba. No pensaba en nada, creo, salvo quizá, precisamente, en Dios. De un modo vago y obtuso, en cualquier caso. Quiero decir que puede que rezara, que suplicara a las altas, altísimas instancias el fin de aquel padecimiento. Puede que el lamento gutural que se me escurría entre babas de la boca balbuceara de tanto en tanto las palabras por favor o Dios. Tampoco estoy seguro, ya digo. Ignoro qué pensaría de mí la gente que me viera allí tirado apretándome las sienes con las rodillas, prensándome la cabeza. Puedo sospecharlo, pero lo cierto es que lo ignoro. Igual que ignoro qué sentimiento les inspiraría escuchar la salmodia atormentada que canturreaba desde la acera sucia aquel hombre trajeado que con los dedos acalambrados de dolor y mucho esfuerzo logró desanudarse la corbata, quitársela y atarla fuerte, muy fuerte a la altura de su frente tumefacta. Sé que debían de ser las siete y pico de la tarde del veintiuno de diciembre, y que nadie me ofreció ayuda, ni siquiera consuelo. Fue al sentir ese desamparo, esa soledad en el sufrimiento, cuando, ahora sí, mi sesera en carne viva logró establecer las conexiones necesarias para que me acordara de mi padre. Lo evoqué joven, quiero decir relativamente joven, en todo caso tanto o tan poco como yo lo era en este preciso momento: cuarenta y tres años. Lo vi, casi tres décadas atrás, alejándose a pleno sol por la calle principal de Salamanca con paso dudoso y las manos en la cabeza, el ducados humeante entre los dedos de la derecha. Las manos, sus manos, como se verían las mías veintisiete años después: agarrotadas, torpes, ciegas, palpando, tentando el rostro abotargado en busca de la explicación del dolor, de una pista siquiera. Aquello no era normal. Algo genuinamente malo le estaba pasando a mi padre, me daba cuenta. Y estoy seguro de que mi madre y mi hermana también eran conscientes de ello. Pero ninguno hizo el menor conato de acompañarle. Lo dejamos solo. Sin pesadumbre, lo abandonamos en su trance, y nos fuimos los tres, lamiendo nuestros cucuruchos de helado, a ver si acertábamos a localizar la famosa rana entre el alarde de ornamentos labrados de la fachada plateresca de las Escuelas Mayores de la Universidad. El mío era de chocolate, claro, como de chocolate habría sido el de mi padre si se hubiera quedado con nosotros; a los dos nos encanta, nos encantaba. Dimos con ella, por cierto, sin dificultad. Me refiero a la rana. Nos ayudó el hecho de que una guía estuviera explicando a un grupo de jubilados almerienses o murcianos las diferentes hipótesis sobre la presencia del anfibio en la fachada. La rana como alegoría de la muerte, la rana como alegoría de la lujuria. Todo eso del *carpe diem*. El caso es que en la parte alta del primero de los tres cuerpos horizontales en que se divide la portada, concretamente en la gran pilastra de la derecha, se observaban tres calaveras a modo de capitel. Desde la frente de una de ellas, creo recordar que la de la izquierda, me miraba la ilustre rana. La encontré pequeña y bastante ridícula, un detalle vanidoso del artista, un chiste con pretensiones de profundidad. En fin, me pareció decepcionante en términos generales. Quizá en tiempos hubiera estado pintada de verde. Un verde amable y terso, imaginé, muy distinto al verde sapo del rostro con que mi padre se había marchado al hotel. A lo mejor así habría resultado más atractiva de mirar. No lo sabía, y era aquella época en que uno podía vivir perfectamente sin despejar de inmediato sus dudas irrelevantes mediante una visita rápida a Google. Lo incuestionable era que aquel día de agosto de las postrimerías del siglo XX la rana de la Universidad de Salamanca era del mismo color parduzco que el resto de la piedra del edificio y, por tanto, a diferencia de la cara de mi padre, en absoluto verde. Me resultó más digna de contemplación la calavera que la soportaba. Sin embargo, ni siquiera la posible admonición petrificada para la posteridad en aquel cráneo pelado me interpeló lo suficiente como para preguntarme seriamente si no deberíamos volver al hotel a interesarnos por mi padre y su cabeza. Durante toda la tarde seguimos recorriendo las calles de Salamanca. Nos hicimos fotos en la Plaza Mayor. Vimos la figura del astronauta tallada en una de las portaladas de la Catedral Nueva. No echamos en falta a mi padre; estábamos acostumbrados a sus ausencias por el trabajo, por las juergas, porque sí. Era un hombre difícil. Estábamos acostumbrados a ser nosotros tres y, a veces, uno más. Hoy sé que tampoco él pensaba en nosotros durante su calvario en aquella tarde salmantina. Sé, por propia experiencia, que no pensaba en nada, que no deseaba nada más que en el cese del maldito sufrimiento. Un milagro. O el desarrollo súbito y radical del gusto por el masoquismo. O el fin del mundo. No es algo que me haga sentir mejor, por supuesto. Ojalá siguiera vivo para pedirle perdón por haberle desatendido en su debut en la cefalea de Horton.

La otra denominación de la cefalea en racimos, esto es, cefalea o neuralgia de Horton, encuentra su razón en la figura de Bayard Taylor Horton. Allá por el año mil novecientos treinta y nueve, el neurólogo estadounidense fue el primero en realizar una exhaustiva revisión de este tipo de cefalea. Poniendo el foco de su trabajo en la búsqueda de los mecanismos desencadenantes de las crisis, logró provocar, mediante inyecciones de histamina, ataques neurálgicos en pacientes previamente afectos. El Doctor Horton, además —y quizá esto sea lo más importante, o cuando menos lo más célebre de su contribución al estudio de la cefalea a la que da nombre—, describió en sus notas el dolor característico de esta neuralgia como «tan intenso que resulta necesario vigilar a los pacientes constantemente por miedo a que cometan suicidio».

Había llegado tarde al festival de las gemelas. Es de lo último que recuerdo con nitidez del día de mi estreno en la cefalea de Horton. Soportaba el cargo de conciencia, por lo demás no demasiado pesado, del típico padre estadounidense de película de sobremesa. Solo que mi retraso no se debía a la adicción laboral. Tampoco a una aventura sentimental condenada al fracaso y que a la postre, saciada torpemente la voluptuosidad y comprobada la imposibilidad de retroceder en el tiempo hasta ese punto donde uno cree que erró el camino, solo serviría para hacerme tomar conciencia de lo afortunado que era con mi familia. No. Se me habían alargado las cervezas navideñas con los compañeros, eso era todo. Fue la de nóminas la que me obligó a movilizarme cuando me soltó: Oye, ¿tú no tenías una fiesta con las niñas o algo así?, en un volumen lo bastante alto como para que lo oyera todo el mundo. Habría quedado raro contestar que sí, pero que no tenía ningunas ganas de ver la actuación de mis hijas y que lo que de verdad me pedía el cuerpo era una cuarta cerveza. Así que dije: Joder, Cloti, pareces mi madre; me acabo esta y me voy. Es también cierto, no obstante, que en parte mi impuntualidad se debió al hecho de que no logré encontrar aparcamiento en los alrededores del colegio. Normalmente hay sitio en la zona de Nou Patraix, entre el barrio de toda la vida y Safranar. Pero ese día estaba todo hasta los topes. Di vueltas y vueltas, pero nada. Acabé aparcando en el bulevar Sur, ya casi en San Isidro. Tardé un cuarto de hora en llegar a pie al colegio. Me olí con gesto furtivo las axilas antes de entrar en el salón de actos. Era la mezcla de sudor, colonia y alcohol a la que aún hoy huele mi infancia. A la que aún hoy huele el recuerdo de mi padre.

A efectos prácticos, es decir, en lo que interesa a los enfermos, la cefalea en racimos es hoy en día un enemigo tan pavoroso e inexpugnable como lo era en mil novecientos noventa y siete: no tiene cura. El objetivo del tratamiento es, igual que entonces, desesperante en su modestia: disminuir en lo posible el dolor, acortar en lo posible el periodo de cefalea y postergar en lo posible las ineludibles recidivas. Dado que el dolor de una cefalea en racimos suele aparecer de repente y desaparecer rápidamente, puede ser difícil de tratar. El tratamiento requiere largas terapias y, sobre todo, medicamentos de acción rápida, cuyo objetivo es detener la cefalea en racimos una vez iniciada. Destacan:

–Oxígeno. La inhalación de oxígeno puro a través de una mascarilla alivia a la mayoría de las personas que la utilizan. Los efectos de este tratamiento seguro se notan en quince minutos.

Por lo general, el oxígeno no tiene efectos secundarios.

–Triptanos. El sumatriptán (Imitrex) se administra por inyección cuando comienzan los síntomas de la cefalea en racimos. También se ha demostrado que el sumatriptán en forma de atomizador nasal u otro triptán, el zolmitriptán (Zomig), funciona, pero no tan rápido como la inyección.

El sumatriptán no está recomendado para personas con hipertensión o enfermedades cardíacas.

Las inyecciones y los atomizadores nasales se utilizan con más frecuencia que los medicamentos orales porque actúan más rápidamente que los medicamentos tomados por vía oral.

–Octreotida. La inyección de octreotida (Sandostatin), una versión de la hormona cerebral somatostatina, funciona en algunas personas con cefalea en racimos. Puede utilizarse en personas en las que los triptanos no funcionan bien.

–Anestésicos locales. El efecto adormecedor de los anestésicos locales, como la lidocaína, podría actuar contra el dolor de la cefalea en racimos en algunas personas cuando se administran por vía nasal.

–Dihidroergotamina. Una forma de dihidroergotamina administrada por vía intravenosa podría ayudar a aliviar el dolor en algunas personas con cefalea en racimos. Este medicamento también se presenta en un formato que se inhala por la nariz, pero no se ha demostrado que este formato funcione para la cefalea en racimos.

Hay cosas que un padre no debe decir, cosas que ni siquiera debería pensar. Pero no puedo evitarlo. Las chiquillas son muy feas. Son tan feas que llaman la atención. No hay que ser muy observador para percatarse de las reacciones a su alrededor en el súper, en el médico, en el parque, en todas partes. Hasta cierto punto es comprensible que la gente se las quede mirando durante un segundo o dos más de la cuenta y que los críos, pues, se ceben con ellas. Porque sí, es verdad: los niños son crueles. Tan crueles como los adultos, de hecho, solo que un poco más desinhibidos, más osados. No hay necesidad de entrar en detalles. Baste con señalar que las crías tienen la cara como fruncida, hecha un gurruño de pliegues muy tirantes en torno a la nariz. Cuando sonríen no parece que estén sonriendo. Cuando lloran no parece que estén llorando. De los hermanos gemelos suele decirse que siempre hay uno algo más guapo que el otro. No es el caso de mis hijas. Cuando la matrona las colocó sobre el pecho de mi mujer pensé en secreto que las pobres tenían que haber padecido mucho en el parto, que, por otra parte, y pese a no disponer de antecedentes con los que comparar las impresiones que me había causado su contemplación, no me había parecido demasiado largo ni dificultoso. Mi mujer estaba bien, de hecho, alegre y sudorosamente hermosa. Resplandecía. Pensé o quise pensar que, con el paso de los días, los rictus de las niñas se irían normalizando. No podía ser de otro modo. Luego pasé a contar el tiempo en semanas, en meses. Al fin y al cabo, ya se sabe, los bebés cambian mucho y muy rápido. Y ellas lo hicieron: cambiaron. Pero no a mejor.

Como es natural, lo primero que le pregunté al neurólogo cuando por fin me senté frente a su escritorio fue si el ataque se repetiría. Ya sabía la respuesta; me fue inevitable recurrir a internet; aunque a veces lo dude, soy humano. Así que se lo pregunté y aguardé la respuesta con una especie de recogimiento, en todo caso algo extraño, concentrado en generar en mi ser vacío, yermo y dolorido, como por ensalmo, como por milagro, siquiera un remedo de la resignación religiosa de un creyente en Dios o en la bondad de la gente. Sí, me respondió con una sonrisa de disculpa, cercano y profesional: me temo que eso es incuestionable. La segunda cuestión ineludible: cada cuánto tiempo intentaría matarte la cefalea de Horton. También conocía de antemano la respuesta, ahora mucho más vaga y aterradora:

—Eso es más difícil de decir.

—Inténtelo, por favor.

—Una vez al año… Dos… Hay pacientes que experimentan un brote cada pocas semanas.

Me pregunté si con experimentar quería decir sufrir, padecer. Penar. Y casi comparto mi duda con el doctor Puig, hombre de gesto risueño, de voz y manos lentas, estas también regordetas, mucho, tanto que podría decirse inflamadas, y con el general aspecto bonachón, como de sacerdote rural, propio de los hombres maduros y bajitos con gafas y un peso de unos ciento diez kilos en canal. Sin embargo, probablemente esta sí que era una pregunta prescindible, de modo que guardé silencio a la espera de que el especialista tuviera la bondad de brindarme siquiera unas pocas frases de información personalizada.

—La relevancia del factor hereditario —concluyó al cabo—, ha sido objeto de larga discusión en relación con este tipo de neuralgias, pero, qué quiere que le diga, la genética siempre está ahí. Su padre…

—Mi padre —le interrumpí al tiempo que señalaba los papeles de encima de la mesa—, sufría las cefaleas, o las experimentaba, más o menos una vez al año. Imagino que ahí le constará.

—Eso iba a decirle: que según he leído en sus antecedentes los ataques de su padre tenían una frecuencia anual.

—Sí, y siempre en verano. Bueno, casi siempre: en una ocasión se le retrasó el brote hasta octubre o noviembre, me parece. Fue durísimo para él; durante ese desfase albergó la esperanza de que la cosa se hubiera terminado.

—Bueno, no es extraordinario que la enfermedad desaparezca un día así, abruptamente y para siempre. Tampoco es lo habitual. Pero conviene ser optimista. Una buena actitud es fundamental en esto y en todo. En la vida.

Me molestó su paternalismo, la condescendencia con que se permitía abordar el dolor del prójimo. Volví a callar, y añoré la sinceridad descarnada, científica, aséptica y, por qué no, hermosa de aquella doctora joven, envarada y preciosa de Salamanca. El médico demostró de nuevo su debilidad de espíritu, su flacidez también mental. Carraspeó y rellenó el silencio como pudo:

—Mire, lo cierto es que, tras el final de un brote, no hay ningún marcador que permita determinar si estamos ante la remisión definitiva de la dolencia o se trata tan solo, entiéndame bien, de una tregua entre un ataque y el siguiente.

Sobre el escritorio, en un marco plateado con pequeños cisnes repujados en las esquinas superiores colocado en un ángulo lo bastante abierto como para que el paciente de turno pudiera verla desde su asiento, había una fotografía familiar. El doctor Puig, quiero decir el doctor Puig de unos cinco o siete años atrás, y la que supuse su esposa posaban acompañados de trece personas, las conté, todas vestidas con cierta elegancia y casi todas con un problema de sobrepeso de seriedad similar al de mi médico. Los retratados estaban dispuestos en dos filas, una detrás de la otra. Los integrantes de la hilera delantera se encontraban ligeramente agachados, a la manera de los jugadores de fútbol para la tradicional instantánea previa al partido. Protagonistas absolutos de la estampa, el doctor y su mujer resplandecían en el centro de la fila superior. No solo ellos brillaban, en realidad; todo el mundo en la fotografía irradiaba felicidad o, cuando menos, alegría. Una alegría sencilla, natural. Pura. Casi infantil. Debía de tratarse de la celebración de las bodas de plata del matrimonio. O a lo mejor era un evento conmemorativo de la licenciatura del doctor Puig organizado por su promoción de la facultad de medicina de, no sé, mil novecientos ochenta y seis, siete. O quizá un homenaje con motivo de la consecución de algún logro relevante en su carrera médica. Estas últimas explicaciones me parecieron improbables, no obstante; la actitud de los fotografiados era demasiado fresca y espontánea, libre por completo del efectismo y la competitividad solapada que, aunque haya alcohol de por medio, preside las reuniones, incluso las festivas, de los profesionales liberales. Sí: tenían que ser sus bodas de plata. Además, estaba esa mirada complacida que se dedicaba la pareja. Busqué rasgos físicos entre los celebrantes, además del de la gordura, que pudieran emparentar a la gente de la foto con el doctor. La anciana a su izquierda, delgada, más: flaquísima, de aspecto consumido en comparación con la generosidad carnosa que la rodeaba, tenía su misma expresión cándida, beatífica. En la fila frontal, justo delante del matrimonio, había dos veinteañeras vigorosas, compactas, sin duda hermanas, que compartían con mi médico la forma rechoncha, casi globosa de las manos. También tenían en común con su estirpe el aire inofensivo, como de mamífero herbívoro de pequeño tamaño. Supongo que examiné la imagen durante más rato de la cuenta y seguro que con más curiosidad de la socialmente aceptable. Es probable que hiciera lo mismo con las manos del doctor, que las ocultó detrás de los codos cruzando los brazos y apoyándolos en la mesa antes de interrogarme:

—¿Se encuentra bien? ¿Me ha escuchado?

Asentí como dicta la convención. Era muy posible que durante la contemplación de la fotografía me hubiera perdido algunas de sus palabras. En caso de que así fuera, carecía de importancia: con total seguridad el doctor no había dedicado sus hipotéticas frases a explicarme cómo disipar la espesa envidia que me inspiraba todo cuanto inmortalizaba su foto familiar: él, su carácter plácido y dócil, su matrimonio bien avenido, la dicha reinante en el ambiente y, en especial, muy en especial, sus hijas, tan felices, gordas y anodinas y que, sin embargo y sin duda, encontrarían a alguien que las consideraran hermosísimas, dignas de un amor exclusivo y eterno. De hecho, era probable que ya lo hubieran encontrado, a lo mejor hasta la foto hacía prueba de ello.

No hablo mucho con mi hermana. Cosas de la vida. No sé por qué la llamé una noche a las tantas, en un suave valle en la agonía del segundo brote, para decirle que había heredado lo del papá, que seguro que se alegraba de saberlo.

—Estás loco. Estás como una puta cabra. —Y colgó.

No es inusual que me sienta enfermo. Así que es posible que mi hermana no esté equivocada. Por muchas razones, de las que, sin embargo, ahora solo viene al caso que a menudo, o por lo menos con una frecuencia significativa, me sorprendo conjeturando acerca de la posición que ocuparían mis hijas en un hipotético *ranking* de fealdad infantil. Hago mis cábalas en los diferentes ámbitos territoriales de la eventual competición: desde el local hasta el estatal, pasando por el provincial y el autonómico. Por supuesto no son más que elucubraciones, quiero decir que soy consciente de que mis conclusiones carecen de fundamentos sólidos desde el punto de vista empírico. La muestra poblacional que rodea nuestra vida quizá no sea lo bastante representativa, de manera que he de recurrir a la técnica de la extrapolación, siempre imprecisa. A pesar de todo, me esfuerzo por realizar mis cálculos con toda la objetividad de la que es capaz un padre, y estoy convencido en lo más íntimo de que no me equivoco al colocar a mis niñas en el top diez municipal de fealdad infantil y nunca por debajo del top cien nacional.

No me cuido. Seguir las pautas de vida que el doctor Puig, mi doctora de cabecera y todos los facultativos de Internet coinciden en recomendar para prevenir futuros brotes me parece tanto como rendirse a los caprichos de esta enfermedad. Por otra parte, esos mismos expertos convienen en todos sus artículos, ponencias y estudios en que a día de hoy, ya se ha dicho, la ciencia no ha descubierto la manera de prevenir los ataques de la cefalea de Horton. Una contradicción flagrante que la comunidad médica debe de haberse puesto de acuerdo en obviar, quizá para poder trasladar a sus pacientes la idea falaz de que con fe y disciplina es posible mantener a raya esta neuralgia. Al fin y al cabo, la actitud lo es todo, como mi buen neurólogo gusta de repetir. Y los desesperados, lo sabe todo el mundo, quieren creer. Necesitan creer. Sea como sea, el objetivo real de las recomendaciones médicas, también lo he dicho comentado ya, en todo caso, es retrasar la irrupción innegociable del siguiente brote. Para ello nada de: alcohol, tabaco, chocolate, ni queso. El esfuerzo que me supondría adoptar esos hábitos saludables sería retribuido con un premio despreciable. Una victoria pírrica que, naturalmente, no compensa. También es posible que este razonamiento solo sea un intento de excusar el hecho consumado de que bebo demasiado, y de que no me apetece dejarlo. Bebía antes de que la cefalea formara parte de mi vida, y asumo que beberé durante el tiempo que la enfermedad se empeñe en acompañarme. Puede que hasta mi último día. Bebo porque mi padre bebía. Bebo como bebían los hombres de antaño, es decir: en esa mímesis que encabalga la tradición. Bebo, pues, a la manera de mi padre. Con moderación, pese a todo, y siempre fuera de casa, al salir del trabajo. Bebo, creo, con su mismo propósito: posponer el momento de volver con la familia; regresar poseído por una leve, alegre inconsciencia; mirar a mi gente con unos ojos más benévolos, más limpios. Bebo, algo en mi interior me lo dice, por razones análogas a las suyas: el descontento, la incomodidad, el conflicto moral que me produce admitir que rara vez tengo las ganas que debería tener de abrazar a mi mujer y a las niñas. Esto no tiene nada que ver con el amor que siento por ellas.

Me lo repito a mí mismo todos los días. Esto no tiene nada que ver con el amor que siento por ellas.

Volviendo al último día de mi primera vida, o al primer día de una nueva, esta en la que el dolor ya no afecta solo al espíritu, sino que ha logrado infectar el cuerpo, de repente se hizo la oscuridad en el salón de actos. Durante unos segundos se escuchó ahí delante, en la zona del escenario, en una tarima algo más alta de lo habitual, el ruido seseante y como polvoriento de un grupo de pasos pequeños y apresurados. Hasta que el cañonazo de luz blanca atravesó la estancia desde algún lugar a nuestra espalda. Al ver a los niños sobre la tarima, los espectadores rompieron a aplaudir, muchos de ellos con torpeza porque, como mi mujer, al mismo tiempo intentaban activar el vídeo de sus teléfonos móviles. Eran padres normales. Les imité. Quería parecer uno de ellos. Pero en mi cabeza se acababa de instalar una idea, y no era hermosa: la ubicación de cada una de las gemelas en el escenario había sido calculada de manera estratégica e interesada. Quise decírselo a mi mujer. No lo hice. Si la música no hubiera empezado a sonar en ese momento, creo que lo habría hecho. ¿Lo ves? Mira,

mira cómo las han colocado estas hijas de puta de las profesoras. Sea como sea, no lo hice. Y me sentí solo en el salón de actos, abandonado e incomprendido mientras mis hijas cantaban a Dios vestidas de pastorcillas. La disposición de los niños del coro era idéntica a la de los familiares del doctor Puig en la fotografía de su escritorio. Una de mis hijas ocupaba el segundo lugar empezando por la derecha de la fila delantera. La otra era la tercera desde la izquierda de los críos de la fila superior, sobre una banqueta. No tenía modo de demostrarlo, pero, ya digo, tampoco tenía la menor duda de que las posiciones de mis hijas en el conjunto no eran consecuencia del azar ni de la utilización de ningún criterio escenográfico habitual en este tipo de eventos, básicamente el de la estatura. La colocación de las gemelas en el entarimado tenía que haber supuesto un quebradero de cabeza para la tutora y las otras maestras —todas eran mujeres— que, por su ir y venir afanoso por el salón, era obvio que tenían un papel principal en la organización del festival. En un primer momento, la opción de ponerlas juntas les habría parecido la mejor. Pero pronto alguna de estas organizadoras habría puesto con delicadeza sobre la mesa la evidencia de que situar codo con codo a las niñas más feas a las que ninguna de ellas había dado clase nunca fuera demasiado para el respetable. Además, habría apuntado otra docente, en cierto sentido juntarlas sería injusto para los demás niños, que quedarían eclipsados por el magnetismo que las gemelas, en especial cuando están juntas, ejercen sobre las miradas de la gente.

—Separémoslas —habrían convenido los miembros del comité organizador del festival.

—Pero hay que escoger con tino el lugar de cada una.

—No son muy altas para su edad.

—Eso estaba pensando yo; son bastante canijas, de hecho.

—Yo creo que si las ponemos en la fila de atrás...

—Es buena idea, les podemos plantar delante a Wilson y a Aitana, que están enormes.

—¿No cantará demasiado?

—Bueno, podemos poner a otro crío bajito ahí detrás, para que no se diga.

—Vale, entonces, a ver... Las gemelas en la fila de atrás, pero separadas, ¿no?

—Sí, sí, separadas, eso está decidido, si os parece.

—¿Una en cada punta de la fila?

—Mmm... yo creo que sí, además en los extremos la luz será algo más tenue, quieras que no.

—No sé yo, ¿eh?, igual es mejor evitar la simetría.

—¿Cómo?

—Que el efecto espejo es muy llamativo, la gente se fija rápido en los puntos simétricos de una composición. Es una cuestión de equilibrio, de armonía.

—Chica, qué quieres que te diga… armonía estas crías, la justa…

—Jaja.

—Jaja.

—Ja.

—Joder, tías, no seáis cabronas. Lo que digo es que yo optaría por disimularlas, no sé, meterlas a bulto por ahí en medio, al mogollón.

Palabra más o menos, algo así debía de haber ocurrido. Yo habría hecho lo mismo, no soy menos miserable que el más miserable. Y otra vez ese sentimiento de incomprensión, de abandono. Ahora encuentro el término: ultraje. La voz unísona del coro se fue volviendo más y más aguda en cuestión de segundos. Un chirrido fondeando en mi cerebro. Allí sentado, súbitamente concentrado en la labor de identificar las voces de mis hijas entre la estridencia, como si la vida me fuera en ello, empecé a llorar. Solo por un ojo, eso sí. El derecho. Mi ojo muerto. No sé por qué, quizá a causa de los destellos ígneos que de pronto se encendían a lo largo y ancho de mi campo de visión, me acordé de que esa misma mañana un dron había impactado contra un mercado navideño en Ucrania. No recuerdo la localidad. No importa. Decenas de heridos. Muchos de ellos niños. Lo había visto en el canal veinticuatro horas mientras me tomaba un café tocado en un bar cercano al trabajo. Las imágenes que ilustraban los comentarios de la presentadora no eran demasiado nítidas, pero entre la nube de polvo distinguí un hombre que corría abrazando contra su pecho un cuerpo infantil al que le faltaban las piernas. Una desgracia de la que nadie se burlaría jamás. Sospecho que mucha gente lo considerará ignominioso, pero eso es lo que pensé de inmediato al intuir los muñones del crío. La suya era una tragedia en cierto sentido útil, constructiva. Desde el momento de la explosión hasta su último aliento de vida, si es que lograba sobrevivir a las heridas, claro, ese pobre chavalín ucraniano solo recibiría ánimo y ayuda, comprensión y aprobación. En fin: esa bonhomía que la humanidad regala a las víctimas de reveses de una gravedad cualificada como, por ejemplo, nacer con parálisis cerebral, quedarse tetrapléjico o resultar mutilado en un ataque terrorista o de guerra. Mis hijas serían más felices, su vida sería mejor si tuvieran otro tipo de discapacidad, una mejor, una discapacidad de esas respetables, con las que nadie se atreve a hacer mofa. Porque, ¿acaso la fealdad no es hoy en día una discapacidad? ¿Acaso no es la fealdad la peor de las discapacidades posible en el mundo de Instagram y de TikTok, de las videollamadas, del reconocimiento facial, de las pantallas? Así que sí: me dio envidia aquel niño tullido. La misma envidia, en el fondo, que ahora, viendo cantar a mis horribles hijas en el salón de actos del colegio, tenía de la vulgaridad, quiero decir, la normalidad de cada una de sus compañeras de clase, de sus padres autosatisfechos, de sus hipotéticos perros y gatos. Una fracción de segundo después, como si un rayo divino me castigara desde el cielo, me atravesó la cefalea de Horton.

Según indica su prospecto, Imigrán 6 mg solución inyectable contiene el principio activo sumatriptán, que pertenece al grupo de medicamentos denominados triptanes (conocidos como agonistas del receptor 5-HT1). Pero esto no es importante. Lo importante es que nunca olvidaré la primera vez que vi a mi padre usarlo. Aplicárselo. Administrárselo. Ese ritual, por lo demás apresurado y desprovisto de cualquier tipo de pompa, era una más de las tantas singularidades de mi padre que consolidaban la idea de persona extraña y algo inquietante, o, mejor dicho, de personaje, de personaje oscuro y peligroso en potencia, que me había formado de él desde bien pronto y que mantendría durante buena parte de mi vida y de la suya. Tampoco olvidaré mi primer pinchazo. En el punto álgido de mi tercer brote. De algún modo conseguí levantarme del sofá y encerrarme en el dormitorio. No quería que las chiquillas lo vieran. No quiero. No soportaría que la imagen de su padre fuera de sí, embrutecido, casi animalizado, medicándose salvajemente, drogándose yacente en el salón, se convierta en otro de los recuerdos desagradables que sus mentes pronto empezarán a almacenar. Una tontería, está claro, pero, no sé, debe de ser que en una parte de mí sobrevive ese instinto de los padres normales que comentaba antes: transmitir seguridad y confianza a sus hijos, ser, ante sus ojos, un elemento del paisaje acogedor y en la medida de lo posible resistente al deterioro, duradero en potencia, como una montaña o un centro comercial. Lo que mi padre nunca me pareció. Lo que mi padre nunca me pareció, entre otras muchas razones, porque demasiadas veces lo vi sucumbir a la enfermedad. Sumergirse en la tregua narcótica del Imigrán. Dormirse. Irse a otro lado, a otro mundo. Con o sin medicación mediante, era lo que mejor se le daba.

3. Cómo usar Imigrán

Siga exactamente las instrucciones de administración de este medicamento indicadas por su médico. En caso de duda, consulte a su médico o farmacéutico.

Solamente use Imigrán una vez iniciado el ataque.

No use Imigrán profilácticamente, es decir, como medida de prevención de un eventual ataque. La administración durante un aura migrañosa, antes de la aparición de otros síntomas, puede no prevenir el desarrollo de una cefalea.

4. Posología

Su médico le indicará la duración de su tratamiento con Imigrán. No suspenda el tratamiento por cuenta propia.

Imigrán ha de usarse tan pronto como aparezcan los síntomas de cefalea en racimos; no obstante, puede usarse en cualquier momento durante un ataque.

No se recomienda la administración a niños, adolescentes menores de dieciocho años ni a pacientes de edad avanzada.

La dosis recomendada en adultos para los síntomas de cefalea en racimos es de una única inyección (seis/6 mg) subcutánea, justo debajo de la piel. Su médico le enseñará dónde administrarse la inyección, normalmente en el muslo o en la nalga. No poner la inyección directamente en una vena. Algunas personas empiezan a notar una mejoría a los quince minutos de la administración de Imigrán.

Si no se obtiene mejoría tras la administración de una dosis, no se debe usar una segunda dosis de sumatriptán para el mismo ataque. Sin embargo, podrá tomar su medicación habitual para el dolor de cabeza, siempre y cuando esta no contenga ergotamina o dihidroergotamina.

Si se obtiene una mejoría de los síntomas tras la primera dosis, pero los síntomas reaparecen, puede usarse una segunda dosis de Imigrán, una vez transcurrida al menos una hora desde la primera dosis.

No usar más de dos inyecciones en veinticuatro horas y dejar transcurrir al menos una hora entre cada dosis.

Las agujas y las jeringas pueden ser peligrosas y deben ser desechadas de forma segura e higiénica.

5. Contenido del dispositivo

 5.1. Autoinyector

 5.2. Estuche o petaca

 5.3. Cartucho que contiene dos jeringas precargadas

6. Instrucciones para la correcta administración de Imigrán solución inyectable

6.1. Abrir el estuche o petaca. Quitar el precinto de una de las dos jeringas que contiene el cartucho.

6.2. Abrir la tapa de la jeringa correspondiente.

6.3. Sacar el autoinyector del estuche o petaca.

6.4. Introducir con firmeza el autoinyector en el cartucho y girar el autoinyector en el sentido de las agujas de reloj hasta no poder girar más.

6.5. Tirar con firmeza del autoinyector cargado hacia afuera. Es posible que le cueste un poco hacerlo. Hay un botón de seguridad que evita una inyección accidental hasta que usted esté preparado.

6.6. Presionar firmemente el autoinyector cargado contra la piel, preferentemente en la cara externa del muslo o en la parte superior de la cara externa del brazo (músculo deltoides), de forma que la parte gris se deslice justo hasta la parte azul. Para inyectar, apretar el botón azul del autoinyector y mantenerlo así fijo durante cinco segundos por lo menos (o contar hasta diez).

6.7. Cuidadosamente retirar el autoinyector. Tenga cuidado pues se verá la aguja.

6.8. Inmediatamente devolver la jeringa utilizada colocándola en el cartucho, empujando el autoinyector hacia abajo en el interior del mismo hasta donde llegue. Luego, girar el autoinyector en el sentido contrario al de las agujas de reloj hasta que salga del cartucho.

6.9. Sacar el autoinyector del cartucho; luego, cerrar la tapa sobre la jeringa utilizada.

6.10. Devolver el autoinyector a su sitio en la petaca o estuche empujándolo hacia abajo. Escuchará un chasquido cuando el autoinyector esté bien colocado.

La tarde del festival navideño, mi mujer y las niñas me abandonaron en pleno ataque igual que mi madre, mi hermana y yo abandonamos a mi padre aquella remota tarde veraniega salmantina. Dicho así puede sonar victimista. Pero me abandonaron. Cuando terminó la actuación de las niñas yo seguía en el bordillo, más o menos delante de la puerta del colegio, intentando sobrevivir. Las tres aparecieron a mi espalda. Recuerdo girarme con torpeza y ver sus zapatos. Los de mi mujer negros y con medio tacón, como de charol. Elegantes. Bonitos. Las botitas de las niñas, forradas de algo así como lana, un tejido sin duda sintético porque emitía unos destellos de lo más artificial al resplandor del alumbrado público. Es lo que recuerdo o creo recordar. Eso y que ninguna de ellas se agachó para darme un beso. ¿Papá está bien?, preguntaron las chiquillas a la vez. Perfectamente, les dijo su madre, y de un zarpazo me quitó la corbata de la cabeza. Menudo espectáculo estás dando, añadió como masticando las palabras; no respetas ni el colegio de las niñas. Acto seguido me pidió las llaves del coche. Se las di, supongo, porque un momento después habían desaparecido. Debió de costarle bastante encontrar el coche. No hablamos de ello cuando llegué a casa después de recuperarme lo bastante como para coger un taxi. Ni nunca.

Creo que el dolor que me causa la fealdad de las gemelas sería menos intenso si fueran dos niños. Dos varones, quiero decir. No sé cómo interpretar esta impresión. No sé si presuponer y, en consecuencia, exigir de manera más o menos explícita la presencia de la cualidad de la belleza en las mujeres constituye un evidente prejuicio machista producto de mi educación heteropatriarcal, o, muy al contrario, es la consecuencia de una concepción feminista del mundo. Porque tener interiorizada la idea de que las mujeres son hermosas, que tienen derecho a serlo y que, por tanto, su fracaso en ese aspecto es particularmente triste, supone a fin de cuentas concederles un estatus superior al de sus compañeros de especie.

Consulta con el doctor Puig. Telefónica, por suerte. Hoy no habría podido soportar ver su cara pánfila, percibir la dicha absoluta en la mansedumbre de sus facciones. Me ha dicho que le preocupa la frecuencia de mis brotes. Que intente perseverar en las recomendaciones de hábitos y dietéticas. Que intente relajarme. Va a tratar de encontrarme un hueco en la unidad de dolor del hospital Peset. Hay lista de espera, pero hará lo posible. Ya veremos. La verdad es que no tengo fe en nada más que en la jeringa de Imigrán. Tampoco es fe, en realidad; esa medicación me ha demostrado su eficacia. Unas horas sin dolor. Sin dolor extremo, quiero decir. No me importa que me deje grogui. No me importa que mientras estoy bajo sus dulces efectos sea incapaz de mantener una conversación inteligente con mi mujer o con las niñas. Hace tiempo que sospecho que adolezco de esa habilidad. Hace tiempo que sé que me parezco demasiado a mi padre. Por lo visto mi madre se encarga de recalcarlo cuando mi mujer le llama por teléfono a decirle que no puede más conmigo, que soy insoportable. Paciencia, bonica, le dice, te quiere a su manera, os quiere a su manera. Nos quiere a su manera. Son muy amigas. No me molesta, me extraña.

Solo en una ocasión hablamos mi mujer y yo del tema. Las niñas tendrían ya tres años o casi. Las acabábamos de acostar. Cada uno a una, como siempre, a días alternos. Preparamos la cena. Cuando íbamos a sentarnos a la mesa sentí la necesidad urgente y súbita de ver de nuevo a las gemelas. Fui a su habitación, pero no entré. Me quedé apoyado en el marco de la puerta. El sueño ya había sosegado sus respiraciones. Bañadas tan solo por el resplandor que llegaba exangüe del salón, mis hijas no eran feas. Tampoco guapas, por descontado. Eran dos niñas no demasiado rubias, de ese rubio español pobretón, como de paja medio quemada, que dormían con el rostro difuminado piadosamente por la penumbra. Se me humedecieron los ojos. Me acerqué, las besé y las arrebujé entre las mantas, subiéndoselas con delicadeza hasta cubrirles la nariz. Volví al quicio de la puerta, saqué el móvil del bolsillo y les hice una foto. Comprobé que en ella se distinguía la parte superior del perfil de sus cabezas. El trazo rectilíneo de sus frentes. Los cabellos revueltos, traviesos. Subí de inmediato la fotografía a Instagram. Era la primera que colgaba de las chiquillas en la que no salían de espaldas. A lo mejor había por ahí quien me suponía un padre moderno, respetuoso con la privacidad de sus hijas. Sentí vergüenza de mi vergüenza. Se me humedecieron un poco más los ojos. Guardé el teléfono y seguí contemplándolas mientras me anegaba una melancolía lenta, densa y oscura. Mi mujer vino a buscarme.

—Las berenjenas se enfrían —dijo en voz baja a mi espalda.

No le respondí. No me giré. Se acercó y se pegó a mi cuerpo. Le pasé la mano por la cintura.

—Míralas, le susurré.

Se apretó un poco más contra mí. Su pelo olía a aceite de girasol. Pasaron unos buenos minutos: agradables, pacíficos. De repente me escuché diciéndole:

—¿Cuándo dejarán de ser felices?

Sí. Me salió del alma.

—¿Cómo? —inquirió ella entre recelosa y alarmada.

No desvié la conversación hacia lugares seguros. Sabía que debía reconducir la situación, que era lo conveniente y también lo decente. Pero no lo hice. Necesitaba compartir con ella mi inquietud. Seguí adelante.

—Que cuándo empezarán a estar a disgusto consigo mismas.

Se retiró de mí.

—Pero ¿qué dices?

—Pienso en ello a menudo. Me preocupa que crezcan. Me preocupa y me asusta.

—¿Se puede saber de qué estás hablando?

—Lo sabes tan bien como yo.

Una parte de mí se resistía a verbalizarlo.

—Lo único que sé es que las niñas son felices —dijo, tajante—. Y lo serán siempre.

Lo infantil, casi estúpido de su vaticinio revelaba que entendía perfectamente lo que quería decirle, y que no quería oírlo. Hablé, no obstante:

—Qué feas son.

—¡Calla! —gritó mordiéndose los labios, sus ojos como platos.

—Son feísimas, joder.

Sus ojos se abrieron aún más durante un segundo, para acto seguido achinarse de odio. También de dolor, claro. Se abalanzó sobre mí. Me tapó la boca con una mano y con la otra quiso apartarme a empujones de la puerta.

—¡Que te calles! Te van a oír, gilipollas.

Le temblaba la voz. Me zafé de su suave mordaza levantando la cabeza.

—Hace mucho que deberíamos haberlo hablado.

—¡Calla! ¡Vamos!

Colaboré. Ofrecí la espalda a sus manotazos y me dejé conducir hacia el salón por el pasillo. Me senté a la mesa. Las rebanadas de berenjena habían empezado a oxidarse en la fuente. Parecían láminas de un cerebro enfermo. O a lo mejor no, pero eso es lo que me sorprendí pensando. Y también que el aspecto del mío no debía de ser muy diferente. Me sentía como se siente uno cuando acaba de vomitar: bastante asqueado y algo aliviado. Mal sabor. Cogí el tenedor y me llevé una berenjena a la boca. Estaba fría. Mi mujer se había sentado en el sofá. Sollozaba contenida, casi callada, con la cara entre las manos.

—¿Qué pasa? —le pregunté. Nunca he sabido cuándo parar.

Y continuó sin mirarme:

—¿Qué clase de padre eres?

Era justo lo que yo me estaba preguntando. No tenía una respuesta clara, solo suposiciones poco gratificantes. Supongo que por eso me puse a la defensiva, es decir cruel.

—¿Te crees que las quieres más que yo?

Entonces sí, se volvió hacia mí.

—Yo jamás diría algo así.

De nuevo entendí que debía callarme, sin embargo:

—Pero lo piensas. Igual que yo. Lo piensas todos los días.

Rompió a llorar con desconsuelo.

—No pienso eso. Yo no pienso nada malo de ellas. Son nuestras hijas.

Seguí hurgando.

—¿Y por qué las peinas como las peinas, eh?

Vi el horror en su rostro.

—¿Qué? ¿De qué hablas?

—Que por qué las peinas así, a ver, con el pelo hacia delante, que no se les ven ni los ojos.

La insinuación, bastante burda, lo admito, fue demasiado para ella. Se quitó una chancla, se levantó de un salto y me la arrojó con todas sus fuerzas. La zapatilla pasó medio metro por encima de mi cabeza y se estrelló contra la estantería Billy.

—No vuelvas a decir eso de las niñas nunca.

Sus ojos brillaban llenos de una energía antigua, primordial, una furia luminosa que me hizo quererla más todavía. Lo estoy pasando mal, quise decirle, me preocupa muchísimo lo que les espera. Pero no se lo dije. No dije nada. Pinché otra rodaja de berenjena.

—¿Me has oído? —insistió ella—. Nunca.

—Vale.

Salió del salón. El sonido de sus pasos cojos me indicó que se metía en el cuarto de las chiquillas.

Nos llevó unas cuantas semanas recuperarnos.

Mi mujer lleva un tiempo haciendo yoga. Los lunes y los jueves a última hora de la tarde va a un bajo que hay en una de las calles que desembocan en la plaza de Patraix. No sé cuál. Siempre confundo sus nombres. Dice que le sienta bien, que se encuentra mejor que nunca. La verdad es que está especialmente guapa, como más joven. El caso es que, hablando con su profesora, le comentó lo mío. Lo mío o lo tuyo es la manera en que hemos acabado refiriéndonos a la neuralgia de Horton que padezco. Según la profesora me vendría bien practicar yoga facial. Repuse, como era evidente, que veía difícil que ese engañabobos me reportara algún beneficio cuando ni siquiera la ciencia más puntera había conseguido otra cosa respecto a la cefalea acuminada que mitigar el dolor de los enfermos atiborrándolos de drogas. Con todo, acabé concertando una sesión de prueba personalizada con un yogui facial que la profesora nos recomendó. Hace un par de semanas. No me sirvió de mucho. También es cierto que no he hecho los ejercicios que me pautó y que, por supuesto, no he vuelto a pisar su consulta, a la que el hombre llamaba taller. Mi mujer se lo ha tomado mal. Me dice que no me esfuerzo por nada, ni siquiera por mi salud, ni siquiera por mis hijas, que las pobres no tienen por qué pagar las consecuencias de mi dolor, en fin, de este mal humor y este carácter de mierda. A veces pienso que mejor iría si se echara un amante. Puede que ya lo haya hecho.

Mi madre, por cierto, se apuntó a bailes de salón cuando no habían pasado ni dos meses de la muerte de mi padre. No se lo reprocho. Me gusta que se divierta con el tal Julián. Ya han hecho un par de viajes juntos. A los Picos de Europa y a Santa Pola, creo.

Setenta y nueve metros cuadrados. La casa se me queda pequeña. Es verdad que en términos de organización doméstica y de crianza en general las gemelas forman una unidad. Duermen juntas, se bañan juntas, comen juntas, juegan juntas. Ven, codo con codo, los dibujos de la tele. A menudo incluso hablan a la vez y con las mismas palabras. En la práctica, insisto, las gemelas casi siempre constituyen una sola persona. Con ocho extremidades y dos cabezas, pero una sola persona que ocupa el espacio y el tiempo que requeriría un cuerpo único estándar. Tanto es así que en ocasiones se me olvida que son dos. Digo que, en ocasiones, cuando me escabullo de dondequiera que estén las niñas y enfilo el breve pasillo para refugiarme con un libro o con el móvil en el pequeño cuarto que utilizamos para amontonar trastos, me asusto si una de las dos aparece de pronto por mi izquierda desde la cocina o, aún peor, si una está ya allí, en el trastero, jugando o haciendo cualquier cosa, esperándome con su sonrisa torcida deseosa de pasar un rato con su padre. Sé que lo que digo es aberrante. Por eso añado, quiero hacerlo, necesito decirlo, necesito oírlo, que esto no tiene nada que ver con el amor que siento por ellas. Puede que ya lo haya dicho.

Y, todavía, otra cosa más, Ana, una inconfesable: si nuestras hijas fueran dos niñas guapas. Si tuvieran, simplemente, una cara propia de su edad, quiero decir graciosa, desenfadada, inspiradora de alegría. Si fueran lo que son los niños de su edad con los que se relacionan de algún modo: la promesa de un futuro hermoso. Si no destacaran por su fealdad entre sus compañeros de clase. Si pasaran desapercibidas entre la chiquillería del cine cuando vamos a ver la última de Disney, entre la gente de cualquier edad que se mueve por las calles de València, de España, del mundo. Si así fuera: ¿padecería de cefalea de Horton o en racimos? Si así fuera: ¿llevaría mejor la paternidad? ¿Sería un padre mejor? ¿Sería, en fin, un buen padre? ¿O tampoco? Dime cuál de las dos posibles respuestas me tendría que hacer sentir peor.

José Luis

01:50. José Luis acaba de estacionar su dron en la pista 8 de New Perelló, la tercera más cercana al recinto ferial. Menos mal que ha salido con tiempo. La 7 y la 6-B estaban llenas. Además, le ha costado encontrar el acceso a Newpe. Ha tenido que cambiar dos veces de lanzadera. La señalización era confusa. También es cierto que tiene tendencia a desorientarse al volante. Rara vez llega a su destino a la primera. Ni navegador ni historias, siempre acaba dando más vueltas que un tonto, igual que le sucedía a su padre. Es algo que le pone de muy mal humor. Igual que le sucedía a su padre. Solo que a José Luis el enfado no se le pasa con la misma rapidez que le brota, sino que sus confusiones durante la conducción, lo tiene comprobado, suelen desencadenar una suerte de efecto dominó que pone en riesgo de derrumbe facetas de su persona que en principio no deberían verse afectadas por un mero error de pilotaje. Por eso decide tomarse unos momentos para intentar relajarse. Se arrellana en el asiento, cierra los ojos y se esfuerza por desarrollar pensamientos constructivos.

El próximo dron, se promete, con piloto automático integral. Decidido. A ver si pudiera ser para fin de año. Le ha parecido ver en la tele lo del Plan Renove o como se llame. Estaría bien. Pero piloto automático de verdad, de esos que te permiten ver una peli o leer un libro o simplemente dormir como un bendito mientras te llevan donde quieras por la ruta más rápida, más segura o más económica, según lo que te interese. Claro que valen un huevo, y no está la cosa para alardes. Es lo que le diría su mujer, que no es momento de caprichos. Pero no es ninguna ocurrencia lo de comprarse un dron nuevo. Este tiene más años que un loro. Está hecho polvo. En cualquier caso, todo depende del aumento. Sigue en el aire. Que sí, que sí, tú tranquilo, lleva meses diciéndole la jefa, pero a la hora de la verdad, ni flores.

José Luis suspira y abre los ojos. A una distancia difícil de determinar, cuatro o cinco haces de luz blanca barren al ritmo de la música de baile que retumba en el aire la porción de cielo recortada por la luna delantera de su dron. Los cañonazos de luz se introducen en las nubes bajas y recorren sus entrañas preñándolas de resplandores azulados, como si cinco relámpagos inmarcesibles las habitaran. Es hermoso de ver. No obstante, José Luis estira el brazo hasta el asiento del copiloto y coge el móvil. Se lo piensa unos segundos, pero acaba entrando en su carpeta de aplicaciones ocultas y activando Friendship & More. De entre sus dos amigos artificiales permitidos por la ley, todavía en buena medida mal vistos por los usos y costumbres, elige hablar con Santi. Necesita empaparse un poco de su «optimismo sencillo, asertivo y todoterreno», como entre otras cosas decía el extracto de su ficha técnica de cualidades humanas. Lo videollama. Pero Santi no contesta. Es la primera vez que ocurre. Aunque también es verdad que solo ha usado la aplicación en dos ocasiones con anterioridad. Sendas llamadas de presentación para conocer a sus nuevos amigos. Las hizo a horas más normales, eso sí. A lo mejor, se plantea, es que el servicio tiene algún tipo de restricción horaria. Pero no recuerda que se le informara de nada por el estilo al aceptar las condiciones de la aplicación. Porque sí, José Luis es de los que escuchan de cabo a rabo, y un par de veces, por si acaso, las estipulaciones contractuales de todo lo que se descarga. Así que está seguro de que le habría llamado la atención el hecho de que el contrato de descarga, instalación y uso de Friendship & More impidiera contactar con un amigo artificial desde, por ejemplo, las doce de la noche hasta las siete de la mañana. Además, ¿quién pagaría por un colega al que no pudiera llamar en plena noche? Sería un negocio condenado al fracaso. Quizá sea sencillamente un problema de cobertura, piensa entonces José Luis. Está comprobando si tiene red cuando Santi le devuelve la videollamada.

—¿Santi?

—Sí. ¿José Luis? ¿Hola?

La pantalla del móvil de José Luis es una mancha azul molesta para la vista que fluctúa en intensidad. La imagen se demora.

—No te veo.

—¿José Luis? Yo a ti tampoco.

—Pues no sé…

—Ahora, ahora te veo. ¿Cómo estás, José Luis? Disculpa, no me ha dado tiempo a cogértelo.

Cuando Santi aparece por fin en el móvil de José Luis tiene el pelo revuelto y los ojos hinchados.

—¿No te habré despertado?

—No, qué va, José Luis, no te preocupes. Estaba aquí tumbado viendo una peli y cuando ha sonado el teléfono no me acordaba dónde lo había dejado.

—Ah, una peli. ¿Cuál?

—Pues una de tus favoritas, según tus valoraciones en Film Affinity: *El Club de la lucha*.

—Qué buena. ¿Y qué? ¿Te gusta?

—Mucho. Es que, ¿sabes?, estoy repasando a ratos sueltos tus tops de cine y series en las diferentes plataformas y, de verdad te lo digo, José Luis: tienes muy buen gusto.

—Muchas gracias.

—Pero, dime, José Luis, ¿me llamabas por algo en concreto?

—Nada, tío, era por hablar un rato, nada más.

—Pues hablemos, claro. Voy a por una cerveza.

—Bueno, como quieras, pero no te entretendré mucho. Tengo poco tiempo, ¿sabes? Estoy en New Perelló. En un parquin. He venido a recoger a mi hija.

—Ah, muy bien. Tiene suerte contigo, la niña. Eres un padrazo.

—Jaja. Se hace lo que se puede…

—Oye, ¿y cómo está?

—¿La niña?

—Sí, Carla.

—Pues cada día más mayor. Acaba de cumplir quince.

—Cada día más mayor y cada día más guapa. El nuevo corte de pelo le sienta realmente bien.

José Luis hace amago de decir algo, pero aborta la frase antes de construir siquiera la primera sílaba. Tras un par de segundos, Santi se justifica, si es que los amigos artificiales pueden sentir la necesidad de justificarse. Tal vez sea más adecuado decir que, tras un par de segundos, Santi se explica:

—Supongo que recuerdas que consentiste mi acceso a tus fotos.

—Claro, claro.

—Bueno, ¿y tú? ¿Tú cómo estás, José Luis?

—Yo bien, como siempre. No me quejo.

—¿Pero podrías?

—¿Cómo dices?

—Si podrías quejarte.

José Luis lanza una risotada resignada por la nariz y dice:

—Pues supongo que podría quejarme, sí.

—Entonces, cuéntame, José Luis.

—Uff, no sabría por dónde empezar.

—Por el principio, ¿no te parece?

—Sería demasiado largo. Además, no me hagas mucho caso. Solo estoy un poco decaído. Nada grave.

—¿Un bajón? ¿Por eso me has llamado?

—No lo sé. Imagino que sí. Imagino que necesitaba

un poco de ánimo. Que lo necesito, vaya. Y a fin de cuentas tú eres mi amigo artificial optimista.

—Así es: ese soy yo. No hace falta decirte que puedes llamarme cuando quieras.

—Lo sé, gracias.

—Yo también podría llamarte, pero mi configuración solo me permite hacerlo en caso de tener una llamada perdida tuya. Lo digo por si quieres modificarla.

—No te preocupes. Está bien así.

—Vale. Volviendo al tema, en ocasiones a todos se nos nubla la mente, nos sentimos inseguros y perdidos. Tú tranquilo, José Luis, que yo estaré aquí para recordarte quién eres cada vez que lo necesites.

—Muchas gracias.

—Pero no pienses que lo que voy a decirte lo digo por obligación. No. Lo pienso de verdad. Así que escucha: José Luis, tú puedes con todo.

—Ya, ya...

—No me des la razón como a los locos. José Luis, piénsalo: has demostrado miles de veces que eres un gran tío.

—No sé yo, Santi. Últimamente no lo tengo tan claro. En el trabajo, en casa... siento que ya no pinto nada.

—No digas eso, José Luis. La gente te quiere.

—Me quiere mi hija, quiero pensar. Y mi mujer, de alguna manera. No como antes, eso lo tengo claro.

—La gente que te conoce bien te tiene en buena estima, hazme caso, José Luis.

—No es nada nuevo, también te digo. Siempre me he sentido bastante incomprendido. Como si nadie me valorara como es debido.

—Yo sí, José Luis. Yo te valoro. Yo sé que eres un gran hombre. Confía en mí, José Luis.

—Gracias.

—De nada, José Luis.

—Bueno... Disculpa, Santi, pero tengo que colgar.

Aparte de por tener que llamar a su hija para decirle que ha tenido que estacionar en la pista 8 pues no ha encontrado hueco en la que en principio habían acordado, José Luis ha puesto fin a la conversación, quizá de manera demasiado abrupta: Santi no dejaba de llamarlo por su nombre. Y a José Luis no le gusta su nombre. No le gusta nada. Lo detesta, de hecho, desde siempre. Le hace pensar en gente antigua, muerta hace mucho. José Luis Rodríguez Zapatero, José Luis López Vázquez, José Luis Moreno. Pasmarotes del pasado que la tele resucita de tanto en tanto, curiosamente todos dotados de una comicidad desmadejada y en buena medida involuntaria que a veces el propio José Luis cree poseer. En su mayoría, los hombres de su generación tienen nombres apropiados para su momento histórico. Enzo, Álex, León. Nombres dinámicos. Nombres aerodinámicos, piensa con mayor exactitud José Luis, casi se diría que elegidos con benevolencia e inteligencia para ayudar a sus dueños a surcar veloces, seguros y precisos el aire denso de la vida. En cambio, José Luis... ¿Quién le pone a un niño José Luis? ¡Por Dios bendito! Anda que no ha tenido que soportar burlas por culpa de su nombre desde que es capaz de recordar. Si pudiera haber elegido se habría llamado Darío, aunque se habría contentado con llamarse Víctor, Izan, Wo o incluso Kevin. O Ernesto, coño. ¿Por qué no le habían puesto Ernesto? Cualquier nombre. Cualquiera más o menos normal. Cualquier nombre menos José Luis, cuya elección, para más inri, no había obedecido a un motivo de peso. Ni a una tradición familiar, ni a una promesa, ni al hecho de que el día que José Luis vino al mundo todavía estuviera caliente en el ataúd el cuerpo de algún pariente que se llamara así. Nada de eso. Les pareció un nombre bonito, esa es toda la explicación que sus padres le habían dado al respecto. Tenía en su mano cambiárselo, claro. José Luis podía ir al registro y realizar el trámite pertinente para, digamos, redefinirse de un modo más acorde a su persona y personalidad, o a lo que le gustaría que ambas cosas fueran. Pero no tendría mucho sentido hacerlo, piensa. ¿Acaso sus padres dejarían de llamarlo José Luis? ¿Y su mujer? No. A estas alturas ni siquiera él podría dejar de llamarse a sí mismo José Luis. No parecía plausible, por tanto, que por el hecho de cambiarse el nombre sus compañeros de la oficina fueran a dejar de dirigirse a él con frases como: José Luis, ¿otra vez ensalada de rúcula? O: Venga, José Luis, date aire con ese informe.

José Luis nunca ha entendido, tal y como hace solo un momento ha empezado a contarle a Santi, por qué no recibe del mundo el respeto que merece. Le ha ocurrido siempre. En el colegio, en el instituto, en sus diferentes trabajos. También en casa. En la de sus padres y en la suya. Nadie le toma del todo en serio. Hasta Carla ha empezado a tratarlo con una tímida indulgencia, como si cada cosa que hace o dice su padre la avergonzara y al mismo tiempo la enterneciera. El motivo que pueda explicar este desdén generalizado es un misterio a cuyo desentrañamiento José Luis dedica una gran parte de sus pensamientos cotidianos. La cuestión del nombre no puede explicarlo todo, eso lo tiene claro. Hay algo más. Tiene que haberlo. Una causa que no ha conseguido identificar hasta la fecha, cuya presencia le acompaña en todo lugar y momento, igual que la intuición de una enfermedad aún por descubrir o el peso de una culpa imposible de confesar. Sin embargo, es curioso, se considera un hombre superior a la media en muchos aspectos. Está satisfecho con su mente y con su cuerpo. Respecto a lo segundo, sin duda está en buena forma. Todas las noches antes de cenar hace abdominales y flexiones durante media hora exacta, y luego corre durante otra media hora en la cinta que tienen en el dormitorio. Si no fuera por el pelo, en realidad justo por lo contrario, por la pérdida que de un tiempo a esta parte viene sufriendo en la parte delantera de su cuero cabelludo, no tendría nada que mejorar de su apariencia física. Y en cuanto a su intelecto, procura mantenerlo vivo, despierto. Por ejemplo, piensa con un punto de soberbia, pongamos en los últimos diez o incluso veinte años, ¿cuántos conductores habrán recorrido de madrugada, como él acaba de hacer, el tramo de la lanzadera Sur Intermedia que conecta Gran Valencia con New Perelló escuchando en primicia, como suscriptor Premium de Audiolife, un pódcast sobre Gengis Kan sugerido por su vector de intereses potenciales? ¿Eh? ¿Cuántos? Pues eso. Es posible que no tenga una formación académica deslumbrante, pero desde luego sí tiene un cerebro inquieto, curioso y siempre dispuesto a abordar con entrega e ilusión la satisfacción de la impresionante variedad de intereses que es capaz de generar y albergar.

Esta mañana les había llamado la niña. Lo cogió su madre. Que le dejaran quedarse un poco más, porfa, que esta noche había verbena en la urba. Lleva desde el miércoles en el apartamento de su amiga Valeria. En principio la tendrían que haber recogido hoy, es decir, ayer a media tarde. En fin: esta tarde. La idea era cenar y acostarse pronto y así aprovechar el domingo para preparar las cosas del instituto y hacer algún plan en familia. Pero su madre le había dicho: Vale, cariño; sin siquiera dedicar a José Luis una mirada interrogante en plan: ¿Te parece bien? La mujer tampoco le había consultado antes de decir a Carla: No, a dormir no, que mañana tenemos muchas cosas que hacer y además me gustaría que nos pasáramos por casa de tu abuela, que no la has visto en todo el verano, a la pobre; tu padre te recogerá esta noche; ahora te lo paso y ya quedáis vosotros.

José Luis ha disfrutado del trayecto hacia New Perelló. Campos y más campos de naranjos a la derecha de la lanzadera, todas esas hojas verdes teñidas de un hermoso índigo por la oscuridad, mientras su perfume ácido se colaba en el dron y en la nariz de José Luis. Intercalándose entre los naranjales con una frecuencia imprevisible, naves industriales de tamaño medio, huertos diminutos, el nacimiento de caminos de tierra que se adentran en la noche, inaccesibles hasta para el dron más antiguo, y, en menor número, descampados sembrados por los escombros olvidados de lo que un día fue un pub o una discoteca. A la izquierda, a cierta distancia de la lanzadera, las fachadas traseras de las altísimas torres de las urbanizaciones de Pinedo, del Saler y un poco más adelante las de las torres todavía más altas del megacomplejo de Les Gavines 3, en su lógica tercera línea de playa, todas con la mitad superior de su perímetro enmarcada por LED parpadeantes de colores, con pocas ventanas encendidas y mucha menos ropa que hace apenas un par de días en sus tendederos. Es el último sábado del verano. Del verano de verdad. Del único verano que existe: el de la infancia, el de la juventud, el verano blanco y eterno que sin embargo se acaba cada año con la vuelta a clase hasta que, de golpe, un septiembre como otro cualquiera, muere para siempre. Así que sí, se ha dicho José Luis mientras pilotaba, en concreto mientras el dron, dejados atrás los naranjales y el resplandor evanescente de los viejos pinos eléctricos en modo nocturno de la Dehesa del Saler, se deslizaba junto al mirador de la Gola de Pujol de La Albufera, sus aguas de un negro anaranjado, el fulgor eléctrico de la Gran Valencia encharcado en los senos de sus olas; sí, han hecho bien dejando que la niña vaya a esa fiesta. Y acto seguido se ha sentido mal por haberse mostrado tan serio con ella por teléfono.

—A las tres, papá, ¿vale?

—No, Carla, a las dos te espero en la pista más cercana, luego miro cuál en Internet y te digo.

—Papá, por favor, la verbena empezará como pronto a las doce pasadas.

—A las dos.

—Pero papá…

—Carla, he dicho a las dos. Y deja de rechistar, que últimamente estás insoportable.

Por qué se lo había negado. ¿Qué más daba? No estaba enfadado. No con ella, por lo menos. Simplemente se había sentido, pues eso, un poco irrelevante ahí de pie en mitad del salón junto a su mujer, acercando la cabeza a la de ella para captar siquiera unas migajas de la preciosa voz de su hija, que reverberaba llena de energía en el auricular mientras madre e hija decidían cómo iban a transcurrir las cosas. Así que José Luis había aprovechado la posterior negociación con la niña para reivindicarse, para hacer una exhibición de fuerza y demostrar que, ojo, la opinión de su padre también cuenta. Una estupidez, en definitiva, porque lo que de verdad habría querido José Luis es ser él quien le hubiera dado el permiso a la niña. Le habría gustado haber sido el hacedor de esa alegría de su hija. A ambos les habría venido bien.

Esa es una de las ideas que le han importunado durante su viaje por la lanzadera Sur hacia New Perelló. Otra, más hiriente, tiene que ver con un latente sentimiento de culpa: no entiende la cara de pocos amigos que, seguro, le dedicará Carla en cuanto lo vea. Al fin y al cabo, la niña ha disfrutado del verano adolescente hasta las dos de la mañana de su último sábado de vacaciones. Otros, como el mismísimo Gengis Kan, jamás tuvieron siquiera la oportunidad de ser un niño. Por lo menos eso es lo que, en un pasaje del pódcast sobre el primer emperador de la Mongolia unificada que a José Luis le ha resultado particularmente bello, relataba la honda y acogedora voz del narrador:

Nacido en 1162 con el nombre de Temuyín en algún indeterminado de los alrededores del monte sagrado Burján Jaldún, en las montañas Jenti, el que sería el hombre más grande de su tiempo tuvo que vivir su niñez y su primera juventud en permanente huida, escondiéndose a lo largo y ancho de las estepas asiáticas de los enemigos que buscaban denodadamente acabar con su estirpe. Una vez asesinado su padre por los tártaros, la siguiente cabeza a cortar era la de Temuyín, de apenas nueve años. Según había contado la voz, en cierta ocasión aquel niño, tras escapar de una incursión nocturna de sus perseguidores en la que arrasaron el campamento del clan que había asumido su cuidado y educación, pasó tres días con sus noches enterrado en un hoyo que él mismo había cavado, respirando a través de un flautín que le había regalado su padre.

En la imaginación de José Luis, la interioridad de aquella madriguera se había dibujado en tonos rojizos —como los de aquel vídeo gestacional en que había visto por vez primera la cara de su hija— en contraste con el intenso azul, perfectamente celeste de día y oscurísimo y lleno de estrellas de noche, del cielo helado que su fantasía colocó sobre el inmenso pedregal escudriñado por los enemigos de Temuyín. En su búsqueda, durante los dos días siguientes al ataque peinaron toda la estepa en espirales cada vez más amplias desde los restos en llamas, luego ya solo humeantes, del acuartelamiento.

Desde luego, si los páramos mongoles guardaban un mínimo parecido con el aspecto que les atribuía, aquella historia tenía que ser un cuento. Era difícil creer que ninguno de los miembros de una horda de guerreros experimentados fuera capaz de detectar la presencia de una flauta —una flauta de bambú juraría que había dicho el narrador del pódcast—, asomando, por poco que fuera, en medio de esa planicie yerma que llamaban hogar. Por otra parte, estaba la cuestión práctica de cómo pudo Temuyín enterrarse a sí mismo sin dejar al descubierto sus extremidades superiores, o por lo menos una de ellas. En fin, estaba claro que la historia del joven Gengis y el hoyo en el desierto era una leyenda inventada a mayor gloria del Kan por alguno de sus exégetas, años o siglos después. Licencias de la grandeza, a las que José Luis no tenía nada que objetar. Siempre le habían gustado los cuentos. Le resultaba divertido tanto detectar como pasar por alto las incoherencias de una historia, incluso sus falsedades, si ello contribuía a engrandecer y embellecer la realidad. A su mujer le ocurría todo lo contrario. Le molestaban esas libertades en las películas, en los libros. Las consideraba un insulto a su inteligencia, una tomadura de pelo, y pensaba que su uso no se debía a otra cosa que a la falta de talento del autor para atrapar sin hacer trampas la atención del espectador o del lector.

Es por eso que la mente de José Luis ha enlazado la evocación del mítico autoentierro de Temuyín con lo que él y su mujer han empezado hace poco a llamar el tema o el asunto, en cierto sentido también legendario, Will Smith. A veces, incluso, el incidente Will Smith. Años atrás, bastantes, antes de la niña, cuando trabajaba en Mercadona Europe, José Luis viajó a Roma con su compañero Alberto con motivo de un congreso para jefes de área y de zona al que fueron enviados de manera imprevista, pues tanto su jefa de área como su jefa de zona estaban de permiso de maternidad. Se habían alojado en el hotel en que, según oyeron comentar a la gente de recepción cuando estaban haciendo el *check in*, el día anterior había estado hospedado el actor de Hollywood. Un dato vulgar, sin ninguna repercusión en el orden de las cosas, que él había decidido elevar a la categoría de episodio inolvidable o, por lo menos, de anécdota capaz de amenizar las cenas de Navidad o situaciones por el estilo, cuando esa misma noche se lo contó a su mujer, entonces novia, por teléfono desde la habitación. Acababan de coincidir en el ascensor del hotel con el mismísimo Will Smith y dos de sus guardaespaldas negros, gigantescos y muy serios y apretados en sus trajes, como en las películas, como en esas de *Men in Black*, con gafas de sol y pinganillo en la oreja, las de ambos muy pequeñas en comparación con sus cabezas enormes y de aspecto macizo. Le dijo que, al bueno de Alberto, ya sabes lo payaso que es, no se le había ocurrido otra cosa que dirigirse de pronto a la superestrella diciendo: *Good evening*, Míster Fresh Prince, te lo juro, nena, eso dijo, Míster, Míster Fresh Prince, con su acento gallego, y que luego le había tendido la mano con la intención, claro, de que Will Smith se la chocara y juntos reprodujeran el saludo que Will y su amigo Jazz se dedicaban en *El Príncipe de Bel-Air*, aquello de: Psshh, ¿te acuerdas? Y, ¿sabes?, ocurrió. Will Smith se rio y tras negar amablemente con la cabeza, dijo algo así como *Oh, man* y lo que me pareció entender como soy demasiado viejo para esta mierda, e hizo ese saludo con Alberto. Le chocó la mano, dijo: Psshh, y enarcó la espalda hacia atrás, como un junco. Y luego conmigo. Psshh. Quisimos hacernos una foto, claro, pero todo había pasado muy rápido, se abrieron las puertas del ascensor, Will Smith ya se bajaba y tampoco era plan de abusar de su buen rollo.

Esta versión mejorada de la que había sido y con toda probabilidad siempre sería su máxima aproximación a Will Smith en el espacio-tiempo resistió incólume la narración de José Luis en sobremesas familiares, reuniones de amigos y celebraciones de cumpleaños en diferentes parques de bolas durante unos cuantos años. Solo su hermano, en un aparte después de haber escuchado la historia por primera vez, le había dicho entre risas que aquello no había quien se lo tragara.

También la mujer de José Luis descubrió el engaño. A ella, sin embargo, no le hizo ninguna gracia. Una noche, hará un par de meses o tres, se encontraron saliendo del supercine con Alberto y una joven a la que aquel presentó como su prometida y que, si no se hartaba antes de él, cosa probable porque era una chica lista, en cuestión de un par de meses se convertiría en su tercera esposa. Hacía años que los excompañeros no se veían. Decidieron ir tomar una cerveza. Se sentaron en una de las terrazas de la azotea del centro comercial, la del Foster's, y, hablando, hablando acabó saliendo lo de aquel viaje a Roma. Y lo del encuentro con Will Smith, claro. Sacó el tema la mujer de José Luis. Parecía muy interesada en escuchar la historia de boca de Alberto, que se la quedó mirando con una sonrisa de idiota y luego miró a José Luis y luego miró otra vez a la mujer. Era evidente que la situación requería de Alberto entrar al quite de su amigo. Sin embargo, no lo hizo, fuera por torpeza o por simple desinterés. Salió a la luz la mentira con la que José Luis había acaparado la atención en multitud de reuniones en las que de otro modo habría pasado perfectamente desapercibido y que su mente en absoluto designaba como una mentira, sino como una broma o una historieta, tal y como les hizo saber a los demás, desconcertado ante su incomodidad. A su mujer le ofendió en lo más hondo enterarse de esa manera. No es que antes José Luis y ella tuvieran una relación óptima, pero desde esa noche las cosas funcionan peor entre ellos. Con todo, Alberto y la muchacha, Silvia o Sonia o algo así, se despidieron diciendo que les harían llegar por guasap la invitación de la boda.

¿Por qué Marta no podía tomarse el incidente Will Smith como en su momento hiciera su hermano, con ligereza y buen humor? El hermano pequeño de José Luis es la persona que mejor lo conoce. Sin duda. Por eso el domingo pasado Ernesto, cuando se pasó por casa para arreglarles el plafón del recibidor, le había preguntado casi murmurando desde lo alto de la escalera después de echar un vistazo furtivo al pasillo:

—Oye, ¿qué te pasa?

—Nada —respondió José Luis—. ¿Por?

—No sé. Te noto raro.

—Qué va.

—En serio, ¿estás bien? Toma, aguanta los tornillos.

—Sí. Supongo que sí.

—¿Supones?

—Nada, tonterías.

—Va, dime.

—Nada, coño —dijo José Luis, ahora también en el tono confidencial en que le estaba hablando su hermano—. Es que de un tiempo a esta parte siento que me falta algo. Como cuando tienes la sensación de haberte olvidado las llaves o la cartera. Pero todo el rato.

—Ya.

—Siento que me he dejado algo por hacer. Algo importante. En fin, tonterías.

La conversación dio poco más de sí. Fue un rápido e inofensivo tránsito por los lugares comunes más frecuentados por los hombres en sus interacciones amistosas. Vaguedades susurradas sobre la pureza de la hombría y sobre la naturaleza inefable de las mujeres, capaces de volver loco a un hombre en el buen sentido y en el malo. Vaguedades sobre lo importante de la vida: estar sano, que los tuyos estén sanos; salir por ahí de vez en cuando; reírse de uno mismo; que se te siga levantando; tener una hija. Una buena sarta de *boutades* aderezadas, eso sí, con un ligero, ligerísimo toque de sinceridad que debe subyacer en la camaradería fraternal. Como conclusión, su hermano le había llamado a la calma. Le dijo que no le diera tantas vueltas a la cabeza, que ese era su principal problema. El único: que se comía mucho el tarro con cualquier chorrada. A lo mejor, apuntó Ernesto intentando sonar divertido, se trataba de la famosa crisis de los cuarenta, que a su hermano le había llegado cuatro o cinco años más tarde porque, y José Luis tenía que reconocerlo, siempre había sido un poco lento para todo.

Será cierto, ha tenido que conceder José Luis, de pronto un poco más tenso al volante que de costumbre, mientras el dron sobrepasaba el puente bajo el que las compuertas de El Palmar separan La Albufera del Mediterráneo, ambos tranquilos y oleosos, salpicados de destellos iridiscentes. La crisis pasará, se ha dicho; es cuestión de tiempo. Lo de la lentitud es más preocupante. Esa sensación permanente y cada vez más acusada de haber llegado tarde a una cita. De haber perdido ese tren que habría llevado su vida a un destino mejor y más hermoso. Un tópico, pero es justo lo que estaba sintiendo cuando un dron que venía en sentido contrario le ha hecho señales con las luces largas al tiempo que, aunque esto no podría asegurarlo, hacía sonar el claxon. José Luis no ha podido distinguir la cara del conductor.

Después de subirse las gafas hasta el nacimiento del pelo y sentir contra su voluntad el tacto sebáceo de la parte alta de su frente, diría que más despoblada de cabello que ayer mismo, ha revisado el cuadro de mandos. Ningún chivato. El porcentaje de *glider* no superaba el cincuenta y el sistema de basculación indicaba una inclinación delantera máxima de medio grado sobre el plano. Además, sí, llevaba las luces de cruce. Todo bien. Ha vuelto a bajarse las gafas, pero enseguida se las ha quitado y las ha dejado en la bandeja de encima de la guantera. No le gustan. Son de esas sin montura que se ponen de moda cada equis años. Le dan un aspecto frágil, apocado, como de catequista. Y además le echan unos cuantos años encima. A lo mejor quienquiera que condujera ese dron le había querido avisar de un control un poco más adelante, o de un accidente. O a lo mejor se había cruzado con alguien que conocía, pero no le sonaba que ninguno de sus amigos tuviera un flamante Zaraflying +3 Plus. La única posibilidad era Borja. Hacía tiempo que no se veían, pero sabía que ahora, cuando no estaba en Madrid, vivía en Cullera. En un chalé, nano. Con piscina y seguridad privada. Una pasada, y me lo paga la promotora. En fin, le iba bien. Estaba triunfando, y él se alegraba. Muchos proyectos, muchos eventos. Pero se seguirían viendo, era lo último que le había dicho aquel día por teléfono, porque a menudo recorría esa misma lanzadera en sentido València para dar una entrevista, una conferencia o para participar en algún congreso. Siempre podría encontrarle un hueco. Quién sabe, quizá Borja podía permitirse un dron último modelo. Pero, ¿familiar? Le extrañaba. Era demasiado joven. Tal vez, se ha dicho para zanjar el tema, el de las luces no fuera más que un bromista.

José Luis se ha acordado de que, cuando se cruzaban con un coche amarillo o cuando pasaban junto a algún peatón vestido de amarillo, a su padre le gustaba reducir la velocidad, bajar la ventanilla, darle al claxon del coche, gritar: Guapo, o: Viva la madre que te parió o cualquier cosa similar, y saludar con la mano. Le ha parecido un recuerdo remotísimo, casi ajeno, como de otra vida. Con cierto esfuerzo, si bien agradable, reconfortante, ha logrado remontarse hasta esa mañana en el asiento trasero del Opel Kadett, con su hermano. Circulaban por Beato Nicolás Factor. Peret en el radiocasete. Le ha sorprendido la seguridad con que ha podido afirmar ese dato, que no le había pasado por la cabeza en los últimos treinta y tantos años. En un semáforo un hombre con gafas de sol de pera y pantalones amarillos esperaba el verde. El bocinazo le hizo dar un respingo. Amagó con salir corriendo detrás del coche, pero al cabo de dos o tres zancadas se detuvo y gritó algo haciendo aspavientos en mitad de la calzada. Los cuatro se rieron viendo cómo aquel desconocido empequeñecía y empequeñecía allá atrás, como un personaje nacido para ser olvidado y que, sin embargo, toda una vida más tarde, José Luis recordaba con una claridad apabullante. Esa costumbre de su padre había nacido de aquel intento, o de otro igualmente puntual y espontáneo, de divertir a sus hijos pequeños, y la había seguido practicando durante el resto de su vida al volante de unos cuantos coches. El Opel Vectra, el Honda Civic, el Mitsubishi Galloper, el Rover 300. Todos de segunda mano.

Dos pensamientos han asaltado a José Luis. Uno: había intentado instaurar el mismo juego en sus trayectos en dron con su familia. Deseaba, de verdad que sí, implantar ese recuerdo en la memoria de la niña. Y si no lo había logrado era por culpa suya, por la falta de constancia a la hora de llevar a cabo ese divertimento y, sobre todo, por la falta de frescura que demostró las tres o cuatro o cinco ocasiones en que había gastado la broma del claxon. No había en su ejecución ni rastro de la espontaneidad divertida que había inspirado los movimientos de su padre. No había un verdadero disfrute del momento, pues es cierto, y así lo admite José Luis, que el juego le producía cierta incomodidad y un temor de baja intensidad a una posible reacción violenta de los destinatarios de la broma. En definitiva, nunca hubo en sus intentos por emular a su padre y hacer reír a su hija —aunque este es un razonamiento que apenas sí ha llegado a bosquejarse en el cerebro de José Luis—, la naturalidad que exhibe quien tiene confianza en sí mismo. Y dos: su madre, seguramente porque el amarillo siempre ha sido su color favorito y porque de pronto la ha visualizado desde atrás, en el asiento del copiloto del Vectra, o quizá todavía el Kadett, su nuca morena aterciopelada por una pátina de sudor durante, casi seguro, uno de aquellos viajes veraniegos a Málaga. Siempre que la conversación lo propicia, su madre dice: El amarillo es mi color. Es mi color, pronuncia, con una mezcla de inocencia, gravedad y una suerte de cándido orgullo, esbozando ese gusto como un rasgo primordial de su personalidad. Mañana, se ha jurado José Luis, la visitará con la niña. Entre unas cosas y otras la mujer llevaba todo el verano sin ver a su nieta.

Preso de una repentina ansiedad, José Luis ha bajado la ventanilla. Respira hondo la brisa, el salitre oxidado y la tibieza de las invisibles adelfas. Los recuerdos le habían hecho olvidar la posibilidad de encontrar un siniestro o un control de la Guardia Civil en la lanzadera. Ha seguido recorriéndola, con el *skyline* multicolor de Newpe ya a la vista a su izquierda, tapiando el mar, concentrado en el ritmo de su respiración y de nuevo en la voz profunda del pódcast, mucho más hermosa que la suya, también mucho más viril y sin duda más acorde con la del hombre que José Luis anhela ser, que ahora decía:

Allá por la mitad del siglo XII Yesügei fue un antiguo Kan del clan mongol Kiyand y un importante jefe de la confederación Khamag Mongol. Pese a su relevancia en la historia mongol y a sus éxitos militares, Yesügei ha pasado a la posteridad por el hecho, a fin de cuentas, poco meritorio, de ser el padre de Temuyín, el niño que acabaría convirtiéndose en Gengis Kan. De hecho, las referencias a Yesügei en las biografías de Gengis Kan, y esta no será una excepción, suelen limitarse a menciones anecdóticas como, por ejemplo, la narración de su muerte, acaecida cuando Temuyín, como ya hemos comentado, tan solo tenía nueve años. La historia secreta de los mongoles cuenta que fue envenenado cerca de un pozo de agua por sus enemigos tártaros en el camino a casa después de dejar a su heredero en la casa de

Dai Setsen, un noble de la tribu Qongirad, con el que había concertado la boda de sus hijos, Temuyín y Börte, en cuanto la naturaleza hubiera acabado de dar forma y fuerza a sus cuerpos. Yesügei murió tres días después en su casa, sin el honor de la sangre por hierro, con la presencia de sus sirvientes y su familia, salvo Temuyín.

Ha sido más o menos en ese punto del pódcast cuando José Luis se ha equivocado de salida. La confusión no ha tenido otra consecuencia que un trayecto adicional de diez minutos escasos de vuelta por una sub-lanzadera de servicio de flujo lento en dirección Gran València hasta reincorporarse a la Sur Intermedia para volver a poner rumbo hacia Newpe. Pero el error ha terminado de sumir a José Luis en el estado de desencanto por el que siente una inclinación natural y que ahora, sentado al volante con el móvil en la mano y una sensación de suciedad en la cabeza, solo la perspectiva de ir a ver a su hija en cuestión de minutos logra mitigar. Es curioso: no tiene conciencia de haberla extrañado durante su ausencia. De vez en cuando ha pensado en ella estos días, claro. Si se lo estaría pasando bien, si se acordaría de ponerse la férula bucal para dormir; si tendría la prudencia de bañarse donde hiciera pie en la piscina. Los deseos y miedos habituales de un padre para con su hija.

Pero lo cierto es que no ha echado en falta su presencia hasta ahora, que siente la urgencia de verla. Así que sale del dron y echa a caminar entre los estacionados en el parquin, aturdido por la reverberación de la música, la danza celestial de los cañones de luz y sus pensamientos. Intenta ubicar en Google Maps la pista en la que habían quedado y asegurarse, de una vez, de que no le pasa nada a la niña, pues se ven muchos grupos de chavales pasados de rosca entre los drones aparcados, el acceso principal al recinto ferial. Desde allí la llamará para decirle que la está esperando. Está a punto de abandonar la explanada de la pista 8 cuando una risotada estridente le hace levantar la vista de la pantalla del móvil y mirar hacia su izquierda. Diez o doce drones más allá, sobre una cubierta, baila extasiada una chica que se parece de manera espeluznante a Carla porque, como comprueba José Luis después de avanzar unos metros hacia allí, es Carla. Detiene sus pasos en seco, más a consecuencia de una orden dada por su instinto de conservación que de una decisión racional. Tras unos segundos de parálisis tan solo acierta a parapetarse detrás de un dron para seguir observando a su hija. Es ella, no hay duda, pero al mismo tiempo es otra persona. Porque hay algo en ella irreconocible. Hay algo en ella que a José Luis le resulta inefable por novedoso y sí, siniestro, y que no obedece solamente al hecho de que Carla lleve esa ropa que debe de haberle dejado Valeria o alguna otra amiga y que se ciñe a su cuerpo en los escasos palmos de piel donde esta entra en contacto con la tela. Ni al hecho de que Carla baile sosteniendo un cigarrillo entre los dedos con gesto a todas luces inexperto. Ni al hecho de que sea evidente que ha bebido más de la cuenta. Que ha bebido, punto. Ni siquiera al hecho de que ahora mismo Carla se esté contoneando pegada a un chaval con pelo estilo cenicero que se acaba de subir al techo del dron, sus zonas genitales rozándose, frotándose mientras alrededor del vehículo una docena de chicos y chicas se ríen, silban, dan palmas y gritan cosas como: Esa Carla ahí. O: Pasad ya al asiento de atrás. Lo que remueve por dentro a José Luis es un sentimiento de pérdida tan egoísta, es cierto, como sincero, y profundo y universal. No es que su hija haya dejado de ser una niña a sus ojos, sino que él ha dejado de ser el padre de una niña. Y ese dato, ahora obsoleto, era una de las pocas certezas que daban sentido a su vida. Quizá, piensa José Luis, este era el peligro del que quería advertirle el conductor anónimo del dron, a lo mejor Dios, que le ha hecho luces en la lanzadera. O quizá el piloto era su amigo Borja, que le había saludado sentado al volante de una vida de éxito que circulaba en paralelo y en sentido contrario a la suya. O quizá era el espíritu de su padre, gastándole una de sus bromas, porque solo ahora, escondido en cuclillas detrás de un dron en la pista 8, cae José Luis en la cuenta de que lleva puestas las Munich amarillas que su mujer le regaló por su cumpleaños. O quizá, por qué no, el heraldo misterioso era la reencarnación de Yesügei, fugado del pozo de la eternidad con la única misión de recordarle que no existe mayor gloria que la que él se perdió: ver crecer a un hijo. José Luis piensa también que quizá debería llamar a Marc, su segundo amigo artificial, para que le dé su visión al respecto. Lo contrató porque en el extracto de su ficha técnica de cualidades humanas destacaba una alta capacidad de análisis conductual y una sinceridad total a la hora de transmitir cualquier tipo de conclusión. Más tarde. Ahora, continúa asomando la cabeza por encima del capó del dron para observar con atención de su hija. Asombrado, aterrado y también, a medida que pasan los segundos, con una creciente sensación que su léxico etiqueta de alegría y que, sin embargo, está muy lejos de eso.

Carne de caballo

A las siete y cuarto suena la alarma del móvil. La apago. Veo que tengo un guasap. Ninguna sorpresa. Uno de tantos mensajes intempestivos de Pedro. En esta ocasión es un audio, a las seis cuarenta y nueve. Le gusta madrugar, a Pedro. No tiene nada que hacer, pero se levanta con el sol. A lo mejor es justo por eso. A lo mejor su ciclo no puede ser otro que el más natural de todos, el de los astros, libre de cualquier compromiso mundano. Entro en el baño sin escuchar el mensaje. Le tengo dicho que no me escriba ni me hable antes de las seis, siete de la tarde. Sin embargo, cuando salgo de la ducha compruebo quc me ha enviado otro, también de voz; los escucho en la cocina mientras espero a que suba el café. La ansiedad se apodera de mí en cuanto oigo la voz nasal de Pedro y esa dicción por momentos atropellada, otros ralentizada. Un eructo ácido repta hasta mi garganta. En el primero dice: Buenos días, Iván, buenos días, amigo; no me creo que el hombre haya llegado a la luna; es imposible; anoche vi un reportaje en YouTube; salían muchos expertos, muchos sabios de muchos países; había un japonés y todo; no sé; decían que lo de la luna fue una mentira de Kennedy; hay pruebas. Y el segundo: Además, amigo, ¿y los drones qué?; es más difícil fabricar una nave espacial que fabricar un dron, digo yo; pero llegamos a la luna hace mil años y de los drones no habíamos oído ni mu hasta hace bien poco... ¿Eh?, ¿eh?; no sé; a mí no me cuadra; pues eso: que no me lo creo; las imágenes esas en blanco y negro son una película; lo decía el japonés en el documental; de Hitchcock, creo; no sé; ¿tú qué opinas?; piénsalo y me cuentas; que tengas muy buen día; ánimo, amigo.

Tendríamos once años la primera vez que vi al padre de Pedro. Hasta donde sé fue la última vez que él lo vio. Era agosto. Uno de aquellos agostos desérticos que vaciaban incluso el extrarradio de las ciudades porque muchos españoles de barrio aún conservaban una casa en el pueblo a la que escapar durante el calor más salvaje. Así que no había ni un alma en el parque de la plaza de Enrique Granados aquella tarde a las cuatro o las cinco mientras mi hermano Álex, Pedro y yo lamíamos nuestros *flashes* de lima-limón en un banco a la sombra de uno de los naranjos bordes que lo flanqueaban. Hace ya tiempo que los sustituyeron por moreras. Un Alfa 33 rojo se detuvo en doble fila delante de nosotros. El radiocasete a todo trapo. Julio Iglesias. Quijote. Se me quedó ese verso que dice: *Y es que vengo de un mundo que está más allá*. El hombre que se bajó del coche me recordó a Fernando Esteso. El cuerpo abotijado y esa boca desagradable, nada más que una pequeña hendidura de labios finísimos en medio de la cara carnosa. Gafas verdes de pera. Se acercó a nosotros y le dio un cachete a Pedro en la mejilla. Le saludo con un: Cómo va, figura. Siguió con un: ¿Pero tú cuántos años tienes?, te veo aún muy canijo. Y preguntó por el Israel y la Sandrita. No esperó respuesta alguna. Siguió hablando. Que acababa de llegar de Barcelona y que iba con prisa. Entonces se quitó la gorra de Cobi y se la plantó a Pedro tras revolverle ese pelo del color de las matas que antaño crecían en aquellos descampados de Patraix. Para ti, hijo. El epíteto sonó impostado, como si al gordo aquel le resultara extraño decirlo. Embarazoso. Si Pedro contribuyó con alguna palabra a la conversación no lo recuerdo. Sí recuerdo su expresión desnortada bajo la visera. El encuentro no duró más de treinta segundos. Luego el hombre volvió al coche y se largó calle Fontanares arriba con la música a otra parte.

Como no he respondido a lo de los drones, Pedro me manda un guasap a media mañana. Muy escueto: el emoticono que se rasca la barbilla. Lo veo en los servicios de la oficina, mientras intento cagar. Voy estreñido. De un tiempo a esta parte me están saliendo muchas teclas. Dolores de cabeza y estomacales, picores por todo el cuerpo, dificultades para vaciar por completo la vejiga. Si tuviera una amiga psicóloga me diría lo que ya sé: que estoy somatizando preocupaciones. O miedos, frustraciones. Aprovecho la intimidad ancestral del retrete para entrar en la *app* de Caixabank y consultar el saldo de mi cuenta. Con toda probabilidad nunca seré rico. Tampoco pobre. Me proporciona cierta paz este último pensamiento. Si quisiera podría irme de vacaciones a Canarias, a Cancún, incluso hacer un crucero por el Rin. O comprarme un SUV. Esa clase de verdades me hermanan con tanta gente. Sigo sentado en la taza cuando cinco minutos más tarde recibo otro mensaje de Pedro. También un emoticono. Esta vez el del monóculo.

Pedro habitó lo que hoy se conoce como un hogar funcional hasta su mayoría de edad. Más concretamente hasta la muerte de su abuela, una mujer de metro y medio escaso que compartía con su nieto la mirada bondadosa, medio absorta, de un verde desvaído. Era de Barrax. De muchacha se trasladó a València y acabó formando familia. Pedro marchaba con ella al pueblo en el Auto Res cada septiembre, cuando la feria de Albacete. Al volver se tiraba un mes o dos hablándonos de lo bien que se lo había pasado con sus tíos y sus primos, que en realidad no eran exactamente sus tíos ni sus primos. Se lo llevaban de pesca al río Lezuza, que él siempre llamaba río *Lechuza* y se reía con disimulo, orgulloso de su ingenio. Se lo llevaban, o por lo menos una vez lo hicieron, a ver jugar al Albacete Balompié. Y muchas mañanas a ir en bicicleta a través de los campos ondulados de romero y espartos. Todo el rato subiendo y bajando colinas, nos contaba Pedro. Mis primos las llaman *lomas*: Jaja; ¿eso es una palabra, *lomas*?; aquí no se la he oído a nadie; mira, mira qué piernas más musculosas se me han puesto; toca, toca. Estoy hablando de una época inverosímil, incluso legendaria, de la que en puridad no permanecen en mí más que unas pocas imágenes mentales medio veladas por el contraluz salvaje de la memoria. La época en que

Patraix no contaba ni un solo metro de carril bici, ni un solo piso turístico, ni un solo bajo lleno hasta los topes de motos de Just Eat. La época en que en el barrio ni siquiera había abierto el primer locutorio.

Siempre acabo respondiendo a Pedro. No lo hago por deferencia; la cuestión no tiene que ver con el respeto mínimo exigible en las relaciones humanas. La pena entra en juego. Cierta lástima. Pero tampoco es el factor determinante de mi disposición hacia su persona. Esta nace de cierta inercia mezcla de aburrimiento y curiosidad. Estoy cansado de mi cabeza, y en cierto sentido me intriga la suya. Hoy le contesto desde un semáforo en rojo de la avenida Maestro Rodrigo regresando del trabajo, al tiempo que entre palabra y palabra echo vistazos furtivos a la estructura ennegrecida del edificio que ardió salvajemente en el famoso incendio de Campanar. Es hermoso. Más hermoso que antes de quemarse. Sería más rápido y cómodo enviar un audio a Pedro, lo sé. De hecho, llego a grabarlo. Pero en el último momento se impone la cordura y lo borro. Hay que medirse con Pedro. Conozco cómo funciona su pobre cerebro. Entendería el hecho de hacerle llegar una grabación de mi voz como una muestra de cercanía por mi parte, y en consecuencia se sentiría legitimado para incrementar el número y la frecuencia de sus intentos de contacto conmigo. Hace tiempo que no caigo en esa irresponsabilidad. Casi nunca le cojo el teléfono, cosa que, quiero pensar, explica el hecho de que el grueso de sus comunicaciones conmigo sea vía mensaje. Cada vez me llama con menor frecuencia. Y desde luego yo nunca le llamo. Jamás. Mi mensaje dice: Si Neil Armstrong resucitara te partiría la cabeza.

No suelo soñar. Supongo que lo más preciso sería decir que no suelo acordarme de mis sueños. Sin embargo, durante la mayor parte de mi vida tuve uno recurrente, deformación de un recuerdo, que había dejado de visitarme hará un par de años pero que volvió con fuerza, como en alta definición, la semana pasada. En el sueño salimos Pedro, Álex y yo de chavales. Con catorce o quince, diría, porque ellos llevan el pelo a tazón y yo los rizos en apogeo y aquella camiseta de Guns n' Roses. Mi sudor onírico, además, es fresco y fragante. Agua joven, muy joven. Agua pura. Como en la vida, en el sueño el verano anochece y trepamos por la grúa de construcción que un buen día se alzó como una monstruosa flor amarilla del polvo de los solares para ayudar a levantar ese bloque rojo de la calle Vall d'Uixò que hoy acoge en su bajo la administración número 3 de la Tesorería de la Seguridad Social. La escalerilla que recorre el centro de la torre como una médula espinal está recogida a la altura de un segundo piso. Cuando llegamos hasta ella comprobamos que se encuentra inmovilizada con una barra de seguridad, que además impide el acceso a sus peldaños. Así que tenemos que seguir trepando como hemos hecho hasta ahora, agarrándonos a los travesaños que recorren en zigzag los módulos de la torre principal. Mi hermano va destacado en el ascenso. Sube hacia el castillete con facilidad y alegría, como si no estuviera jugándose la vida en cada movimiento. Envidio su confianza, la decisión que inspira su agilidad. Le sigo cada vez más despacio y asustado, cuesta agarrarse. El hierro está despintado y oxidado, su tacto es agresivo, cada centímetro de su superficie presenta irregularidades filosas ya sea en forma de astilla, de muesca o incluso de burbuja. Me voy a cortar, pienso. Y en ese preciso instante me rajo de lado a lado la palma de la mano izquierda. No me duele, pero la sangre brota oscura a borbotones de la boca de labios finos y flácidos que se me ha abierto desde el pulpejo hasta el nacimiento del meñique. Me mareo, si es que es posible marearse en un sueño. Estoy exhausto. Me abrazo torpe y ridículamente a uno de los listones transversales, entrelazo también las piernas y me quedó allí colgado como un oso perezoso. Miro hacia abajo. Pedro sigue escalando la torre. Avanza lento pero seguro, sin dejar ni un momento de clavarme sus pequeños ojos redondos, que de pronto me parecen de cristal, de plástico, de muñeco. Mi sangre le llueve en el rostro y no parece importarle. Al contrario: sonríe de oreja a oreja, porque Pedro siempre tiene preparada para regalar al mundo una sonrisa amplísima, desbordante, tanto que puede resultar siniestra. Sus dientes emiten una fosforescencia biliosa en la penumbra caliente del ocaso. Son enormes. Suspendido en el vacío, me sorprendo pensando cómo es posible que nunca haya reparado en la similitud de Pedro con un chimpancé. Cuando me alcanza, agranda aún más la mueca y me muerde con todas sus fuerzas la mejilla.

Pedro me contesta en el acto. Como voy circulando no abro el guasap. Tampoco lo necesito; conozco la secuencia: cuando lo lea o lo escuche comprobaré que ha reaccionado con un jaja a mi mensaje, para, a continuación, mencionar a Armstrong, a Lance, al que ganó no sé cuántos tours de Francia cuando éramos jóvenes. Tan jóvenes que parece mentira. Fallo mío. Hay que andar con pies de plomo en las conversaciones con Pedro; cualquier comentario puede provocar una reacción en cadena en su cerebro, alumbrar en su ofuscación nuevos temas de cháchara. Quiero decir que, por ejemplo, durante unos cuantos años Lance Edward Armstrong fue su mayor ídolo. Estaba fascinado por él. Tiende a la obsesión rápida y severa con las cosas que le gustan o le perturban. Si ahora está abducido por el supuesto enigma de los drones, antes lo estuvo, y son solo unos ejemplos, por el caso Alcàsser, los hermanos Adrian y Sabin Ilie o, cómo no, el horóscopo chino. Allá por el cambio de milenio su obsesión era Lance *La Lanza* Armstrong. Ya habíamos cumplido los veinte, pero Pedro se pasó una buena temporada, meses, muchos meses, saliendo cada día a la calle enfundado en el uniforme completo del US Postal, gafas polarizadas incluidas, tan falsas como el maillot y el culote. Bicicleta, que yo sepa, nunca tuvo. De vez en cuando lo veía de lejos paseando por el barrio. Solo, igual que ahora, igual que casi siempre, si acaso acompañado durante un trecho por algún vecino o conocido que por casualidad llevara la misma dirección. En esas ocasiones me agazapaba deprisa detrás de un coche o la marquesina del 72 o, una vez, lo recuerdo, detrás del buzón de Correos que había en el cruce de Archiduque con Fontanares, y observaba cómo Pedro se alejaba maravillosamente de mí caminando con sus pasos de pato. La duda que me asaltaba mientras le espiaba no era tanto si Pedro se había vuelto chalado de remate para pasearse con esos atuendos, sino más bien: ¿Este tío ya ni se lava la ropa, o qué? Resultó que tenía tres equipaciones idénticas. Se las había comprado en el mercadillo de los miércoles de la plaza de Maguncia. Me lo dijo un día que me lo tropecé por Enrique Granados. Hacía ya tiempo que me había alejado de él. El instituto, la facultad, las chicas. Le había dejado atrás. Se puso muy contento al verme, como un chiquillo. Le brillaban los ojos. De algún modo alcancé a percibirlo al otro lado del reflejo irisado de sus gafas. Fingí alegrarme. O quizá no, quizá sí que me salieran del alma los pescozones afectuosos que le di, la sonora palmada en el carrillo izquierdo, tan parecida a la que aquella remota tarde le había regalado su padre en el parque, ese mismo parque de ahí afuera. No lo sé. Nos vemos, Peter, que voy con prisa, le dije enseguida. Quería evitar complicaciones. No lo logré.

Antes de separarnos se las arregló para sacarme el número de mi móvil. Diría que ni siquiera tuvo que insistir. Tal vez decidí confiar en la mesura y la bondad de aquel muchacho disfrazado de Lance *El Doctor* Armstrong al que conocía desde los siete años. Bajé la guardia. Cada cual tiene lo que se merece.

Ya de chiquillo tenía Pedro las extremidades algo más cortas que los demás. Y la nuca algo más ancha, muy apetecible para las collejas. Con el tiempo sabríamos que eran rasgos físicos propios de su síndrome, si es que esa es la palabra. Diré trastorno. Diré problema. Sin embargo, durante aquellos primeros años nos resultaba un niño más o menos normal. Jugaba al fútbol, a las canicas, le encantaban los petardos. Eso: un niño normal. Un poco simplón, si acaso. O bastante. Era pequeño pero fuerte, macizo. Recuerdo que ya entonces me parecía una especie de bóvido, sí, un buey afable capaz de recibir con naturalidad tanto caricias como golpes. Le di uno bueno en toda la cerviz, por cierto, un sábado que, como tantos otros, Álex y yo le acompañamos por la mañana a la carnicería de caballo que había en Fray Junípero Serra. Siempre llevaba el dinero exacto para los dos filetes que su abuela le freía con ajo y perejil para las cenas de los fines de semana. Es muy buena para el cerebro esta carne, decía siempre palabra por palabra; fabrica neuronas y células y sangre; se lo dijo el doctor Puchol a mi abuela. Ocurrió mientras volvíamos de la carnicería. Vi su cogote brillar al sol, terso y moreno, rotundo, animal, y me salió del alma soltarle una buena colleja. Se le cayó la bolsa de los filetes. No. Lo estoy viendo: era un paquete de papel de estraza. Se le cayó la carne a la tierra del descampado triangular que se extendía entre Tres Forques, Archiduque Carlos y el tramo viejo de Virgen de la Cabeza. Tardó unos segundos en agacharse a recogerlo, durante los que me miró con miedo y la boca entreabierta mientras se acariciaba la nuca con los dedos cortos y gordos, precisamente como *masclets* de cincuenta pesetas, de su rechoncha mano derecha. Sí, rasgos característicos de su problema mental. No me dijo nada. Tampoco yo a él, solo le sostuve la mirada entre avergonzado, orgulloso y ante todo sorprendido de mí mismo, hasta que mi hermano zanjó el asunto arreándome otro buen sopapo en la nuca con la mano abierta.

El guion previsto: en el mensaje Pedro me habla del Armstrong ciclista. Otra vez se trata de un audio. A los pocos segundos de reproducción me sobreviene de nuevo la náusea. Pero continúo la escucha sentado en el pequeño sofá color blanco roto de Ikea frente al televisor mientras me como directamente del táper los espaguetis al pesto que anoche me dejé preparados. Justo antes de despedirse con su típico pero siempre desconcertante: Ánimo, amigo, hace mención al dopaje y a la sanción que la Unión Ciclista Internacional impuso a su ídolo. Una injusticia, sentencia, una vergüenza total. Lo que pasa es que la radioterapia esa que le dieron para el cáncer genital le llenó los músculos de energía atómica, y, claro, el tío iba como una moto; pero, ¿qué querían que hiciera, el pobre hombre?; ¿eh?, ¿eh?; ¿morirse? En la tele Jordi Hurtado da paso a la Calculadora Humana. He vuelto del trabajo antes de lo habitual y, por supuesto, he aprovechado para ver *Saber y Ganar*. Me transporta a tiempos sencillos, tal vez ingenuos, en los que el premio de la vida me parecía tan sencillo de obtener como el de un concurso de preguntas y respuestas. Aparentemente bastaba con un poco de cultura general. A mi madre le encanta el programa, en especial esta prueba, la Calculadora Humana. Se le da de maravilla, porque de chavala trabajó unos cuantos años en el mercado de abastos llevando las facturas de un puesto de frutas y verduras, lo que le ayudó a desarrollar unos métodos asombrosamente rápidos y certeros para multiplicar, dividir y sacar porcentajes. Luego se casó, y yo y Álex, por ese orden, nos convertimos en su único trabajo. El caso es que no se pierde una entrega de *Saber y Ganar*. Se enganchó desde la primera emisión, hace veinticinco años. Entonces lo veía con ella y mi hermano, ya los tres bien comidos gracias a las portentosas dotes culinarias de mi madre, desde aquel robusto tresillo de tapizado floral verdiblanco que un sábado de unos años antes fuimos a comprar a una tienda de muebles de las muchas que había en la zona de Benetússer y Sedaví y que dudo mucho haya sobrevivido a la llegada de Ikea en València. Mi padre nos llevó en el Corsa TR rojo. En esencia, eso es lo que hacía mi padre con o para nosotros en aquel tiempo: conducir los fines de semana, llevarnos en el Corsa a comer un arroz con *fessols i naps* a la barraca de Pinedo o a ver al gorila viejo y loco que se entretenía lanzando sus excrementos a los visitantes del destartalado zoo de los jardines de Viveros. Cosas así. Entre semana era difícil verlo. Me refiero a mi padre. Volvía tarde a casa, y casi siempre se había marchado cuando Álex y yo nos despertábamos a la mañana siguiente. El único rastro de su visita era el efluvio almizclado de humo y sudor que resistía en la casa pese a que mi madre la ventilaba largo rato en cuanto se levantaba farfullando increpaciones contra él. Siempre me disgustó aquella salmodia, legítima o no. Aquel sábado del tresillo Pedro venía con nosotros sentado entre mi hermano y yo en la parte de atrás del Corsa. Con un codo en el respaldo de cada asiento delantero, asomaba la cabeza entre las de mis padres. Se le veía feliz. Lo sé porque recuerdo haberme quedado absorto mirando su sonrisa de Joker, inmensa y tortuosa, enmarcada en el retrovisor interior del coche. No es un recuerdo agradable. Desde muy pronto Pedro empezó a comportarse como si mis padres también fueran los suyos. Son buenas personas los dos, cada uno a su manera. Nunca se les habría ocurrido desengañar a un chaval como aquel. Es más, enseguida le cogieron un cariño sincero y simple, como le ocurría a todo el mundo que tratara con el pequeño Pedro con cierta asiduidad, por otra parte. Era difícil no solidarizarse con un muchacho en su situación, o como mínimo no llegar a empatizar con él. No es que Pedro les llamara papá y mamá, obviamente, pero resultaba evidente que le habría encantado hacerlo, y que a menudo tenía que esforzarse con esmero por reprimir las ganas de dirigirse a ellos con esas palabras.

Si una película narrara la peripecia vital de Pedro, el público estimaría inverosímil, por lo inexplicable en apariencia y por la excesiva crudeza, el proceso de desintegración de su familia. El principio del fin fue la muerte de la abuela, ya lo he dicho. Soy incapaz de recordar su nombre. Llevo años dándole vueltas, pero nada. A Pedro no se lo he preguntado ni se lo preguntaré. Sí que me acuerdo de los macarrones con tomate que hacía aquella mujer diminuta. Mi hermano y yo los comimos muchas veces con Pedro y su familia, envueltos en la reverberación de la ilustre luz blanca de esta ciudad que ascendía por el deslunado desde la techumbre de uralita del taller Ruedas Rápidas hasta el comedor de aquel piso interior del número 73 de la calle Archiduque Carlos. Puerta 21, de eso también me acuerdo. Sexto piso. Durante unos cuantos de aquellos años apacibles hubo una gata gris marengo que jugueteaba entre nuestros pies debajo de la mesa a la espera de la mano amable que más pronto que tarde le ofrecería un bocado de carne picada. Parecía un buen lugar, aquella casa, un lugar tan bueno como cualquier otra casa de Patraix. Olía a verano y a ropa recién lavada. A lo mejor lo era. Verano y un buen lugar, digo. Lo que es seguro es que poco después se convirtió en una sucursal de ochenta metros cuadrados del infierno en la Tierra. Para cuando eso sucedió ya había dejado de lado a Pedro. Me fui enterando por otros del derrumbe de su mundo. Por gente del barrio. Por mis padres, incluso por su madre, a la que era imposible no ver consumirse hasta el hueso en la terraza del Lombardía dándole a la cerveza por la mañana y al güisqui por la tarde. Imagino que también por algún que otro encuentro casual con Pedro como el del Mercadona, que borré fácil y rápido de mi memoria.

Cuando acaba *Saber y Ganar* me tumbo en el sofá a ver si con suerte me duermo un rato. Después de media hora con la vista en el techo y la voz entrañable y sabia, omnisciente, paternal, en definitiva, divina, del doblador de David Attemborough en mis oídos, me doy por vencido. Me levanto y empiezo a prepararme un potaje de garbanzos para mañana. Ahí está, a fuego lento, mientras hago un poco de bicicleta estática y pienso actividades de ocio para hacer esta tarde-noche. Cine. Un concierto. Mi imaginación da para lo que da. Y tampoco ando sobrado de energía. Asumo que si hago algo será ver la Champions en el bar Lorca, ahí en la esquina. Por otra parte, desde que he escuchado el último guasap de Pedro me tienta recoger el guante que me ha lanzado con eso de que Armstrong ganó aquellos tours porque lo impulsaba la radiactividad con que, según él, los médicos habían bombardeado sus testículos. Me tienta mucho decirle que, como puede leer en Wikipedia, el tratamiento contra el cáncer que recibió Lance Armstrong consistió en la extirpación quirúrgica de un testículo y de los tumores del cerebro, así como en unos cuantos ciclos de una quimioterapia muy concreta que, *a priori*, no reduciría la capacidad pulmonar del ciclista en caso de que este sobreviviera a la enfermedad. Me tienta muchísimo, igual que a un niño, o por lo menos así sucedía con el niño que fui, le excita la idea de estampar contra el suelo y ver hacerse añicos ese absurdo jarrón con motivos chinos que reina en lo alto del mueble esquinero del salón y que su madre tanto se estima. Estimaba. Me tienta de manera casi irrefrenable, porque tengo comprobado que Pedro se altera más de la cuenta si se pone en entredicho la veracidad de su versión de la realidad, y me resulta atractivísima la posibilidad de volverlo por completo loco, tonto o lo que quiera que sea. Sin embargo, aunque sea a duras penas, siempre me reprimo. Y hoy no será la excepción. Así que decido respetar su explicación a las exhibiciones de Lance Armstrong por las carreteras francesas y retomo, eludiendo hacer mención a la Luna, el tema que últimamente ocupa la mayor parte de su pensamiento y con el que hoy mismo me ha dado los buenos días. Le escribo: Peter, ¿sabes que en algunos lugares ya hay drones que te traen volando a casa lo que compras por internet?

Ojalá no hubiera ido al entierro de Sandrita. Debí zanjar el asunto con un pésame telefónico, como había hecho un par de años antes cuando la muerte de Susi, la madre de Pedro. Susi no era por Susana. La mujer se llamaba Ascensión. Y, aunque parezca increíble teniendo en cuenta cómo acabó, durante buena parte de su vida fue una persona normal. Trabajaba de administrativa en una empresa de carretillas en la calle Jesús y María, detrás de ese colegio de pijos que hay en la Gran Vía de Fernando el Católico. Encontraba un hueco para ir a la peluquería o para irse con sus hijos a pasar el día en la pinada de San Vicente de Llíria. Ponía a la Pantoja en el radiocasete. Hacía la compra en el Sabeco que había en su misma acera y que luego fue un Eroski y ahora es un Consum. Y tenía un Ford Fiesta verde con el que algunos sábados o domingos de verano nos llevaba a la playa del Saler a Pedro, a Sandrita, a mí y a mi hermano. Seguramente Israel ya estaba a otras cosas; era cinco o seis años mayor que nosotros; los últimos coletazos de la Ruta le pegaron de lleno; lo último que Pedro y su familia supieron de él es que andaba por Algeciras, cruzando el estrecho de un lado a otro. Pero decía que a veces Susi nos llevaba en el Fiesta a la playa. La recuerdo en bikini tumbada en la toalla. Tendría cuarenta años. No era nada del otro mundo, pero yo tenía trece o catorce y todo me parecía más o menos bien. Todo estaba más o menos bien, supongo. Desde luego, nada hacía prever que el tiempo convertiría a Susi en una cataplasma alcoholizada de apenas cuarenta kilos, sin dientes y medio calva. Pero así fue. Allá por dos mil diez, todo el mundo en el barrio daba por hecho que el día menos pensado un coche se la llevaría por delante en Archiduque, que cruzaba dando tumbos para ir o venir del Lombardía. Los que la conocíamos mejor, los que de verdad sabíamos cómo vivían ella y su familia al otro lado de la puerta 21, barajábamos también la posibilidad de que acabara quemada viva en ese sillón color crema agujereado por una constelación de quemaduras de cigarrillo en el que se desplomaba a dormir la mona cuando llegaba a casa. Al final ni lo uno ni lo otro: Susi se quedó tiesa frente a su cerveza en la terraza del bar Redolí, una mañana de lunes, que era el día de descanso de los chinos del Lombardía. Me lo contó Pedro por teléfono, en una de las últimas llamadas que cogí antes de decidir no hacerlo nunca más. Me dijo que su madre estaría todo el día en el tanatorio de Vara de Quart. Que qué putada, pero que los vecinos le decían que seguramente era lo mejor; que por fin había descansado, la pobre; que él no sabía qué pensar; que el entierro sería mañana a las doce; que no me preocupara si no podía ir, que ya sabía que tenía que trabajar; que ya había hablado con mis padres y le habían dicho que se pasarían; que Álex le había dicho que lo intentaría; y que si tenía yo alguna idea de qué pasaría ahora con el piso. Así es, Peter, le fui colando cuando encontraba un hueco entre su parloteo: No creo que pueda ir, lo siento. Del piso no sabría decirte ahora mismo, lo siento también. Pero no pienses en eso ahora. Lo hablamos con calma en otro momento. Lo dicho: lo siento mucho. Un trámite rápido y fácil, en el que Pedro finalizó su intervención diciéndome, no es broma: Ánimo, amigo. Lo que pasa es que cuando murió su hermana Pedro no me llamó para informarme, y ya he dicho que yo jamás le llamo ni le llamaré, ni siquiera para trasmitirle mis condolencias. De lo de Sandrita me enteré por mis padres, que se habían cruzado a Pedro por el barrio, así que tuve más tiempo para pensar qué hacer. Es decir: tuve más tiempo para sentirme mal conmigo mismo por querer zanjar el asunto por mensaje con un: Te acompaño en el sentimiento, Peter. Total, al final acudí al cementerio. No me acompañó Álex. Malas fechas. Es probable que estuviera con Jessi de vacaciones en la playa. Desde que se casaron pasan los veranos en Tavernes, donde los padres de mi cuñada tienen un apartamento. Le eché de menos. Cuando llegué el operario ya había tapiado la mitad del nicho. Éramos cuatro gatos. No conocía a ninguno. Me llamó la atención un cincuentón acecinado con psoriasis en las cejas que cada pocos segundos se subía la manga derecha de su americana color berenjena, lo juro, para hacer visible el reloj de oro, quiero decir dorado. Supuse, con el único fundamento del prejuicio, que se trataba del último degenerado que Sandrita se había ligado en el Codere de los georgianos. El barrio entero sabía que así era cómo se había mantenido medio a flote durante sus años finales. Sandrita había sido guapísima contra todo pronóstico, una anomalía genética en su familia, por lo menos en lo relativo al físico. Tan guapa, que ni siquiera la heroína consiguió nunca arrebatarle por completo la belleza. Hasta el último día tuvo a mano un par de viejales a los que sacar unos pocos euros. Por eso atribuí a aquel tipejo del reloj el pago del sepelio. Acabado el ritual del cemento me acerqué a Pedro. Diría que más que alegrarse se sorprendió al verme. Lo abracé bajo el hermético sol de mediodía del agosto, siempre agosto, de dos mil trece. Nada. Ni un pájaro. En el aire el plástico caliente de las flores. También es posible que fuera dos mil catorce; recuerdo haber llegado al cementerio chorreando por culpa de aquel Ibiza blanco al que nunca le funcionó el aire acondicionado. Así que sí, dos mil catorce, y sí, seguro: mi hermano ya se había casado. Abracé a Pedro o Pedro me abrazó. Imagino que esto último. No lo sé. Qué más da. Lo que sé es que me dijo al oído: Mi hermana... Mi hermana pequeña. Creo que le palmoteé la espalda. Siguió: Todo es culpa de Chiqui; la mete en esta mierda y luego va y la deja; y ni siquiera ha venido, el hijoputa. Me susurró: Un día lo mataré. Lo aparté de mí con cierta precipitación. No por sus agresivas palabras, sino porque había acudido al entierro con el único propósito de cumplir con mi conciencia. En modo alguno quería reavivar mi vínculo con Pedro, que, por entonces, iluso de mí, creía medio muerto. Por eso rehuí su mirada mientras le decía algo así como: Tranquilo, Piero, estas cosas no son culpa de nadie, Sandrita estaba enferma. En fin, estupideces. Me fijé en las New Balance color pistacho, sin duda recién estrenadas, mientras fingía buscar el tabaco en mis bolsillos y el corazón se me oscurecía de impotencia por culpa de esa manía de Pedro de fundirse la pensión en gilipolleces como cremas *antiaging* o carísimas y horribles zapatillas de marca. No me queda nadie, Iván, me dijo con los ojos como dos charcos. Luego se encogió de hombros y avanzó de nuevo hacia mí. Tan solo un paso, corto, muy corto, como todos los suyos, con el que sin embargo traspasó triunfal la frontera de mi espacio vital. Nadie, insistió a apenas un palmo de mi cara. De reojo vi que le temblaba la barbilla. Era verdad. No le quedaba nadie. Estaba solo. Absolutamente solo. Le olía el aliento a donuts de chocolate. También a placa bacteriana, claro, pero sobre todo a donuts. A chocolate. A infancia. A lo mejor por eso me ablandé. Alcé la vista a sus ojos cenagosos. Y me hundí en ellos para siempre. Lo supe en ese mismo instante. Lo entendí y lo asumí: Pedro me había derrotado. Me había atrapado. Hace ya una década de esto, y no he conseguido volver a poner tierra de por medio con él. Sigo en sus zarpas, gordezuelas, pequeñas y fuertes, muy fuertes. De topo.

Pedro no tarda ni un minuto en responderme a lo de los drones voladores de reparto. Un audio: ¿En serio?; ¿pero eso dónde?; seguro que en China o América; los chinos están muy adelantados; el otro día vi un reportaje de Seúl; hay muchos karaokes y las chicas son guapísimas. Sin dejar de pedalear, le escribo: En España también. En Madrid, Barcelona hace ya un tiempo, y desde el mes pasado también en València. ¿Aquí también?; ¿de verdad? contesta. Te lo prometo. Hay una ruta de drones que sobrevuela todos los días la ciudad a las diez de la mañana y a las seis de la tarde, le replico. Jaja; es una broma de las tuyas. Que no, créeme, te lo juro. Pues casi son las seis. Sube a la azotea y lo verás ¿Tienes llaves? Sí; voy. Bajo de la bicicleta. Voy a la cocina. Apago el fogón de los garbanzos. Los pruebo: mejor de lo previsto. Me desnudo ahí mismo. Echo la ropa a la lavadora. Voy al baño. Paso rápido frente a mi yo del espejo, me meto en la ducha y dejo que el agua me lave de arriba abajo el cuerpo mientras mi cerebro intenta procesar lo que se siente al tomar el pelo a alguien con el diagnóstico de Pedro.

Pese a sus inigualables méritos, Pedro nunca fue conocido en Patraix por el sobrenombre de Lance, ni Armstrong, ni nada por el estilo. Tampoco era identificado como Pedro. Ni siquiera Álex, ni yo, ni el resto de chavales respetábamos su nombre. Pedrito, Pedrusco, Picapiedra fueron algunos de sus apodos, probaturas siempre efímeras que se quedaron en nada. Alguna gente, poca, le llamaba Nonel, contracción, supongo, de Pedro Manuel, su nombre de pila completo. Nonel. Nunca me gustó. Ya de crío me parecía un nombre ridículo, infantiloide, quizá aceptable para una mascota o para un personaje de dibujos animados tipo David el Gnomo pero desde luego no para una persona. Ni siquiera para una persona como Pedro. En todo caso esa era la palabra con que se referían y se dirigían a él su abuela y su madre, y seguramente con eso debería haber bastado para que todo el mundo, yo el primero, le llamara así. Nonel. Todavía hay quienes lo hacen. Cada vez menos, pero aún los hay. Nada, cuatro viejos mal contados. Sus hermanos, sin embargo, le llamaban Pedrete. Y yo, desde hace ya media vida, le digo Peter. Esporádicamente Pierre o Pietro, incluso Piotr. Casi siempre Peter. Quizá el hecho de negar a una persona el derecho de ser interpelado por su verdadero nombre sea una de las maneras más sibilinas y rastreras de ningunearla. Reconozco que le llamo Peter para hacerle ver que no me le tomo demasiado en serio, y también y, sobre todo, lo reconozco con la misma rotundidad, para recordarme a mí mismo que Pedro no es más que Peter, el chalado, el tarado del barrio, y que no le debo nada. En cualquier caso, no sé si lo pilla. En ocasiones creo que sí, que nota en mí cierto desdén hacia él, incluso hartazgo, y que le duele. Otras veces, en cambio, llego a la conclusión de que Pedro no solo es inmune a mis desplantes sutiles, sino que lo sería igualmente a los más crueles. Sin ir más lejos, en este momento estoy convencido de que jamás conseguiré que me deje en paz.

Oye, amigo, me dice Pedro, llevo ya un buen rato aquí arriba y no veo ningún dron. Y tras unos segundos en los que la grabación de audio solo registra el rumor del tráfico, del viento, de ambas cosas o de ninguna de ellas, a lo mejor simplemente el rumor del aire que sopla sin obstáculos dentro de su cabeza, que en ocasiones me sorprendo imaginando como uno de esos monótonos y polvorientos paisajes manchegos en los que fue feliz de niño, se ríe. Su voz suena insegura. Imagino que quiere creerme, pero la parte más racional de su cerebro estropeado le dice que es otra de mis tomaduras de pelo. Inteligencia límite y trastorno esquizo-afectivo, esas son las principales averías de Pedro. Un sesenta y nueve por ciento de discapacidad intelectual. Lo sé porque tengo una copia de sus informes médicos. Y tengo una copia de sus informes médicos por la misma razón que tengo una copia de las llaves de su piso, o más exactamente, de las llaves de su habitación en ese piso de la calle Pío XI donde vive desde hace unos meses, de vuelta al barrio después de dar tumbos por cuchitriles a lo largo y ancho de la ciudad. Lo comparte con una joven pareja rusa que se dedica al reparto a domicilio y con un cincuentón jienense que, según Pedro, dice que busca trabajo de lo que sea, pero se tira todo el día en el balcón fumando y bebiendo copitas de un licor naranja que, también en opinión de Pedro, huele como unos zapatos de piel viejísimos que tenía su abuela. Si en el cajón de la derecha del mueble del recibidor tengo sus informes, sus llaves y un montón de documentación oficial de distintas administraciones y organismos públicos —también de alguna asociación privada con fines sociales—a su nombre es porque soy su ancla. Así es como se llama en la jerga de servicios sociales al contacto más estrecho de cada usuario. O por lo menos es el término que empleó para referirse a mí la persona que había al otro lado de la línea telefónica la tarde que un número desconocido me llamó al móvil y cometí la temeridad de contestar. Hace ya mucho de eso, creo que fue poco después de la muerte de Sandrita. Una voz masculina de timbre quisquillosamente administrativo me preguntó si conocía a Pedro Manuel Martínez Ramos. Sí, respondí, lamentando la tarde remota en que le había dado mi teléfono en el Mercadona. La voz, tras identificarse como un empleado público de la Generalitat Valenciana, me informó de que Pedro había indicado mis datos en el apartado persona de contacto de su solicitud de plaza en una vivienda tutelada. En qué se basaba nuestro anclaje, quiso saber. No entendí la pregunta. El funcionario insistió: que por qué Pedro me había designado como su ancla. Seguí sin entender. Vamos a ver si nos aclaramos, se impacientó el hombre: ¿Cuál es su relación con el interesado? Bueno, contesté, nos conocemos de toda la vida. Ya, pero ¿puede hacer el esfuerzo de concretar en calidad de qué? replicó la voz, más apremiante todavía. Estuve a punto de colgar. No por las formas del funcionario, sino porque: ¿qué podía contestar? La naturaleza de mi vínculo con Pedro no era familiar, laboral ni amistosa. Me planteé la posibilidad de contestar la verdad: que habíamos sido vecinos en Patraix hasta que hacía ya unos muchos años me había ido de alquiler a la otra punta de la ciudad, ya casi en Alboraia. Que eso era todo. Que hubo un tiempo en que Pedro tenía una vida más o menos normal, pero que a partir de cierto momento su familia fue desapareciendo rápida e irreversiblemente del mapa como si se hubieran puesto de acuerdo en dejarlo solo. Que no tenía ni idea de por qué me había designado como su ancla. O que, bueno, sí: que sería porque Pedro estaba enfermo y muy solo, y me daba la impresión de que yo era la única persona relativamente normal que seguía respondiendo de vez en cuando sus mensajes. Pero lo que salió de mi boca fue que éramos amigos. Ya más tranquilo, el funcionario me explicó que la gestión de la solicitud de vivienda tutelada iba a ser un proceso largo y farragoso para el que sin duda mi amigo necesitaría de mi ayuda. Sería buena idea que fuera yo el destinatario de las comunicaciones administrativas que de ahora en adelante pudieran producirse al respecto. Por favor, me rogó el servidor social, si asume esta responsabilidad, dígame su correo electrónico y acéptela expresamente marcando la casilla correspondiente en la autorización que encontrará adjunta en el correo electrónico que le enviaré de inmediato. No necesita certificado electrónico. Con que nos la devuelva escaneada es suficiente. Lo hice. Igual que ahora escribo un guasap a Pedro para decirle: Pues yo estoy viendo una caravana de drones de reparto entrando ahora mismo por el norte». Me contesta al cabo de ocho segundos: ¿Dónde está el norte? Respondo: En el norte. Me dice: Jaja; qué tío; jaja.

De vez en cuando, como hoy mismo, los paseos que suelo dar a media tarde me conducen al piso de Pedro. Quiero decir al piso del número 73 de Archiduque, donde me cuelo aprovechando la entrada o salida de algún vecino. Quiero decir a su piso de verdad, el que debería haber sido su casa toda la vida y que no lo es y ya nunca lo será porque su madre lo puso como garantía de los doce mil euros que en algún momento de la fase final de su alcoholismo pidió a unos prestamistas murcianos y que se pulió en un santiamén en güisquis para ella y droga para Sandrita. También tengo esos papeles en el cajón. Solo que ya no sirven para otra cosa que leerlos y asombrarse de hasta qué extremo puede una persona hacer las cosas mal. Cuando le di el pésame a Pedro por su madre yo no sabía nada del problema que se le venía encima. Creo que él, pese a haberme trasladado en aquella llamada previa al entierro de Susi la intranquilidad que sentía al respecto de qué podría pasar con el piso, tampoco imaginaba mayor problema que el de seguir pagando el alquiler. Además, al poco le dio por decir que por las noches se le aparecían su madre y su abuela vestidas con ropa de la época de Napoleón, esas eran sus palabras, y que las dos, también la pobre vieja, lo amenazaban con cortarle la cabeza y, también según sus palabras, los genitales. Así que se largó y empezó su largo peregrinaje, en el que todavía hoy anda, de habitación en habitación de pisos de mala muerte, aunque supongo que no tanto como el que había sido su casa. Pero una noche, después de no recuerdo qué problema con los compañeros de turno, metió sus cosas en las tres mochilas Quechua con las que se había acostumbrado a ir de aquí para allá y volvió a casa, ya digo, la de verdad, la suya por derecho natural, gracias al plástico recortado y alisado a conciencia de la botella de Fontvella con que consiguió abrir la puerta para llevarse la grata sorpresa de que todo seguía igual que el día en que se había ido. Es decir: hecho una porquería y sin electrodomésticos, que era probable hubiera malvendido Israel tras una incursión en el piso, o quizá los propios usureros, pero sí, maravillosamente igual. Hogar dulce hogar, me escribió al día siguiente por guasap, al pie de un selfi tomado con disparador automático en el que se le veía sonriente como un duende travieso, como un Joker, en el salón, el mismo salón en el que treinta años antes habíamos comido bañados por el resplandor purificador de la infancia, la pubertad, la adolescencia, comoquiera que se llamara aquel tiempo de sencillez y despreocupación. En la foto, sin embargo, la luz que entraba por la ventana sin cortinas del fondo no resultaba en absoluto acogedora al poner en evidencia la pléyade de latas de cerveza y vasos de tubo que alfombraba el suelo de gres en el que se quedaban pegadas las suelas de las Nike de Pedro. En la puerta, me parece increíble, aunque acabe de verlo con mis propios ojos, sigue el precinto que puso la policía local hace años, la mañana que desalojaron a Pedro. No salió en la tele. No hubo piquetes vecinales para impedir que las fuerzas y cuerpos de seguridad ejecutaran el mandato judicial. No hubo nadie que ayudara a Pedro a bajar a la calle sus mochilas y el juego de sartenes que, como me explicó más tarde, consideró conveniente llevarse porque no le gusta nada compartir el uso de los utensilios de cocina con desconocidos. Nadie.

Hoy tampoco iré al cine. Por una vez aprovecho que he venido al barrio para pasar por casa de mis padres. Cruzo Archiduque a la altura del Telepizza, llego al 79 de Fontanares, en el tramo más arrabalero de la calle, fronterizo entre Tres Forques y Patraix, un territorio confuso y poco identitario en todo caso, como, se me ocurre de pronto, mi personalidad. Espero la respuesta cinco, diez, treinta segundos durante los que, quiero pensar que hasta cierto punto es natural, germina en mi interior el miedo a la posibilidad de que mi madre esté muerta ahí arriba. O moribunda. Al fin y al cabo, ya tiene una edad. La imagino tirada en el suelo con la cabeza abierta, víctima de un ictus o de un infarto de miocardio o de una caída causada por la fractura de su cadera. Que le haya podido pasar lo mismo a mi padre ni se me pasa por el pensamiento. Será verdad eso que dicen de que una madre es una madre y solo hay una, y lo demás, pues, es accesorio. Vuelvo a llamar. Tras otro puñado de segundos eternos el telefonillo emite un sonido chisporroteante que da paso a la voz de mi madre: ¿Sí? Yo, contesto. Un silencio. Al cabo mi madre dice: ¿Quién? Le digo: Soy tu hijo, mamá, tu primogénito. Uy, hijo, responde ella con alegría; sube, sube. Me abre. El zaguán huele a lo que ha olido toda la vida: a cañería y a ese producto con el que abrillanta el suelo un operario que se pasa una vez al mes, la intensidad de estos efluvios determinada, respectivamente, por el tiempo que haya transcurrido desde las últimas lluvias y la última visita del trabajador. Hoy ambos olores son tenues, como la luz que cae sobre mí mientras espero el ascensor. Una vez dentro evito mirarme en el espejo. Es algo que me ha incomodado desde chaval y que de un tiempo a esta parte me resulta insoportable. De joven dudaba si era yo el del reflejo, no me reconocía en sus rasgos ni en sus gestos. Me veía a mí mismo como un extraño. Tenía la certeza de que, en todo caso, ese muchacho o ese hombre joven especular de aspecto insustancial, como todos los jóvenes en realidad, sería solo una fase de mi proceso de metamorfosis, de mi evolución hacia una realidad sin duda más hermosa e imponente. Sin embargo, hace ya mucho que tengo claro que soy ese hombre anodino que me devolvería la mirada desde el espejo si ahora mismo me atreviera a dirigírsela. Cuando salgo del ascensor en el quinto mi madre me está esperando en el rellano. Va en bata. Una bata de un rosa muy claro, infantil, que hace que se me encoja el corazón. Se pone de puntillas para abrazarme y darme una serie de sonoros besos en la mejilla. Qué sorpresa, hijo. Entramos en casa cogidos del brazo. Le digo que andaba cerca y que pasaba a ver qué tal todo. Todo bien, tu padre está por ahí dentro, a sus cosas. En ese momento el sonido de sus pasos llega desde el pasillo. El hombre aparece alegre y jadeante en la cocina, vestido de chándal. Un chándal azul pitufo de vestir, si es que eso es posible, o por lo menos más de vestir que de hacer deporte, que le queda muy holgado. Un chándal como de reguetonero. Con capucha. Mira, dice mi madre riéndose, mira qué pinta, por favor. Yo también me río. Pero, papá, ¿y esto? Él me da un beso y me contesta: ¿Qué pasa? Lo vi en Internet y me gustó; es que me he propuesto hacer ejercicio, y no tenía ropa adecuada; ahora estaba haciendo sentadillas. Se me acerca y me ofrece el muslo: Toca, toca. Y Pedro viene de inmediato a mi cabeza, claro. Me ablando un poco. Es verdad: hay un niño en todos los viejos, igual que hay un niño en todos los tontos. Palpo el muslo huesudo de mi padre bajo el poliéster: Muy bien, impresionante. Suena el teléfono en el salón. Mi padre da un saltito, dice: Voy y desaparece por el pasillo. Mi madre me susurra: ¿Tú te crees? No se quita ese disfraz; baja así a tirar la basura y todo, hecho un espantajo. Qué más da, mamá, le digo. No, si yo encantada, se apresura a aclarar; así por lo menos se entretiene; se encierra en el cuarto y se pasa las tardes haciendo gimnasia mientras escucha la radio; y yo más ancha que larga, que ya sabes lo insoportable que puede llegar a ser. , grita mi padre desde el salón, es tu hermana. Voy, dice mi madre. Y me quedo solo en la cocina. Abro la nevera, cojo un plátano y lo pelo mientras pienso que, pese a que nunca se hayan llevado bien, pese a que en buena lógica deberían haber separado sus caminos treinta o cuarenta años atrás, es hermoso que sigan juntos, unidos por el cariño en que se ha convertido el amor que es probable jamás se profesaran. Hermoso hasta el absurdo. Tiro la piel del plátano al cubo de la basura, cuyo pedal lleva media vida estropeado, y aprovecho la soledad para largarme sin hacer ruido al cerrar la puerta. Liquido la fruta en dos bocados mientras bajo por las escaleras. En la calle vuelven a mi pensamiento las piernas cortas de Pedro, al que visualizo en ese piso compartido de Pío XI que nunca he pisado pero que con o sin razón estoy seguro de que tiene humedades y los muebles tan desvencijados como la cabeza de mi amigo, quiero decir de Pedro. Saco el móvil del teléfono y, casi sin ser consciente de ello, empujado por una fuerza nacida en lo profundo de mi ser pero que me excede y supera, le escribo y envío este mensaje: Peter, ¿vemos el fútbol? Cruzo de nuevo Archiduque desandando mis pasos de hace un rato y con el teléfono en la mano tomo Fontanares hacia dentro, rumbo a sus números bajos, los del centro del barrio. Solo ha pasado minuto o un minuto y medio desde mi guasap, pero es raro que la respuesta de Pedro aún no haya hecho temblar mi mano, mi cuerpo, mi cerebro, mi vida entera. A lo mejor se ha dado cuenta de que hacía mucho tiempo que no iba al cine y ha decidido, él sí, que era hora de solucionarlo. Siempre hay alguna película de dibujos animados o de esas para críos que hace Santiago Segura y que tanto gustan a Pedro. O a lo mejor ha quedado con alguien, quiero decir alguien diferente a mí, para ver el partido. Últimamente me ha mencionado a un tal Fernando con el que por lo visto coincide algunas tardes en el 72, de regreso de mirar zapatillas, y a menudo comprarse un par o dos, en El Corte Inglés de Pintor Sorolla o en las zapaterías y tiendas de deportes de la calle Colón. Me sube la náusea, agria en exceso. Me zumban los oídos. Ninguna novedad, por otro lado; la tensión. Me he comprado un tensiómetro y todo, para intentar sosegarme cuando me entra el miedo a morirme con esta cara de idiota que tengo últimamente. Marca Ormon. Una pasta. Pero debe de estar roto porque los valores que arroja son incompatibles con la vida. Ando ya bordeando el lateral del parque de Enrique Granados que da el I.E.S.Patraix cuando el móvil vibra. Miro la pantalla. Es Pedro. En esta ocasión su mensaje es escrito: Claro amigo, nos vemos n el Lorca??? Me apresuro a responderle. En esta ocasión mi mensaje es hablado: No, Peter, estoy por el barrio, por el parque, llegando a calle Vall d'Uixò. Mejor lo vemos por aquí. Pedro me escribe: Oh!!! Que fantástico!!! Pues vamos al bar que quieras. Al Pipa?? Le digo: He pasado por ahí y lo he visto cerrado. Mira, veo que el Manzaneque está abierto. Te espero ahí. Me escribe: Maravillosssoohhh, y el emoticono del aplauso siete veces. Pero cuando entro en el Manzaneque veo la tele apagada. Aún falta media hora para el partido, pero el bar está demasiado vacío, y más teniendo en cuenta que juega el Madrid. Antes de pedir nada le pregunto a la camarera si van a poner la Champions. No, el jefe se ha quitado el Movistar. Me explica que les habían subido mucho la tarifa, y no compensa. Le doy las gracias y me voy. Le mando un audio apresurado a Pedro: En el Manzaneque no lo ponen; te espero en el Parran. Me escribe: El Parran II?? Que mítico, y el emoticono del corazón fucsia. Vuelve a escribirme: Pero acuerdat que la china esa nueva hace unos bocatas malísimos y asquerosos a tope, y el emoticono de la cara vomitando. Le digo: Coño, Piero, nadie nace sabiendo; hace un año o más que no vamos; algo habrá mejorado la cosa. Pedro me escribe: Pues me visto y voy raudo y veloz. Ole, amigo!!! Me lo imagino poniéndose a toda prisa esos vaqueros color verde pimiento que lleva un día sí y otro también. Tal vez lo he pillado ya en la cama, dormido o medio dormido; ahora mismo toma veintidós pastillas al día. Hay noches que se queda grogui antes de tiempo. A lo mejor por eso me está escribiendo guasaps de texto, para que no le note el sueño en la voz.

Álex me ayudó desde el principio con lo de la plaza en la vivienda tutelada. Una suerte, porque la tarea conllevó un gran número de visitas a administraciones sanitarias, fiscales, incluso judiciales; entrevistas, en solitario o con Pedro, ante instancias de ubicación confusa en el ínterin decisorio del procedimiento; y la obtención y aportación, en persona o electrónicamente, de una cantidad ingente de información de todo tipo. Sí, mi hermano se involucró, pero me pidió que no se lo dijera a Pedro, que no quería tener ningún contacto con él. Que si me ayudaba lo hacía por mí, pero que debería quitarme esa cruz de encima. Tenía razón. Lo sabía entonces y lo sé ahora. El caso es que al cabo de casi tres años de papeleo le conseguimos a Pedro plaza en una vivienda ahí en Moncada, concertada con no sé qué asociación que ahora no recuerdo. La valoración mensual de los servicios que incluía la plaza ascendía a dos mil trescientos euros. Lo pone en uno de los papeles. Pedro solo tenía que poner noventa o noventa y cinco, creo. Lo demás, subvencionado. No estuvo allí ni un mes. En la primera actividad exterior con su asociación, una jornada campestre con usuarios de otras oenegés, creo que, en El Vedat de Torrent, conoció a una chica. Como supongo que es lógico, y quizá incluso saludable, Pedro no había tenido ninguna experiencia amorosa. Cuando me enteré de que andaba un par de semanas quedando con la tal Eva para merendar en el Burger King de la plaza del Ayuntamiento, pasear por la Malvarrosa o cosas así, recuerdo haber llamado a Álex y decirle: Tío, la hemos jodido, Pedro se ha echado novia. Él me contestó que mejor, que me despreocupara de una vez de los asuntos de Pedro, que ahora ya tenía una asociación velando por su bienestar. Le dije: Se va a pirar de esa casa, estoy seguro; se va a ir a vivir con la esquizofrénica esa, no tengo ninguna duda. Cómo que esquizofrénica, me preguntó mi hermano. No te lo había querido contar, le contesté, pero sí: la chica es esquizofrénica; imagínate el panorama para un atontado como Pedro; ingestionable. Y así ocurrió. De la noche a la mañana tanto Pedro como Eva abandonaron sus respectivas viviendas tuteladas y se alquilaron un bajo en Picanya, y allí estuvieron dos meses, haciendo el amor y comiendo dónuts, según concluyo de lo que me ha contado él mismo, hasta que la cosa empezó a degenerar. La última noche tuvieron una trifulca seria. Pedro la pasó en el calabozo, denunciado por violencia de género. Le condenaron a una multa y trabajos comunitarios, que en su caso fueron conmutados, dado su grado de discapacidad, por una especie de cursillo de inserción social y laboral.

Resulta que el Parran está bastante bien. Le han dado un par de manos de pintura y han puesto una iluminación más cálida. Ahora en lugar de los fluorescentes incrustados en el techo hay unas cuantas lamparitas colgantes de mimbre o de imitación de mimbre. Además, huele bien, como a carne a la parrilla. Me siento en la única mesa que queda libre, un tanto escorada respecto al televisor que preside en su centro la pared del fondo del local. Enseguida acude a atenderme una camarera joven y hermosa. Habla a la perfección el castellano, y con educación. No me pregunta qué voy a tomar. Me da las buenas noches y me pregunta, con una elegante sonrisa roja en su preciosa cara de un pálido de talco, lunar, que qué deseo. Deseo muchas cosas, se me pasa por la cabeza contestarle, largarme de aquí, por ejemplo, a China, por ejemplo, contigo, por ejemplo. Pero le pido una cerveza y le informo de que estoy esperando a un amigo, que cuando venga pediremos algo de cenar, pero que por favor me vaya trayendo la carta. Acaba de sonar el pitido inicial cuando Pedro entra por la puerta. En efecto, trae sus pantalones verdes. Me ve y me sonríe, él también me sonríe, pero imagino que no hace falta decir que su sonrisa es muy diferente a la de la camarera. Llega a la mesa, se inclina sobre mí y me abraza. Cómo estás amigo, me dice. Siéntate, Peter, que tapas la tele a esta gente de atrás, es cuanto le respondo. Ah, sí, perdón, perdón, y se quita deprisa la cazadora. Se sienta a mi derecha: Qué alegría me has dado con tu mensaje, hacía ya un tiempo que no nos veíamos, continúa Pedro. Le digo con brusquedad que también hacía tiempo que no veía a mis padres, que, para mi desgracia, mi vida es un poco más complicada que la de él. Ya lo sé, ya lo sé, no quería decir eso, se excusa. Le doy un trago largo y definitivo a la cerveza. No te preocupes, Pierre, me disculpo ahora yo, a mí manera; va, vamos a ver si casca el Madrid. Eso, eso, exclama Pedro, visiblemente aliviado por mi cambio de tono. Anda, le digo, ve mirando la carta, a ver qué hay. Busco a la camarera guapa, pero no la veo por ninguna parte. Pedro dice: ¡Ostras! Tienen hamburguesas de caballo. Será de potro, le corrijo sin sentido. No, no, mira, dice mientras me pone la carta delante de la cara y señala una línea con uno de sus dedos cortos y rechonchos. Tiene razón. Lo pone bien claro: Hamburguesa de caballo. Nueve noventa y cinco. Le digo: Pues yo quiero una. Y yo, dice él, quizá demasiado exultante; hace mil años que no como carne de caballo.

Mi escroto es un cementerio de espermatozoides. Es una verdad científica. Y los pocos que no están muertos son vagos, muy vagos. Quizá Pedro sea el hijo que no puedo engendrar. Mi hijo tonto. Es posible. Patricia solía echármelo en cara cuando nuestras discusiones se descontrolaban. También lo de mis problemas de fertilidad, pero me estaba refiriendo a lo de Pedro. Me decía: No quiero volver a verlo; me cansa y me asusta; cada día está más tarado. Me decía: Pasa ya de él. Me decía: Ni que fuera tu hijo, hostia; qué cruz. Al final nos separamos, claro. Nada que reprochar; yo me separaría de mí mismo si pudiera. Pedro lo sintió mucho. Estuvo mandándome durante semanas, cada día, el *gif* ese del niño que hace pucheros y viene otro crío y le abraza. Bien temprano por la mañana.

Nuevo orden mundial

Los sillones relax de la marca Shiito son resistentes y relativamente económicos. El hombre no sabe por qué lo sabe, pero lo sabe. O cree que lo sabe. Una rápida búsqueda en Internet desde el móvil le basta para confirmar la segunda cualidad. Por cuatrocientos euros los hay incluso con sistema de control telepático. Por poco más del doble, con lanzadera hyper vivid de viaje mental.

Sentado de lado en pijama de verano en una de las sillas que rodean la mesa del salón, su padre dice que a ver si es posible encontrar uno a mejor precio, que lo del control telepático y demás zarandajas le da igual, que aún no está tan mal, coño, que con que el sillón tenga unos botones ahí en el lateral para reclinar el respaldo, como este, va que chuta. Estaría bien que tuviera los brazos mullidos, eso sí, porque últimamente se le pelan los codos, no sabe por qué cojones.

—Y, bueno, claro, la bandeja para los pies, para tenerlos en alto. Si no, se me hinchan las piernas. Mira,

mira qué gordas se me han puesto en cuestión de unos pocos días.

Pero el hombre, de pie en el centro de la habitación, no aparta la vista del teléfono para decirle:

—Bandeja para los pies tienen todos, papá.

—Bueno…

—Por eso se les llama sillones relax.

—Yo qué sé.

—En serio, no creo que encontremos uno a mejor relación calidad-precio. Casi todas las valoraciones son muy buenas o excelentes.

—No se hable más.

—Y llevan de serie función masaje.

—Ah, ¿sí? Mejor que mejor, porque…

El viejo se remueve en la silla. Se queja de que se le clavan los huesos del culo. El viejo, por otra parte, no es en absoluto tan viejo. Tiene setenta y cinco años. La actual esperanza media de vida de los varones españoles es de ochenta y nueve coma tres años, dato estadístico que tampoco contribuirá a mejorar. Pesa cincuenta y cuatro kilos.

—Estarías mejor en la cama.

—Hombre, ni siquiera son las ocho…

—Pues ahí en el sofá.

—Qué va. Se me hace incomodísimo. Sentado se me duermen las piernas, no sé por qué cojones. Y si me tumbo me cuesta una barbaridad levantarme.

—Ya.

—Donde estaría mejor es ahí abajo tomando un vino y unos boquerones en vinagre, eso sí. Además, dijo la radio que hoy la radiación no pasaría de nivel medio ni a mediodía. Y ya las horas que son…

—Pues bájate.

—Y oye, hijo: ¿eso qué es?, ¿chino?

—¿El qué?

—La marca esa.

Lo cierto es que, desde el completo desconocimiento por parte del hombre de otros idiomas que el castellano, el catalán y el inglés, la sonoridad de la palabra *shiito* le evoca el japonés, pero sí, supone que Shiito será una empresa china.

—Seguramente. ¿Y qué?

—Nada, nada, ningún problema. Los chinos saben hacer las cosas.

—Saben hacer las cosas…

—Quiero decir que esa gente trabaja bien.

—¿Conoces a muchos chinos? ¿Conoces a los suficientes trabajadores chinos, y de un número de sectores laborales lo bastante amplio, como para poder corroborar esta afirmación?

Un escalofrío de estupidez almidonada con pedantería recorre al hombre en medio del silencio posterior a su muy estúpida y pedante pregunta. Si mirara a su padre vería cómo este cierra los ojos, mueve la cabeza de lado a lado y coloca la lengua entre los dientes como para formar un chasquido que aborta en el último momento.

—Bueno…

Eso es todo cuanto replica el viejo, que acto seguido apoya las manos en sus rodillas y se levanta al tiempo que emite un sonido de connotaciones negativas tan evidentes como imprecisas, un ruido que tiene tanto de suspiro como de quejido y de jadeo. Da unos pasos vacilantes por el salón. Su antebrazo izquierdo se roza con el derecho de su hijo cuando pasa a su lado. Se acerca a la ventana, la abre y asoma la cabeza. Ahora el hijo sí que lo mira, y ve esa camiseta blanca, en realidad blancuzca, con unas palmeras verdes y negras en la espalda recortadas contra la esfera de un sol naranja. Despide un fuerte olor a sudor fermentado. Sería de la talla apropiada el día que su madre se la compró, con toda probabilidad en el mercadillo de los miércoles, ahí en Tres Forques. Pero ahora le queda enorme, ridícula, le hace parecer un niño enfermo o prematuramente envejecido. O lo contrario: un viejo infantilizado cuyo cuerpo hubiera empezado a menguar de vuelta hacia las dimensiones de la niñez sin pasar por las de la madurez ni las de la juventud. Los hombros estrechos, apenas de palmo y medio. Los omoplatos prominentes bajo la tela. Los dos músculos, tendones o lo que sean, marcadísimos, tensos como alambres, que se retuercen en sus cervicales cuando gira la cabeza hacia el salón y dice:

—Esta mujer siempre tiene la casa cerrada a cal y canto. ¿Ves qué aire más bueno corre?

El hijo ya ha devuelto la vista al móvil.

—Es por los avispones.

—Qué avispones ni qué... Chorradas. No he visto un bicho de esos en la vida.

—Están por todas partes.

El hombre no le dice a su padre que el otro día murieron dos niños por picaduras de avispón australiano en una escuela de verano de Paterna. Por otra parte, es imposible que no lo sepa, tal vez y como siempre, le esté llevando la contraria.

—Chorradas. Ni medio he visto.

—Vale.

—Voy a vestirme, que ya es hora.

El viejo atraviesa despacio el salón y desaparece por el pasillo. Al poco se escucha el ruido de la puerta del dormitorio de matrimonio al abrirse. Sigue chirriando. Lleva haciéndolo toda la vida. Desde allí llega su voz.

—Chinos, lo que se dice chinos, solo conozco a uno: el Jose. Y ya es raro, porque anda que no hay... Esos sí que están por todas partes. Es lo que te digo: trabajan bien y, claro, proliferan.

—¿Quién es Jose?

—Che, el del bar de abajo. Cogió el negocio hará cuatro o cinco meses. No sé, por Fallas más o menos, o Semana Santa. Y la verdad es que lo lleva bien.

—Ah, ¿lo ha traspasado Alfredo? ¿Se ha jubilado?

—Claro, ¿no lo sabías? Ya no queda ni un bar español en todo Patraix.

—Papá, no he venido por aquí desde navidades.

—Pues se ha ido a su pueblo.

—Ya.

—¿Cómo se llama? Che, no me viene. Este de Albacete, grande y feo. El de los viñedos.

—Da igual.

—¿Qué dices?

El hombre no responde.

—¿Qué dices?

Silencio.

—Que qué dices, hostia —espeta desde los adentros de la casa la voz de su padre, de repente y por sorpresa vigorosa, casi como rejuvenecida. Y, sí, algo iracunda.

—Que nada —contesta el hombre intentando que sus palabras suenen con similar potencia; que da igual qué pueblo sea.

—No da igual. Cojones. Pero si es muy conocido. Será posible… Cada día estoy peor de la chola.

—¿Villarrobledo?

El viejo regresa al salón. El hijo observa que se ha puesto unos pantalones cortos estilo explorador o pescador, de esos llenos de bolsillos, color granate y con cordón en la cintura, y se pregunta en qué momento y por qué motivo empieza un hombre a despreocuparse por su aspecto. El viejo ni siquiera se ha cambiado la camiseta, que ahora lleva metida por la cintura, donde el exceso de tela o la falta de carne crean una bolsa flácida colgante. Trae unas zapatillas en la mano. Unas deportivas de color verde o amarillo, es difícil determinarlo, en todo caso fosforescente. Se sienta en la silla para calzarse.

—Ay… Qué coño Villarrobledo... En fin… El caso es que el chino este lo tiene todo muy limpio. ¡Ah! Valdepeñas, coño, Valdepeñas.

—Eso es Ciudad Real.

—Valdepeñas es provincia de Albacete.

—Ciudad Real, papá —insiste el hijo, deleitándose en imprimir un evidente matiz condescendiente en su voz.

—No me toques los huevos... ¿Cuánto te juegas?

—Déjalo, tú ganas.

—Hombre, lo sabré yo, que hice la mili en Cuenca...

—Que sí, lo que tú digas.

—Bueno, pues además el Jose este te pone una tapa con cada consumición. Un platito de morro, un pincho de tortilla, ensaladilla. El Alfredo era muy agarrado.

—Ya.

—También es verdad que el detalle de la tapa nunca se ha estilado por aquí. Como mucho cuatro olivas. Pero es que ni unos cacaos te ponía, el maricón. ¿En Madrid aún es costumbre?

—¿La tapa gratis, dices? Pues no sé... supongo que sí. En algunos sitios aún te la ponen.

—¿No sabes? ¿Qué pasa? ¿No sales nunca o qué?

—Poco, la verdad.

El hombre siente o cree sentir la mirada del viejo recorriéndole de arriba abajo antes de decir:

—Todavía eres joven, cojones. Hay que salir por ahí. Hay que buscar, o por lo menos dejarse ver. Porque las mujeres no suelen llamar a tu puerta, ¿verdad?

Silencio.

—Te voy a decir una cosa, hijo: no te ofendas, pero eres muy raro.

Silencio.

—Siempre lo has sido, cojones.

El hombre desea seguir callado, pero sabe que otro silencio exaltaría al viejo más de la cuenta, y sería su madre la que tendría que aguantar sus impertinencias hasta las tantas de la noche. Así que:

—Gracias, papá. Como siempre te digo: viniendo de ti es un cumplido.

—Ya, muy gracioso. Hay que ser normal, coño. La gente no lo entiende. Pero hay que ser normal. Hay que ser un hombre.

—Déjame acabar esto, ¿vale?

—¿Te acuerdas cuando fuimos los cuatro a Madrid? Erais unos críos.

Ya ha sacado el tema. Ahora hará referencia a la fotografía enmarcada que hay en el segundo estante del aparador. El viejo la mira. Niega despacio con la cabeza. Se levanta de la silla, rodea la mesa hasta el mueble y coge la foto. La mira un instante largo y lento, la besa y la devuelve a su sitio.

—Treinta años —dice volviéndose hacia el hombre.

En esta ocasión el dato es correcto.

—Cómo le gustaban los calamares a tu hermano. ¿Te acuerdas? Mira, mira cómo disfrutaba del bocata, el tío.

Silencio.

—Disfrutaba con todo, el pobre.

Es verdad, debe admitirlo. Era un chaval alegre, su hermano. Muy divertido. Un chaval feliz. Por un momento siente la tentación de decírselo así a su padre: Sí, papá, tu hijo era un niño feliz; el hijo y el hermano con que nuestra vida habría sido mejor y más hermosa; no hay día que no me acuerde de su risa. Pero lo que sale de su boca es:

—Papá, estoy con esto, ¿vale? Y tengo un poco de prisa.

Sabe, también, que a continuación el viejo dirá que no se acuerda del nombre del bar.

—Lo que no consigo recordar es cómo se llamaba ese bar.

Él se acuerda. Pero calla.

—¿Sabes? Durante una temporada, cuando todavía me encontraba bien, o regular, me dio por pedirle a Alfredo que me pusiera media de calamares con el vino.

—Ya.

—Sí, los sábados.

—Lo sé. Ya me lo has contado.

—Los hacía buenos. Al chino no se los he probado. De todas maneras, hace semanas que no me animo a bajar.

—Eso me ha dicho la mamá.

—Me da pereza. Ni siquiera echo de menos mi verdejo de antes de comer. Hay que joderse.

Entonces sí: el hombre se guarda el teléfono en el bolsillo y mira al viejo, que ha vuelto a sentarse en la silla de antes. Lo mira a los ojos, diminutos y amarillos y con un brillo seco, petrificado. Observa también, de soslayo, sus piernas. En efecto, están hinchadas y enrojecidas desde los tobillos hasta las rodillas. El contraste con la delgadez del resto del cuerpo resulta grotesco y abrumador. Las pantorrillas son casi más gruesas que la parte de los muslos que dejan ver las perneras del pantalón.

—Quién te ha visto y quién te ve, ¿eh? —dice a su padre, en esta ocasión con una sorna que le sale mucho más sutil de lo que pretendía y empapada de una tristeza empática o de una empatía triste. Como si su condición de hijo, oscura y profunda como una capa freática, hubiera aflorado a la superficie de sus actos para limpiarlos con su agua cristalina y sana de las impurezas de sus intenciones.

—Es que me canso, hijo. Me canso mucho solo de bajar a tirar la basura. Estoy agotado. Rendido.

El hombre sigue sin entender los motivos de la rendición de la que habla el viejo. Concluye que la palabra que mejor define la sensación que le inspira la visión de su padre es abandono. Puede que el desinterés por uno mismo sea una de esas leyes de vida que solo necesita del transcurso del número suficiente de años para entrar en vigor. Porque hubo un tiempo en que el viejo fue un hombre elegante e incluso coqueto. Hubo un tiempo en que habría resultado inimaginable que se pusiera, aunque solo fuera para estar por casa, un pantalón multibolsillo y unas deportivas estridentes del Decathlon.

—Por cierto, ¿y la mamá? ¿Dónde está?

—Ha ido a comprar. O al médico. No lo sé. Algo me ha dicho de la farmacia.

El hombre se sienta en una silla de espaldas al aparador, en el lado opuesto de la mesa al del padre. Sabe que su madre no tardará. Se ha dejado un cazo a fuego lento. Lo ha visto al llegar, cuando ha ido a la cocina a por un vaso de agua del que ahora bebe un par de sorbos. Sin embargo, lo que le pide el cuerpo es una cerveza. O un vino. Un verdejo, precisamente.

—Bueno, pues la esperamos y que lo elija ella.

—Creo que lo quería de color verde. A juego con las cortinas.

—Solo los tienen en blanco y en negro. Y, bueno, algunos modelos también en beis, me ha parecido ver.

—Buff... pues a ver qué dice. Lo quería verde. Seguro que pone pegas.

—Ya.

—Pero yo necesito un sillón ya. No puedo pasarme el día de silla en silla. Otra opción sería arreglar este...

El viejo señala con la barbilla el sillón que venía usando hasta hace un par de días. El mueble, incrustado en el rincón que queda entre el aparador y la pared, tiene el respaldo totalmente vencido hacia atrás y la bandeja para los pies levantada en un ángulo de unos ciento veinte o ciento treinta grados con respecto al suelo.

—Qué va, no vale la pena.

—Pero no creo que valga... Eso. Eso es lo que le digo yo a tu madre, que no vale la pena. Ya estaba bastante cascado cuando nos lo dio el Manolo. Además, siempre me ha dado no sé qué pensar que ahí tumbada pasó su madre sus últimos años. Igual hasta murió ahí echada, la mujer.

—Pero, vamos a ver, ¿cómo fue?

—¿Cómo que cómo fue? Pues que se murió de vieja

hará tres o cuatro años. Acabó demente total. Menudos gritos pegaba por las noches. Despertaba a todo el deslunado. Y nosotros ahí, pared con pared. Imagínate. ¿No te acuerdas de ella, o qué?

—Papá... Me refiero al sillón. Que qué ha pasado. ¿Cómo se ha roto?

—Ni puta idea. La otra noche, el martes, creo. Estábamos viendo ese coñazo de la isla desierta que le gusta a tu madre y quise recolocar el asiento con los botones. Y yo qué sé, el trasto se volvió loco.

—¿Así de repente?

—Correcto. Un momento antes funcionaba bien. Bueno, un poco a trompicones, como siempre, pero, vamos, más o menos bien. No te imaginas lo que costó sacarme de ahí. Tu madre acabó baldada, la pobre.

—Joder.

—Aún está enganchada de la espalda.

—Sería un cortocircuito.

—Supongo. Humo no vimos, pero sí que olía un poco a quemado. Tu madre no pegó ojo en toda la noche por si acaso el sillón empezaba a arder.

El hombre escucha el ruido del ascensor abriéndose en el rellano. Y enseguida el tintineo inconfundible de las llaves de su madre. Como el común de los españoles que alcanzaron la adultez en el siglo XXI, había vivido en casa de sus padres durante treinta y cuatro años.

—Ya está aquí —dicen padre e hijo al unísono.

Ni el hombre ni el viejo se levantan para ir a recibirla por si necesita ayuda con la compra o lo que sea. El hombre lo piensa, pero no lo hace. De pronto también él se siente cansado. En realidad, viejo. Mucho más viejo que un hombre de cuarenta y dos años. Tan viejo como su padre, como mínimo. Sin embargo, se convierte en un niño cuando ve a la mujer entrar en el salón. Está morena. Demasiado.

—¡Uy, hijo! Qué alegría. He visto la mochila en el perchero y he dicho: Ay, que está aquí mi hijo.

—El hombre huele el perfume eterno de su madre, ese que desde el origen de los tiempos compra en la perfumería Mari Pili de Tres Forques y que a él le hace pensar en flores blancas.

—¿Cómo es que has venido? Qué guapo estás.

Todavía sentado, recibe su beso en la mejilla. Entonces cae en la cuenta de lo de la espalda y se pone de pie.

—Hola, mamá. No te inclines. ¿Qué tal estás?

—¿Cómo estás, hijo?

—Yo bien, mamá, ¿y tú? ¿Otra vez lumbago? No me lo dijiste por teléfono.

—Uy, para qué. Son unos días que hay que pasar. Ya estoy mucho mejor.

—Bueno, siéntate. ¿Aquí en la silla estás bien?

—Perfecta.

—Vale, pues siéntate y vemos lo del sillón.

El hombre vuelve a sacar el móvil del bolsillo.

—No habrás venido para eso... Pero si no hacía ninguna falta. Ay, ya me ha abierto otra vez la ventana este hombre... Espera que cierre. Solo falta que nos pique un abejorro de esos.

—No, vengo a pasar el fin de semana.

—Ah, bueno, porque tu padre ya está la mar de bien en el sofá.

—Y dale. Te he dicho mil veces que en el sofá no descanso. Es como si me hundiera. Arenas movedizas. Me quedó ahí atrapado. Como si me ahogara. No puedo levantarme.

—Ay, este hombre... No le hagas ni caso. Es un exagerado.

—¿Exagerado? Hay que joderse... Mira, mira qué piernas. Parecen dos kebabs.

Es verdad, piensa el hombre admirado por la precisión de la imagen apuntada por su padre. Desmesuradas y cilíndricas, abotargadas y brillantes por la tirantez de la piel, eso es justo lo que parecen las piernas del viejo: un par de mazacotes de carne caliente y resudada.

—Bueno, ven, mamá, siéntate.

—Ya estoy.

—A ver, escuchadme. He estado mirando algunos. Ya te aviso que en verde va a estar difícil, mamá. Espera que active la *holoview*.

—Uy. ¿No hay en verde?

—No sé, mamá. Ahora veremos.

El hombre se levanta, deja el móvil en el suelo y pulsa un icono de la pantalla del teléfono. Se retira un par de pasos y, tras un chasquido de electricidad estática, el sillón Shiito SeniorPlus se materializa a tamaño real rotando despacio sobre su eje vertical a media altura en el aire del salón. En color blanco.

—Cojonudo.

—Calla. ¿No ves que es de escay? Eso da mucho calor. ¿Es escay, no, hijo?

—Espera, ahora lo vemos —dice el hombre.

Se acerca al holograma y lo atraviesa con la mano de izquierda a derecha. Las características técnicas del sillón se despliegan de inmediato a la derecha de la imagen flotante.

—No leo sin gafas.

—Ni yo.

—Yo os digo. Sí, pone piel sintética. Pero, a ver, un momento... También lo tienen en poliéster.

—Ah, bueno. ¿Y en verde? ¿Lo tienen en verde?

—Otra vez...

—Lo miramos, pero ya te digo que creo que no.

—¿Y por qué no? No lo entiendo.

De nuevo junto al holograma, el hombre desciende a lo largo de las características del producto deslizando su dedo índice por el texto.

—Aquí. ¿Ves? No. Lo que le he dicho antes al papá: blanco, negro y beis.

—Pues sí que...

—Che, beibi, qué más da el color.

—¿Cómo que qué más da? El blanco se ensucia con solo mirarlo.

—Pues negro.

—Quita. En negro, dice. Qué horror. Qué fúnebre. A ver, hijo, ¿me lo puedes poner en beis?

—Voy. Mira. ¿Qué te parece?

Durante unos segundos los tres contemplan en silencio el holograma giratorio. Hasta que la imagen parpadea y se distorsiona por un momento. Se recompone enseguida, rotando a menor velocidad.

—Esto chupa mucha batería. Venga, mamá.

—Ay, yo qué sé… ¿Queda bien con las cortinas?

—Yo creo que sí.

—Qué obsesión con las cortinas, coño.

—Mira, vamos a comprarlo por no oír más a tu padre.

—*Ok*.

—Aleluya…

El hombre recoge el móvil y se acerca a la mesa mientras intenta desactivar la *holoview*. Cuando lo consigue se sienta con sus padres y deja el teléfono en la mesa.

—Oye una cosa, mamá: ya que estamos, ¿por qué no aprovechamos y compramos dos?

—¿Dos qué? ¿Dos sillones?

—Claro. El masaje te iría bien para la espalda.

—Quita, quita… Yo en el sofá estoy la mar de a gusto. Quita.

—Que sí, mamá, no seas tonta. Va, yo os pago uno.

El hombre se siente sucio nada más decirlo. Avergonzado de sí mismo. ¿Por qué ha empleado la palabra pagar y no la palabra regalar? Y, ¿por qué ha limitado su ofrecimiento a un sofá? ¿Por qué no les paga o regala los dos? Es más: ¿por qué no cerró la compra del sillón, es decir de los sillones, por su cuenta hace dos noches, en cuanto hubo colgado la llamada de su madre por la que se enteró de la rotura del sillón? Sin consultarlo con sus padres, sin tener en cuenta tonterías como el color del sillón o las características de los brazos. Sería lo propio. Sería lo mínimo que podría hacer por ellos. Y no lo ha hecho. El motivo de su ineficacia como hijo y de su ineficiencia como hombre no es el desembolso económico, eso lo tiene claro. Puede permitirse ese gasto y uno mucho mayor. Podría permitirse comprarles, es decir regalarles, un par de sillones nuevos cada mes. La razón que explica que haya viajado a casa de sus padres para resolver el asunto es, tiene que admitirlo, aún más miserable que la racanería: quería que le vieran solucionar su problema. Hacerse protagonista. Demostrarles que es un buen hijo, considerado, sacrificado y leal. Quizá no especialmente resolutivo y fiable, pero desde luego sí implicado y atento. También, es cierto, tenía ganas de verlos y de comprobar con sus propios ojos que está todo bien en esa bendita casa. Pero sobre todo lo otro: necesitaba reconocimiento, y qué mejor forma para obtenerlo que hacer sentir culpables a sus padres, o siquiera ligeramente incómodos, por haberle causado un trastorno.

—Ni hablar.

—Qué coño… Beibi, trae la tarjeta ahora mismo.

—De verdad, dejadme comprarlo. Comprarlos.

—En la voz del hombre se ha instalado un temblor que solo él percibe.

Insiste:

—Dejadme regalároslos. Os los quiero regalar.

—Que no, hijo, solo faltaba eso.

—Venga, beibi, la tarjeta.

La mujer se levanta. Una mueca de dolor desfigura fugazmente su expresión. Se lleva la mano a los riñones mientras se aleja hacia la entrada. Rebusca en el bolso colgado en el perchero.

—Os los voy a comprar, papá.

—Va, che, no me toques los huevos.

—Ni tú a mí. Ya está bien.

—Hijo...

El hombre capta la advertencia en el epíteto absoluto que le ha dedicado su padre. Aun así, dice desafiante:

—¿Qué, papá? A ver, ¿qué pasa?

—Que ya me conoces. No me toques los huevos. Vale ya.

La madre vuelve con la tarjeta. Sin darle tiempo a acabar de sentarse, el viejo se incorpora en su silla y le arrebata la tarjeta de la mano. Acto seguido, inclinándose sobre la mesa, la pasa con precipitación sobre la pantalla del móvil del hijo.

—¿Qué haces, papá? Aún no estamos pagando, pesado.

—Bueno, lo dicho, ¿eh? Que te quede claro.

—Como el agua...

La mujer da una palmada en la mesa y dice:

—Va, no empecéis como siempre. Comprad el dichoso sillón de una vez. Yo voy a ponerme el pijama y a hacer la cena. Te quedas, ¿no, hijo?

—No, voy a salir.

—Te hago croquetas.

—No, mamá, de verdad, gracias. Me voy enseguida.

—Muy bien. Pues entonces me espero a hacer la cena cuando te hayas ido. Tú y yo nos cenamos el arroz que ha sobrado a mediodía, ¿oyes?, que estoy cansada.

Ahora es el viejo el que se levanta de la silla. Da un par de pasos encorvado y se sienta en el brazo del sofá.

—Bah, lo que sea, beibi. No tengo hambre.

Tras una pausa, dirigiéndose a su hijo, el viejo dice:

—Pero, oye, tú: ¿duermes aquí?

—No, me quedo en casa de un amigo.

—Un amigo...

—Sí, ¿pasa algo?

—¿Lo conozco?

—Me temo que no.

—Ya.

—Oye, tú: deja en paz al chiquillo.

—Tranquila, mamá. Venga, vamos a cerrar la compra.

El hombre reanuda la tramitación de la operación desde el móvil. Ha decidido ordenar el pago desde su cuenta y fingir que usa la tarjeta de sus padres, claro. Más que por amor filial, por dejar jodido al viejo cuando le dé por consultar sus movimientos bancarios. Antes, no obstante, ha de rellenar el apartado recogida envío del formulario de compraventa.

—Aquí dice que mañana a partir de las diez ya estará disponible en su almacén de Cofrentes.

—Estupendo.

—Les pongo que les mandamos el dron mañana mismo, ¿no?

El viejo se pasa la mano por la cara antes de seguir:

—¿Qué dron? ¿El nuestro? Imposible.

—¿Imposible? ¿Por qué?

—Lleva meses parado ahí arriba.

—¿En serio? ¿Pero qué le pasa?

—Yo qué sé. Arranca pero no se eleva. Solo responde a la activación. A todo lo demás, ni puto caso.

—A ver, ¿estáis hablando en serio?

—Sí, hijo, y aquí tu padre como si tal cosa. No ha movido un dedo para solucionarlo.

—Joder.

—También puedes encargarte tú, beibi, ¿o es que lo tengo que hacer yo todo? Además, para lo que lo usamos... Ya no vamos ni al pueblo.

—¿Todo? Anda, no me hagas hablar, que no pones ni el lavavajillas.

—Demasiado hago. Que me estoy muriendo, coño.

—Muriendo, muriendo... Quita, quita. Llevas muriéndote no sé cuántos años.

—No, si hasta voy a tener que pedir perdón por aguantar.

—Papá, ¿sabes lo que cuesta que te envíen cualquier cosa a domicilio hoy en día que todo el mundo tiene dron?

—Perfectamente: un cojón de pato.

—Espera, que te lo digo. Mira, aquí lo pone: novecientos. Novecientos euros.

—Pues dos. Dos cojones de pato.

—Pero, entonces, mamá, la compra, el super y eso... ¿cómo lo hacéis?

La mujer resopla. El viejo se levanta y se acerca a la ventana. Vuelve a abrirla. Sin dejar de mirar a su hijo señala con gesto impreciso hacia la calle, hacia el ruido sordo de la ciudad.

—Pues tu madre va y vuelve andandito del Mercadona de Safranar todos los santos días. ¿Por qué crees que está tan negra? Si parece una gitana…

—Fantástico… Qué desastre.

—Juan, la ventana, por favor.

El viejo la cierra de golpe. Avanza con inusitada rapidez hasta detenerse delante de su hijo.

—¿No querías regalárnoslo? Pues, venga, estírate. Diles que nos lo manden.

—Vale ya. Vale ya los dos. Tengamos, por favor, la fiesta en paz.

El viejo vuelve a la silla.

—¿Y no podemos recogerlo con el tuyo, hijo?

—No, mamá, os lo he dicho mil veces. Mi dron tiene alcance local. Madrid. Y Madrid 2 los festivos. ¿Por qué crees que siempre vengo en tren?

El hombre se dirige al recibidor. Encuentra las llaves del dron en el cajón de la izquierda, y cierto alivio en el hecho de que algunas cosas sigan siendo como siempre fueron.

—Subo a echarle un vistazo.

—Ponte la gorra.

—Ya es horario seguro.

—Da igual, hijo. Coge del perchero la de tu padre.

No lo hace. En la azotea la brisa es caliente y huele como todos los días: a polvo magnetizado. Los drones de los vecinos descansan envueltos en la lumbre del atardecer mientras otros, muchos, surcan silenciosos el cielo en todas direcciones rumbo a sus misteriosos destinos. Luces verdes, luces rojas entre las nubes como ascuas que llegan del sur, pellizcos de fuego que empiezan a apiñarse sobre la ciudad. Está noche caerán rayos bola. Sabe que algunos libros y películas antiguos imaginaron el futuro justo así. Solo que no se trataba del futuro; se trataba, como siempre, del más incuestionable de los presentes. No existe otra cosa. Nunca existirá otra cosa que el presente. El hombre avanza entre los drones. Replegados sobre sí mismos hasta formar el cubo estándar de metro y medio de lado, levitan a esos exactos treinta centímetros por encima de la tela asfáltica que recubre el suelo. Cuando llega junto al dron de sus padres, el grafeno negro de la chapa se torna de un azul luminiscente.

—Buenas noches, Conductor Dos. Han pasado quinientos setenta y cuatro días desde nuestra última colaboración. ¿Cómo estás?

—Hola, dron. ¿Estás averiado?

—No.

—A ver. Conductor Uno dice que no vuelas. ¿Estás averiado?

—Repito: no.

—¿Seguro?

—No.

—Entonces, ¿por qué no vuelas?

—Estoy viejo. Soy viejo. Creo que es eso.

—Bueno... No tengo tiempo para tonterías. Activación total.

El dron obedece emitiendo un zumbido de intensidad creciente durante tres segundos.

—Test de funciones.

El lado del cubo más cercano al hombre pasa a modo pantalla para informar de los detalles del listado del *checking*: Todas las funciones han sido verificadas con resultado satisfactorio, lee el hombre al tiempo que la voz del dron dice:

—Todas las funciones han sido verificadas con resultado satisfactorio.

—Ya veo. ¿Entonces?

—Repito: no estoy seguro.

—Eso es imposible.

—No.

—Estado de actualizaciones Pre y Pro.

El informe en la pantalla vuelve a ser positivo: Todas las actualizaciones instaladas y operativas, lee el hombre al tiempo que la voz del dron dice:

—Todas las actualizaciones instaladas y operativas.

—*Ok*. Elevación Fase Uno.

El dron permanece inmóvil. El hombre posa la mano en la cara superior del cubo. Le da un par de palmadas.

—Venga. Elevación Fase Uno. Ya.

—De verdad, no puedo.

—Hostia puta.

Ahora son dos puñetazos lo que cae sobre la cubierta del dron. Y otro y otro y otros dos más. El hombre se separa del dron. Camina hasta la barandilla de cemento de la azotea. A lo lejos brilla el luminoso del Carrefour Gran Turia. Igual que le ha ocurrido al comprobar que las llaves estaban en el cajón del mueble del recibidor, la visión de las luces del centro comercial le resulta balsámica. Tenía once años cuando lo inauguraron. Lanzaron un castillo de fuegos artificiales. Lo vieron juntos desde esta azotea. Se asoma. El día ya no es más que un mortecino fulgor rojizo. Pero le basta para ver allí abajo, en la esquina, a su padre sentado en la terraza del bar de Alfredo, es decir en la terraza del bar de Jose, del bar del chino, que aparece para dejarle una copa y un plato sobre la mesa. Aunque es posible que el camarero que acaba de servir a su padre no sea Jose. A lo mejor es un empleado de Jose, o un miembro de su familia que le ayuda durante los fines de semana. A lo mejor el camarero ni siquiera es chino. Es muy difícil estar seguro de nada. Y, sin embargo, el hombre no tiene la menor duda de que lo que hay en ese plato frente a su padre es una ración de calamares, y de que su padre la ha pedido solo para joderle. Sería un buen momento, se dice, para bajar, sentarse con él protegidos del polvo por el escudo magnético de la terraza, y hablar un rato de algo diferente a la salud y los sillones relax marca Shiito. Sería un buen momento para por fin decidir hacerse responsable de sí mismo. En lugar de hacerlo, vuelve donde el dron, que le dice:

—Buenas noches de nuevo, Conductor Dos.

—Buenas noches. Reiniciar.

El dron no da muestras de haber entendido la orden. Sopla el viento, ahora más frío y más fuerte. Siente los granos de arena estrellándose contra su perfil izquierdo. Levanta la vista. La negrura se ha impuesto ahí arriba. Se siente absurdo cuando acaricia el techo del cubo.

—Va, por favor. Reiniciar.

—Nada.

—Venga, no me jodas. Reiniciar. Ya.

—Nada.

—¿No me oyes o qué? Reiniciar. Reiniciar. Reiniciar.

Libro oculto de la Biblia

—Descansa, papá, mañana te veo.

Es lo último que le dije a mi padre en aquel jardín decorado con motivos navideños. La mentira es hermosa y necesaria. Es una de las pocas cosas que él me enseñó. Quizá la más importante. Ocurrió en el patio de la residencia de Chelva, el pueblo en que había nacido en mil novecientos cuarenta y nueve. Cuando se quedó incapaz nos pareció buena idea acercarlo a sus orígenes. Además, una sobrina lejana suya trabajaba en la residencia y agilizó mucho el papeleo necesario. Apenas tres semanas después del ictus mi padre ya estaba bajo los cuidados de las monjas del asilo residencia de Santa María Auxiliadora a cambio de su pensión y unos trescientos euros mensuales más. Al principio iba a verlo todos los sábados. Luego uno de cada dos. Pero es que eran cincuenta minutos por la CV-35. No tardé en marcarme un objetivo más realista: visitarlo el último sábado de cada mes. Lo logré casi siempre. Normalmente llegaba a la residencia a eso de las doce, con el sol lo más alto posible. Siempre le gustó el verano a mi padre. El calor. Sudar. Decía que el sol es lo mejor, que el calor es vida y la vida es calor. Ahora sé que tenía razón. Es una de las pocas cosas que me enseñó mi padre. Quizá la más importante. En contra de su voluntad, y para no escuchar la monserga de las cuidadoras, en verano nos poníamos con los demás abuelos a la sombra de los árboles. Chopos, creo. Pero en cuanto llegaban los primeros fríos serranos, hacia finales de septiembre, buscábamos la caricia evanescente del sol blanco. El ataque le había paralizado la mitad derecha del cuerpo. Siempre había sido un hombre delgado. Desde entonces fue un hombre consumido. Cincuenta y pico kilos de esqueleto revestido de tendón de pies a cabeza. Tenía el brazo y la pierna del lado malo como contraídos en una flexión antinatural, los viejos músculos y ligamentos retorcidos con violencia sobre sí. Parecían raíces secas. No: eran como zarajos, aquellos zarajos que tanto le gustaban, pero sin aceite, sin brillo, resecos. En cambio, la mitad enferma de su cara se veía descolgada, exánime, afectada de una laxitud extrema que arrastraba hacia abajo, como una cera que se hubiera secado a medio derretir, su ojo y su boca. No podía hablar. O sí que podía, pero con esa lengua medio muerta que se le había quedado no se le entendía una frase. Pobre hombre. Aún no había cumplido los setenta. Solo hacía un par de años que se había jubilado. Las enfermeras me aseguraban que trabajaba muy bien en rehabilitación, que estaba haciendo grandes progresos. Esas palabras, lo prometo: grandes progresos. Que volvería a hablar y andar, segurísimo. A que sí, Pepe, galán, lo interpelaban con ese tono irritante que la gente muy empática y muy bondadosa emplea para dirigirse a los niños o a los retrasados. Lo de galán es típico de por allí arriba. Así se llamaban mis padres el uno al otro durante mi infancia: galán y galana. Recuerdo que de chaval me avergonzaba cuando lo decían en público. Sonaba ridículo, rancio, de pueblerinos. No sé qué daría hoy por volver a oírselo. Ambos eran de Chelva. Bueno, mi madre aún lo es. Se mudaron a València recién casados, cuando a mi padre le salió un trabajo de mecánico en autocares Briz. El trabajo, en realidad, porque lo conservó hasta el último día de su vida laboral. El matrimonio duró bastante menos. Iba yo a primero de BUP cuando se separaron. No me traumatizó en absoluto. Se llevaban mal. Fue lo mejor para todos. A mi padre le gustaban mucho las mujeres. Puede que incluso demasiado, si es que eso es posible. Las miraba con voluptuosidad, lleno del disfrute sensual con el que otros contemplan un coche deportivo o una obra maestra del arte o el fracaso de los demás. Las miraba con una mezcla de curiosidad, admiración y deseo, sin tapujos, como si hacerlo de otro modo fuera impensable. En las pasiones hay que ser valiente. O por lo menos audaz. Es una de las pocas cosas que me enseñó mi padre. Quizá la más importante. Sin embargo, la última vez que lo vi no había en sus ojos atisbo de la energía segura y desafiante con la que siempre había enfocado el mundo. En ellos habitaba la indolencia, el aburrimiento sereno que acaba viciando la sensibilidad de quien se sabe excluido de la convocatoria del partido, descartado para el fragor del juego, relegado a la grada de la existencia. Claro que las monjas de Santa María Auxiliadora no resultaban un espectáculo muy estimulante, al igual que la mayoría de las trabajadoras seglares del centro, veteranas, curtidas por dentro y por fuera, tan maternales como profesionales en el trato. Aun así, durante los primeros meses allí mi padre se había esforzado por conservar la fuerza de espíritu, el humor, incluso la picardía con que había nacido. Pero ahora la mirada de mi padre pasaba por aquellas personas sin capturarlas. No veía a los residentes que se paseaban a pie o en silla de ruedas por el jardín bañado de un sol pobre. No vio al repartidor con la cara tatuada que llegó en una furgoneta naranja adornada en sus laterales con el dibujo de un neumático en llamas y que nos guiñó un ojo, o para ser exacto se lo guiñó a mi padre, mientras atravesaba canturreando el patio en dirección al edificio con la carretilla cargada de cajas de zumos. Ni siquiera el reguetón a todo trapo que desbordaba las ventanillas del vehículo de reparto aparcado frente a la cancela lo sacó de su ensimismamiento. Con todo, solo me preocupé cuando la mirada ausente de mi padre no se encendió al ver a aquella chica morena que pasó por delante de nosotros y nos saludó con una sonrisa perfecta y sincera. Iba con un dron negro en las manos, un gorro de Papá Noel en la cabeza, un vaquero blanco ajustado y una cazadora de pana verde que no conseguía ocultar su exuberante juventud. Constatar esa apatía paterna me dolió y me espantó. Hacía mucho que ya no era joven. Desde cinco años atrás padecía un cáncer de vejiga que venía llevando bastante bien. Su vida no peligraba de manera inminente. La doctora se lo había dejado claro: con casi total seguridad moriría por otra u otras causas. Solo tenía que dejar el tabaco y la bebida y pasar por el General cada año y medio o dos para que le metieran la sonda a través de la uretra y le rasparan los tumores. Él había venido cumpliendo religiosamente con la tercera de las indicaciones. Mantenimiento, decía; Qué menos que llevar el coche al taller de vez en cuando. Siguió reuniéndose los sábados con sus excompañeros para su tradicional almuerzo a base de morteruelo, zarajos, chuletones y licor de bellota en el Mesón La Mancha II, que todavía resiste al final de la avenida Blasco Ibáñez, ya muy cerca del mar. Siguió dejándose caer por los bares históricos. Siguió bailando en sitios llamados Golden, Sírex, La Habana. Siguió cogiendo el Focus para subir algún que otro fin de semana al pueblo, a Chelva, a ver cómo iban envejeciendo sus amigos de siempre y tomarse unos vinos con ellos. Siguió haciendo las cosas sencillas y letales que siempre le había gustado hacer, aunque es verdad que, con una cierta moderación en los ritmos, en las frecuencias y en las cantidades que nunca quiso admitir. A lo mejor lo del cáncer había conseguido asustarle. Tampoco me lo dijo. Es una de las pocas cosas que me enseñó mi padre, quizá la más importante: que los hijos tienen derecho a preocupar a los padres, pero los padres no deben siquiera pensar en la posibilidad de preocupar a sus hijos. De manera que no, mi padre no era ningún chiquillo. Él lo sabía, yo lo sabía. Pero no fue hasta ese instante, sentado al sol cada vez más borroso en un banco del patio junto a su silla de ruedas, cuando entendí que el hombre que la ocupaba estaba enfermo y cansado, atravesado por una honda tristeza. Malherido. Anciano. Me resistí a asumirlo. Quise sacarlo del lugar oscuro en el que había embarrancado su mente. Quise alejarme del lugar oscuro hacia el que, lo noté, lo sentí, se había puesto en marcha la mía. ¿Has visto eso, papá?, le dije al tiempo que señalaba con la barbilla en dirección a la muchacha, que se alejaba por el jardín engalanado, los setos ribeteados por guirnaldas baratas de oro y de plata, las ramas bajas de los chopos florecidas de bolas de plástico de color burdeos y de color cobalto. Asintió con el esfuerzo y la torpeza a los que estaba condenado. Pero sus ojos no siguieron a la chica, sino que se posaron sobre la mano inútil que yacía en su regazo. Con la otra se la frotó en un gesto tímido, o dubitativo, o desvalido, o desorientado, un gesto infantil y huérfano, en definitiva, que provocó en mí una ternura nueva, desconocida. Infinita. Hice lo que mi padre hacía conmigo cuando de niño tenía algún disgusto: romper la distancia, establecer contacto físico. Toqué la cara de mi padre, le di un suave cachete de camaradería masculina. Sus mejillas chupadas estaban heladas. Igual que sus manos cuando las encerré en la cueva de las mías. Qué débiles me parecieron de pronto sus dedos, qué frágiles sus muñecas. Venga, hombre, le dije, ánimo, papá. No encontré palabras menos gastadas, más poderosas. Me sentí frustrado e imbécil. Pero esforzarse por mantener a raya el sentimiento de decepción, por mostrarse magnánimo con uno mismo, es una de las pocas cosas que me enseñó mi padre. Quizá la más importante. A lo mejor por eso mis ojos buscaron la alegría de la chica, su juventud, su belleza. De pie en medio del patio hacía despegar su dron justo en ese instante. El artilugio ascendió veloz y silencioso hasta superar la altura de los árboles. Durante unos segundos permaneció suspendido entre la neblina, casi niebla ya, que el sol de invierno no conseguía quemar. Luego descendió un poco y empezó a sobrevolar despacio la explanada del jardín, deteniéndose con precisión unos momentos sobre cada uno de los escasos grupos de personas. Cuando el dron se instaló en nuestra vertical, apreté la mano de mi padre: Mira, papá, ahí arriba, saluda a la cámara. Fui consciente de que también yo lo estaba tratando con el paternalismo que me había molestado percibir en el personal de la residencia. Mi padre intentó volver la vista hacia el cielo. Lo logró a duras penas. Su cuello también estaba agarrotado. Yo levanté el brazo y agité la mano. La chica rio con frescura y pureza, brevemente, y me gritó desde su posición: No estoy grabando, ¿eh?; es un vuelo de prueba para la fiesta de mañana. Una lástima. Lo había visualizado: mi padre y yo en una filmación en plano cenital, registrados juntos para la eternidad. Había pensado pedir luego a la muchacha que por favor me hiciera llegar la grabación por correo electrónico, guasap, como fuera. Contarle que las imágenes en las que salíamos los dos eran poquísimas. Rarísimas. Un puñado de reliquias descoloridas que mi madre conservaba en un sobre de Agfa tan ajado que parecía hecho de papel de fumar. Contarle que hubo un tiempo en que llegar a poseer una fotografía requería de un proceso costoso en términos de tiempo y de dinero. Y que tener una grabación de vídeo era cosa de familias elegidas que podían permitirse el capricho de una videocámara. Contarle que, por increíble que le pudiera parecer, la única fotografía que recordaba haber protagonizado mano a mano con mi padre fue tomada en el ochenta y ocho, quizá en el ochenta y nueve del siglo XX, también en Navidad, también en Chelva, a la puerta de la casa de sus padres, mis abuelos, poco antes de que murieran y él y sus hermanas decidieran malvenderla. Incluso llegué a pensar en explicarle a la chica que no iba a poder acompañar a mi padre en esa fiesta, suponía que navideña, que las monjas estaban montando para el día siguiente, o que sí que podría pero daba la casualidad de que había quedado con una mujer para un plan en principio más vivificador, y que, en resumen, a ver si podía hacerme el favor de enchufar la cámara, pulsar el REC e inmortalizarnos a mi padre y a mí desde las alturas del pueblo en que nació, aunque solo fuera durante un minuto, o medio, o menos, el tiempo que fuera, en fin, un instante, que es de lo que se compone la vida, es una de las pocas que me enseñó mi padre, quizá la más importante. Pedirle a la chavala del dron que, por lo que más quisiera, nos retratara para siempre durante un instante, un instante en movimiento, porque de repente me aterraba la idea de olvidarme de cómo movía las manos mi padre, la tullida y la otra, los pies, los hombros, la cabeza, y que sobre todo me aterrorizaba la idea de pasar el resto de mi vida intentando recordarlo. Todo eso y más quise decirle a la morena, ansioso, lleno de urgencia. Pero no lo hice. Supuse que me tomaría por loco, cuando menos por tarado. Supuse que me diría: Tío, pues saca el móvil y echaros unas fotos, y no entendería que le repusiera que no, que no quería ser una cabeza absurda al final de mi brazo en un selfi con mi padre, que quería ver cómo se nos veía desde fuera, como en una película. Supuse, en definitiva, que no atendería tal solicitud, que si me acercaba a ella me contestaría que tenía prisa o me escucharía con expresión divertida para luego soltarme a un palmo de la boca un par de esas carcajadas tan limpias, tan fragantes que le acababa de escuchar, y mis miedos y preocupaciones de hombre vulgar de mediana edad desaparecerían de mi alma lavados por el perfume de la juventud. Así que no lo hice. Mantuve las distancias, porque llevo en la sangre esa flaqueza de mi padre, si es que puede considerarse una flaqueza el hecho de tener mucho amor y muchas ganas de amar en el cuerpo, y dispersarse con facilidad. Lo que hice fue sacudir la rodilla flaca y lisiada de mi padre y decirle: Venga, vamos al Anselmo, papá. Porque también heredé el otro talón de Aquiles de mi padre: le gustaba mucho beber. Muchísimo. Demasiado, en este caso sin la menor duda. Su naturaleza mujeriega lastimó mucho a mi madre mientras estuvieron casados, por supuesto, pero fue el problema de mi padre con la bebida lo que hizo que ella lo dejara de querer. O que dejara de compensarle quererlo, más bien, porque estoy casi tan seguro de que mi madre siempre quiso a mi padre como lo estoy de que mi padre siempre quiso a mi madre más que a nadie. Cuando se separaron yo me quedé con ella, naturalmente. Ni siquiera se discutió el tema. Los tres sabíamos que así debía ser, y así fue. La tarde que mi padre sacó de casa sus últimos trastos, me dijo: Tu madre es la mejor mujer del mundo; ya ha sufrido bastante conmigo; cuando te metas en líos llámame a mí. Es una de las pocas cosas que me enseñó mi padre; quizá la más importante: la mentira es hermosa y necesaria, pero más hermosos son los secretos y más necesario es contar con alguien a quien confiárselos cuando empiezan a pesar demasiado en la conciencia. Es lo que pensaba mientras empujaba la silla de ruedas, mientras conducía a mi padre inválido hacia la plaza por las calles fulgurantes de humedad y ligeramente empinadas en que había corrido de niño, cuando el calor suave, cuando la tibieza perfecta, a finales de los años cincuenta; las calles por las que había exhibido su virilidad de muchacho con bigotito a mediados de los años sesenta; las calles por las que a lo largo de los setenta y los ochenta había paseado orgulloso con su novia, mi madre, y luego con su mujer, mi madre, casi siempre enardecido en mayor o menor medida por el calor del alcohol, y siempre por el calor de estar vivo. En el Anselmo había dos amigos de mi padre de toda la vida. Se alegraron mucho de verlo después de tanto tiempo, ¿cuánto?, ya haría un año largo concluimos entre todos, ¿cómo no les habíamos dicho que estaba en el pueblo? La alegría de mi padre fue mayor. Se conmovió. No intentó disimularlo. Con la mano buena sacó el pañuelo del bolsillo interior del abrigo y se secó los ojos a golpecitos. La emoción no es debilidad. Es una de las pocas cosas que me enseñó mi padre. Quizá la más importante. Por eso celebré que me sobreviniera de nuevo esa ternura inefable. Más pronto que tarde el hombre que me había engendrado se convertiría en un revoltijo de recuerdos en mi cabeza. *Flashes* impredecibles que de tanto en tanto iluminarían detalles caprichosos y cada vez más desdibujados de todos cuantos habían conformado la personalidad de mi padre. Sus pañuelos, por ejemplo, esos tres pañuelos de tela que a lo largo de las décadas se habían turnado para acompañarlo a todas partes: uno del color verde oliva, o mejor del color del envés de las hojas de olivo; otro de un blanco desgastado igual que el de la chapa de aquel Renault 5 que tuvo, el primer coche en que recuerdo haber viajado; y mi favorito: ese pañuelo a cuadros dorados y granates que ahora volvía a guardarse en el bolsillo mojado de algunas babas y de la alegría dolorosa de las últimas ocasiones. Pedí vino para los cuatro. Tinto. Rioja, porque mi padre solía beber el tintorro del bar de turno pero cuando bebíamos juntos siempre pedía rioja. Le dije al camarero que se sirviera también uno, hombre, que íbamos a brindar por mi padre aquí presente. No sé si lo hizo; me miró con suficiencia durante un segundo más de lo que es propio en las relaciones camarero-cliente, como para recalcar el hecho de que su trabajo le obligaba a soportar las ocurrencias de un imbécil como yo. Perdoné y olvidé su altivez de inmediato. Es una de las pocas cosas que me enseñó mi padre, quizá la más importante: a ser tan magnánimo con la frustración ajena como con la propia, si no un poco más. Salud, Pepe, exclamó entonces uno de los hombres, que parece que te hace falta, y rompió a reír como ríen algunos hombres de los que surgieron de las profundidades del siglo pasado: como si lo hicieran para que el mundo entero los oyera reír y se volviera a contemplar sus risotadas, como si sus carcajadas fueran una demostración de fuerza, seguridad y salud. Su compañero se sumó a la broma de manera más contenida. También yo, que solté un par de risas por inercia y sobre todo por miedo a que de no hacerlo se rompiera el momento de confraternización que estaba viviendo mi padre. Ahí abajo, en su silla, asintió a la chanza de su amigo con un vaivén algo robótico de su torso. Luego dijo: Salud. En realidad: *aú.* Y se hizo un silencio respetuoso cuando se llevó la copa a los labios. Bebió por el lado medio vivo de la mueca fruncida que era su boca. Liquidó el vino de una, lo mantuvo en las mejillas escuálidas, que se enrojecieron o me pareció que se enrojecían, y tragó. Bien, papá, bien, así se hace, me salió del alma. Hice lo propio con mi copa y pedí otras dos. Los viejos tardaron bastante más en apurar la bebida. Luego declinaron mi invitación a repetir. Les esperaban en casa. Se despidieron con afecto de mi padre. Primero uno y luego el otro posaron sobre los hombros enfermos de su viejo amigo sus manos curtidas de hombres que jamás han abandonado su pueblo. Se despidieron, también, mostrando una excesiva confianza en las bondades del futuro, esa con la que suele aderezarse las conversaciones inofensivas que se mantienen con la gente que no tendrá ocasión de comprobar si ese optimista pronóstico acaba o no por cumplirse. Me molestó su condescendencia, pero callé, porque tan importante es saber mentir como saber aceptar la mentira dulce y torpe de los otros. Es una de las pocas cosas que me enseñó mi padre, quizá la más importante. Por eso dedicó a sus amigos aquella sonrisa tortuosa cuando le dijeron que irían a verlo, cuando le prometieron que lo sacarían a dar una vuelta. Mi padre y yo aún tuvimos tiempo de tomarnos el tercer vino antes de poner rumbo al asilo. Apenas hablamos durante el camino. Apenas hablé, quiero decir. El sol velado por las nubes bajas era una decepción para los sentidos en comparación con la calidez acogedora que nos había abrazado en el Anselmo. Sin dejar de empujar la silla, adelanté un brazo por encima del hombro de mi padre y palpé su pecho. Quería cerciorarme de que antes de salir del bar le había abrochado bien el abrigo. Experimenté algo parecido al orgullo al comprobar que así era. No se preocupe, señor, oí una voz a mi espalda; es usted un buen hijo. Ahora sí: me detuve. Me volví. Era el repartidor tatuado, que parecía haber salido de un local en aparente desuso empujando su carretilla. ¿Perdón?, solté sin ninguna necesidad. Y él: Lo que ha oído, señor: es usted el buen hijo de un buen padre. Bajo la tinta de su rostro se adivinaban una tez y unos rasgos acostumbrados al calor esmeralda de las junglas americanas, pero el acento con el que había hablado crujía entre sus dientes como el invierno que escarcha los bosques negros de la Europa del Este. Giré la silla hacia el desconocido para hacer a mi padre partícipe en la conversación. El repartidor volvió a guiñar un ojo, en esta ocasión sin duda en gesto dedicado a mi padre. ¿Y quién no?, le concedí en un alarde poético provocado por mi habitual ineptitud al elegir el discurso. Eso es cierto, continuó el hombre tatuado: no hay mal hijo para un padre. Paseó la vista de mí a mi padre, de mi padre a mí. Bendiciones, dijo al cabo, nos dio la espalda y empezó a alejarse en dirección opuesta a la nuestra con la carretilla, habría jurado, cargada con esos mismos zumos que transportaba un rato antes en el patio de la residencia. Me acuclillé junto a la silla hasta que lo vimos doblar la esquina. Mi padre me miró. Había en sus ojos una calma inmensa. Entonces fue cuando me habló. Mi padre. Mi padre me habló, y dijo: ¿Cómo estás, hijo? Las palabras brotaron de él diáfanas, brillantes, con la precisión que las había impulsado en otros tiempos, como si no estuviera impedido para el habla y para todo lo demás. Luego añadió con la misma sonoridad luminosa: ¿Y tu madre? ¿Cómo está tu madre? Bien, le contesté tan sobrecogido como confundido y feliz; estoy bien, papá; estamos todos bien; y tú también estarás bien, papá; ya lo verás. Debería haberme ahorrado todas y cada una de las frases que constituyeron mi respuesta. Mentiras, verdades, medias mentiras, medias verdades. Lo que fueran. Seguimos caminando a través del celaje cada minuto más bajo y más gélido que nos relamía la cara con tacto de hocico de animal muerto y que se tragaba los campanarios, las antenas, los tejados, las casas, las calles, la gente, a nosotros. En la residencia encontramos el patio desierto. El aire tintineaba de cucharas y cuchillos. Los viejos ya estaban comiendo. Conforme nos acercábamos al edificio se veía con mayor claridad a través de las ventanas de la planta baja el oscilar adelante y atrás sobre los platos de las cabezas de cerilla de los residentes. Me sentí ligeramente turbado. Mi vista buscó por instinto a la muchacha del dron. Me pareció vislumbrar su belleza verde entre la grisura ósea de los troncos de los chopos al otro lado del jardín. No: se trataba de una figura a escala casi 1:1 de Papá Noel vestido a la más antigua usanza en la que antes no había reparado o que había sido colocada con posterioridad a nuestra marcha al bar. Me pregunté si, desde el vientre misterioso de esas nubes tan bajas que habría podido escarbar en sus panzas con solo alzar los brazos, el dron de la chica nos estaría observando a mi padre y a mí. Si, como debería haber ocurrido desde el principio, nos estaría grabando.

Retratando. Haciendo inmortales. Tampoco, porque una de las pocas cosas que me enseñó mi padre, quizá la más importante, es que la juventud siempre tiene un plan mejor que el de entretenerse en cumplir los deseos de los viejos de setenta y tantos y los de cuarenta y tantos, y que está bien que así sea. La decoración navideña del patio no inspiraba la promesa de una celebración inminente. Al contrario, hacía que uno se sintiera rodeado por los restos de una fiesta que sus invitados hubieran abandonado con precipitación y a la fuerza. Así andaba, atrapado de nuevo por la nostalgia que despierta el último día del verano infantil, el último día del amor de juventud, el último día de la juventud en sí misma. Y, supuse, el último día de la vida. Igual que en otros sábados, no muchos, pocos, muy pocos, llamé a la puerta del edificio para que alguna monja o alguna enfermera o algún celador saliera a recoger a mi padre. Mientras esperábamos me incliné sobre su espalda encorvada y le susurré al oído: Mañana te veo, padre. Lo dije sinceramente, creo. Porque también es posible que en lo más hondo de mí latiera la certeza de que mis palabras no eran más que otra de mis mentiras. De todas maneras, es una cuestión sin importancia. Cuando llegó la monja nos dimos cuenta de que mi padre estaba muerto. Hay que saber moverse discretamente en el segundo plano. Habitar el decorado de la vida de los otros. Que la gente asuma tu irrepetible existencia con la misma normalidad que acepta la del sol, por ejemplo. Que no reparen en la gracia de tu presencia, y que cuando te vayas sientan que sigues ahí, agazapado al otro lado del tiempo, listo para regresar. Es una de las pocas cosas que me enseñó mi padre. Quizá la más importante. Quizá no.

Jacarandas

Y el día menos pensado te ves en la cámara expositora de la sala doce del tanatorio Mémora de València, de pie junto a la caja de pino que contiene el cuerpo sin vida de tu padre. Ahora mismo, y lo agradeces, no hay nadie ahí fuera, al otro lado del cristal. Es temprano. Sin embargo, has corrido la cortinilla para que eventuales visitantes madrugadores no tengan oportunidad de verte. Es por intimidad, le has dicho, solemne, al empleado que te ha conducido hasta la cámara a través de unos corredores de acceso restringido azulejados de un celeste claro hasta dos tercios de pared. No es que te avergüence que alguien pueda verte llorar; no eres ese tipo de hombre, tú siempre verás las estrellas. Más bien te incomoda tener la certeza de que no llorarás. No querrás, o no podrás, o no sabrás. Eres un hombre extraño, eso lo tienes claro. Además, necesitas pasar un rato a solas con tu padre, así de sencillo. Por otra parte: cuerpo sin vida... Te repugna pensar en esas palabras.

Cadáver. Restos. En fin: tu padre muerto. En el aire de la nevera funeraria circula un tenue aroma a desinfectante. Ocho grados Celsius marca el *display* de un termostato anclado a la altura de los ojos a la pared junto a la puerta. Frío. Más frío que en Noruega. Un frío nuevo, extraño, a nivel celular, que desentona con la luz cálida que emite el plafón cuadrado del centro del techo. La tapa del ataúd es de doble hoja. Solo la dedicada a cubrir la mitad superior del muerto está abierta. Tu madre estaba en lo cierto: está guapo, pero raro. Es por el maquillaje. Le hace parecer mucho más joven. Sesenta años en lugar de setenta. Y por cómo le han peinado. Raya al lado. Además, le han puesto gomina. O fijador. O laca. Jamás usó nada de eso. Siempre estuvo orgulloso de ese cabello abundante y rizado y desde antes de los cuarenta ya de un blanco luminoso, que se peinaba hacia atrás con las manos al salir de la ducha. Sí, tenía una buena mata de pelo. Tú la has heredado. La mata de pelo y la cabeza entera. Ese carácter anguloso, igual que las facciones. Tus hermanos en cambio tienen el pelo lacio y pobretón de tu madre. También su bondad, su belleza, su alegría. Le pasas la mano por el cabello. Un roce artificial, plástico. El tacto encrespado y siniestro del pelo de un muñeco. Le deshaces el peinado en un intento de que el títere abandonado que yace delante de ti se parezca lo más posible al hombre que lo manejó hasta hace treinta y pocas horas. El resultado no es demasiado satisfactorio. Te limpias la palma algo pegajosa en el muslo del vaquero. Él rara vez usaba vaqueros. Era hombre de traje. Lo había sido. Lo fue. Vas a tener que acostumbrarte a los nuevos tiempos verbales. Cuarenta y cinco años trabajando en departamentos financieros. Los fines de semana se ponía pantalones de pinzas y camisas, americanas ligeras, desenfadadas. Ese era su estilo. Para sus últimas horas de cuerpo presente lo han trajeado, como es natural. Un traje horrible. Un traje rigurosamente fúnebre en su corte y su color que tu padre nunca se habría puesto. Era un hombre coqueto, le gustaba destacar. Lo peor es la corbata, azul marino y lisa. Como un crespón. A tu padre le encantaban las corbatas. Tenía decenas y decenas de ellas, quizá un par de cientos. Las tuvo. Todas de colores vivos y estampados alegres. Globos aerostáticos, caballos rampantes, incluso una con pequeños platillos volantes estilo ciencia-ficción de los años cincuenta. Era un hombre audaz. Lo había sido. Lo fue. Un hombre seguro de sí mismo. Visto lo visto, te da miedo levantar la hoja inferior de la tapa. Pero lo intentas. No cede. Metes la diestra en el féretro, palpas el acolchado blanco, toqueteas por ahí dentro en busca del cierre. Das con lo que te parece un pequeño pestillo. Lo manipulas, crees que lo has descorrido. Pruebas de nuevo a alzar la tapa. Esta vez sí. La vista se te va de inmediato a sus pies. Te tranquiliza comprobar que por lo menos le han puesto sus zapatos favoritos. Unos Martinelli que tu madre le regaló cuando hicieron cuarenta años de casados. Están prácticamente nuevos, pero no tan limpios como deberían. No relucen como relucirían si tu padre hubiera podido lustrarlos para la ocasión. Ni mucho menos. Antes de irse al trabajo daba un repaso rápido a los que fuera a ponerse ese día. Siguió haciéndolo una vez jubilado. Y cada domingo de su vida agarraba aquel taburete bajo plegable, se sentaba junto al ventanal del salón con el Ducados en la boca y dedicaba una o dos horas a cepillar a fondo todos sus pares. La silueta encorvada de tu padre recortada contra la luz blanca de la mañana valenciana se forma en tu mente envuelta en el aura mística de un cromo infantil. Un tesoro. Y se te ocurre. Esa idea innegociable. La epifanía. En lugar de dedicarle unas palabras, de simular una charla de despedida hombre a hombre, le desanudas nervioso los cordones. Siempre has sido un cobarde. Siempre rehúyes el cara a cara. El empleado que te ha dado acceso a la cámara está en el pasillo, al otro lado de la puerta entreabierta, esperando a que acabes de despedirte. No tendrá más de veintidós años. Habla por teléfono con alguien a quien llama Cielo. Descalzas deprisa a tu padre, le quitas los Martinelli. No sabes por qué estás actuando con rapidez furtiva. Al fin y al cabo, eres el hijo del de la caja. El hijo del protagonista absoluto. Lo fuiste. Lo eres. Lo serás siempre. Eso debería otorgarte ciertos privilegios. La concesión de un último capricho. Un trato preferente. Sus pies, por cierto, se ven demasiado largos y delgados enfundados en esos calcetines de un gris perla muy poco acertado. Tocas los pies de tu padre porque no recuerdas haberlos tocado nunca. Sin aprensión, sin emoción, los tocas. Los tocas y sientes el frío pétreo a través de la licra. Piensas en aquel viaje a Italia con el instituto. Tu cerebro nunca ha funcionado de manera previsible. Piensas en los pies enormes y pálidos del Moisés de Miguel Ángel mientras a la pata coja te quitas las deportivas. Intercambias el calzado con tu padre. Retrocedes un par de pasos para contemplarlo ahí tumbado, despeinado, amortajado y con las Adidas Gazelle verdes. Sacas el móvil, le haces una foto de cuerpo entero y te guardas el teléfono. Cierras la hoja inferior de la tapa del ataúd. Intentas colocar el pestillo en la posición que lo encontraste. No lo consigues. Desistes. La constancia nunca ha sido tu principal cualidad. Tu padre lo sabías. Qué importa. Te inclinas sobre él y besas su frente cerosa. Cierto tufo a botiquín mezclado con el propio de una peluquería de señoras. Te incorporas. Sacas el tabaco. Lo siento, papá, ya sabes que fumo rubio, y le introduces un West entre los labios. Se cae. Resbala hasta el cuello, donde se detiene en maravilloso equilibrio, como un balancín, sobre el prominente garganchón de tu padre, grande y picudo, que tanto te impresionaba de niño cuando le veías beber con la cabeza atrás, y que jamás volverá a moverse. Lo intentas de nuevo. Le agarras el labio inferior, delgadísimo, como el tuyo, haciendo pinza con el pulgar y el índice. Está helado. Y tiene el tacto escurridizo e inhumano del vientre de las lagartijas. Un escalofrío. Pero lo consigues. El pitillo se mantiene en la boca de tu padre, confiriéndole de inmediato un aire de honda placidez, de sosiego casi pastoril. El gesto de un hombre que se hubiera tumbado a descansar a la sombra de un olivo con una ramita de tomillo entre los dientes. Sacas de nuevo el móvil. Otra foto. Otro beso en la frente, este más largo. Te acercas a la cortina, la descorres. La sala sigue vacía. Te diriges a la puerta de la cámara frigorífica. Allí te detienes y te vuelves hacia la caja. Desde este ángulo solo la punta de la nariz y la parte delantera de su pelo te resultan visibles. Adiós, papá. Con la mente. Sin duda, a eso huele tu padre muerto: a alcohol de noventa y seis y a resistencia recalentada de secador de pelo. Es lo que piensas mientras sales al pasillo y oyes cómo tu voz le dice al empleado: Gracias, podemos irnos. Sigue hablando por el móvil con su *Cielo* particular; tan solo baja un poco el volumen de sus palabras de amor mientras te acompaña de regreso a las dependencias públicas del tanatorio. Tiene cara de idiota. Puede que lo sea y que por eso no se dé cuenta de tu cambio de calzado, del sonido nuevo, viejo, de tus pasos. O a lo mejor es que está enamorado. O a lo mejor es que es joven y feliz. Tu padre vivo olía a lo mismo que todos sus compañeros de generación: a humo azul y a Agua Brava. O Brummel. O Magno. A tabaco y a colonia de hombre. También a menudo a alcohol, por supuesto, pero alcohol del otro tipo; alcohol del bueno. Cerveza. Verdejo, Rioja. A veces güisqui. Alcohol del que no arde, pero te enciende por dentro. Para bien o para mal. Pensar en el fuego te lleva al concepto cremación. Es lo que hace solo unos minutos te han dicho tus hermanos a las puertas del tanatorio: que lo queman.

Es lo que te ha ratificado tu madre: que a la una lo queman. No les has preguntado por qué. Saben tan bien como tú que tu padre quería acabar en el cementerio del pueblo, en ese hueco lleno de arañas y hierbajos junto al nicho de sus padres. Debe de ser cosa del seguro. O a lo mejor es que el hombre cambió de opinión y no te lo dijo. Demasiado tiempo fuera. Irse a Noruega es como irse a otro planeta. Irse lo bastante lejos es quitarse de en medio. Irse a vivir de la pintura a Escandinavia es, en definitiva, no querer saber de los problemas de nadie. Desentenderse de lo que se deja atrás. Irse a Noruega porque desde pequeño te emociona la pintura de Nolde y te consideras una suerte de sucesor ibérico suyo es creerse demasiado especial como para estar pendiente de mundanidades como el dolor, la enfermedad y la muerte. Por eso ningún padre habla por teléfono de su entierro o su incineración con su hijo en Oslo. Por eso ningún padre le cuenta por teléfono a su hijo el artista que de un tiempo a esta parte no se está encontrando muy allá, que le preocupa no volver a verlo nunca. De vuelta en la sala doce compruebas que continúa desierta, salvo por tu padre en el ataúd al otro lado del cristal del fondo. Aunque hay en ella dos presencias desconcertantes: las de sendos cuadros colgados en una de las paredes. Tamaño medio, colores pacíficos. Te preguntas si han sido pintados *ex profeso* para lucir en este lugar. Ambos presentan la misma firma: Luis o J. Luis Rosado, es posible que Rosales. Te gustaría conocerlo. Hablar con él de pintor a pintor. Trasladarle tu pregunta. Si pinta por encargo de la empresa Mémora o sus cuadros han acabado por azar en un tanatorio de polígono. No sabes qué respuesta te resultaría más aterradora y hermosa. Porque debes admitir que hay belleza y también sentido en ese destino, sea elegido o impuesto. Desde luego algo conecta los tanatorios con los museos. Un aire reverencial. La atmósfera de panteón. La ceremonia en las voces y en los pasos. Los extintores. La única diferencia es que aquí a nadie le importa quién sea el autor de las pinturas, salvo a ti. La firma en la esquina inferior derecha es solo el guiño de humor negro a un espectador que nunca la leerá porque nunca contemplará con la atención merecida la obra en que aquella se inserta. Salvo tú. En mitad de la muerte, los cuadros del tal o la tal Rosado o Rosales permanecen con la solvencia de los objetos, independientes de su autoría. Esa serena y mediocre marina y ese apacible y ridículo paisaje campestre pretenden edulcorar con su inane compañía el proceso industrial del dolor. Es repulsivo. Probablemente

Rosales viva mejor que tú. Es justo, tal vez. Sales al *hall*. Tu madre y tus hermanos están hablando con Juan y Elvira, un matrimonio vecino del bloque. Tu madre, con los ojos gordos como dos huevos duros. No la has abrazado lo suficiente al llegar. Además de extraño eres cruel. Cuarenta y tantos años con él. A menudo en crisis. Una mujer de las de antes, de las que aguantaban. Por no tener estudios, por no tener trabajo. Por tener hijos. Una mujer infeliz por culpa de su marido, al que sin embargo ha llorado sinceramente. Porque tu madre nunca miente, nunca engaña. No es como tu padre. No es como tú. Nadie se percata de tu presencia. Mucho menos de que calzas los zapatos de un muerto. El muerto. Tu muerto. Aprietan un poco, pero la incomodidad va mitigándose a cada paso reemplazada por un agradable cosquilleo en las plantas de los pies. Una energía maravillosa impulsa tu andar con un garbo y una decisión flamantes. El cuerpo te pide aire fresco. Sol. Movimiento. Sales a la calle. Las ocho y media. La mañana es hermosa. Limpia. Uno de esos días de otoño que se visten de primavera. El cielo refulge de un insultante azul plastidecor sobre las techumbres de la ITV, la gasolinera de los taxistas y las naves industriales de componentes electrónicos, rodamientos o plásticos del polígono de Vara de Quart. Y la luz del Universo ha anidado en las enormes jacarandas que flanquean la entrada principal del tanatorio. No reparaste en ellas hace un rato, cuando el taxi te trajo desde el aeropuerto. En sus ramas las flores cimbrean alegres, sensuales. Con voluptuosidad femenina. A tu padre le gustaban esos árboles, quizá justo por eso. Te lo dijo aquí mismo una mañana de hace veinte o veintidós años, con la cara vuelta hacia el cielo. Tendría más o menos la edad que tienes tú ahora. Siempre me han gustado estos árboles, repetía. También era otoño y también había un cadáver por medio: el de tu abuelo. Su padre. En una de las ocasiones que salisteis a fumar te lo dijo: Siempre me han gustado estos árboles, y nunca he sabido cómo se llaman. Jacarandas. ¿Jacarandas? Sí. ¿Y tú por qué sabes eso? Entonces no respondiste. La vida es un bucle, y la gente recrea las escenas que antes ya protagonizaron quienes les han dado paso a este mundo. Claro que de ser así a estas alturas deberías tener un hijo, una hija, una proyección de tu sangre hacia ese futuro trazado. Lo que tienen tus hermanos. Te enciendes un West bajo la enramada. Lo tiras tras la primera calada. De pronto te repugna el sabor de ese humo. El cigarro se descapulla al chocar contra el suelo, la brasa incandescente rueda por el pavimento empujada por la brisa. Reprimes el impulso de pisarla. Sería un sacrilegio ensuciar de ceniza la tersa suela de piel de los zapatos de tu padre. Pero, además, durante un instante tu mente ávida de fe cree atisbar un significado oculto en el recorrido errático y brevísimo de la chispa sobre el asfalto en dirección a la calle Archiduque Carlos, una señal que marca el camino que seguir. Y alzas la mirada a las flores violetas de las ramas de los árboles. Violetas o azules. O de un azul violáceo. Un azul insólito que conduce tu pensamiento hasta la lavanda, hasta el monte, hasta el pueblo. Hasta los agostos de tu infancia. Hasta el lugar donde también tu padre fue una vez un niño. La casa blanca de tus abuelos. Se perdió. Dudas si en algún momento existió. Parecen un sueño aquellos veranos de interior, de montaña. No tendrías ni diez años. Desde el ventanuco del aseo se veía camino arriba el cementerio. Un rectángulo de cal ribeteado de setos de lavanda que espejeaba en la falda del pico del Remedio entre las ondulaciones del sol canicular. Era espliego, te corregiría tu padre si pudiera leerte el pensamiento. Si pudiera hablarte. Si estuviera vivo. Espliego salvaje que probablemente siga enmarcando el camposanto que no acogerá el cuerpo flaco de tu padre. Van a quemarlo. Y visualizas la cabeza cana de tu padre envuelta en llamas.

Un algodón de azúcar de fuego. Una ascua enorme, una pavesa monstruosa que flota fantasmal en el centro de tu yerma conciencia. La imagen pavorosa te acompaña durante el camino a casa. El camino a casa de tus padres. No está lejos. Unos veinte minutos. Por la calle dels Gremis abandonas el polígono y coges Archiduque hacia arriba, o hacia abajo, nunca has tenido muy claro cómo se determina eso. Llevas el frío dentro. Ocho grados. Buscas la acera soleada. El verano es largo en el Mediterráneo. Tanto que devora buena parte de la primavera y del otoño. Tanto que puede llegar a hacerse eterno, lo aborreces. Siempre has detestado el calor. Sin embargo, hoy buscas la acera soleada. Siempre recto por Archiduque pasas la rotonda de Tres Cruces y un poco más adelante entras en el estanco que hace esquina con Músico Gomis. Un paquete de Ducados. ¿Rubio?, te pregunta el calvo, que, sin esperar respuesta, agarra una cajetilla roja del expositor. Es evidente que no asocia tu aspecto con el del fumador típico de tabaco negro. No ve en ti a tu padre. Y te duele. Os parecéis. Os parecíais. Mucho. Lo han comentado miles de veces, miles de personas desde que eras niño. Clavados. Todo el mundo debería saberlo. Hasta este estanquero. Además, llevas sus zapatos predilectos en los pies, y en el pecho el helor de su muerte. No, Ducados negro, el de toda la vida, el que fumaba mi padre. Pagas y sales a la calle. Retomas el camino mientras desprecintas el paquete. Te llevas un pitillo a los labios. Vas a encendértelo, pero desistes. Tu padre fumaba como un carretero, incluso más que tú, pero no encendía el primero hasta después de tomarse el café. Quieres hacer las cosas bien. Así que sigues andando con el cigarro en los labios, la viva imagen de tu padre en la caja, y el discreto taconeo de los Martinelli en los oídos cuando las pausas del tráfico rodado lo permiten. Dejas atrás el cruce con Fray Junípero Serra. Dejas atrás el cruce con Virgen de la Cabeza. Y por fin giras a la izquierda en Fontanares. Pasas junto al Telepizza. Pasas por delante de la colchonería Colele. Pasas por delante de un *nailbar* chino que ocupa el bajo donde en tiempos estuvo la floristería Mercedes, y luego impresiones Valcopy, y luego el pub Bombón, y luego el quiosco Lolín. Y ya estás en el número 79. Echas mano al bolsillo en busca de las llaves que por previsión o por miedo nunca quitaste de tu llavero de Bart Simpson. Introduces la del portal en el bombín, giras la muñeca y la puerta se abre ante ti como si fuera lo más normal del mundo. Como si no hubiera pasado tanto tiempo, como si no hubieran pasado tantas cosas desde que te fuiste de este sitio. Como si nunca te hubieras ido. Como si aún tuvieras veinte años, quince, doce. Como si nada. Volver a casa de los padres es volver a ser un niño. En el zaguán el resol blanco que se cuela por los cristales de la puerta confiere al espacio un aire místico, espiritual, reforzado por el eco amplificado de los Martinelli mientras subes los nueve escalones. Piensas en aquel santuario en la cima del Pico del Remedio. De nuevo el pueblo paterno. De nuevo su juventud, tu infancia. Dentro de la covacha una virgen cerosa y aniñada te miraba sin ojos detrás de una reja. Si en algún momento existió la posibilidad de que creyeras en lo sobrenatural, en la posibilidad de los milagros, se esfumó la primera vez que pusiste el pie en aquella gruta. Esas paredes húmedas forradas de exvotos. Las peticiones de la gente. Súplicas y esperanzas. Piernas y brazos ortopédicos, dentaduras postizas, muletas, alguna que otra silla de ruedas. Y cabelleras. Un montón de cabelleras. Algunas auténticas, muchas de plástico. Trenzas, coletas, colas de caballo. Y algunas velas incrustadas en los recovecos de la piedra. Velas con forma de cabeza, con forma de ojo, con forma de riñón. Todas ellas apagadas. También aquella roja con forma de corazón, del tamaño exacto del puño de un niño. Lo sabes porque lo recuerdas y lo recuerdas porque alargaste el brazo entre los barrotes de la reja y la cogiste. La cera resudó fría en la palma de tu mano. La dejaste caer. Se partió en dos al chocar contra el suelo. Estaba hueca. Desde lo alto de los nueve peldaños del zaguán vuelves la vista al pie de las escaleras. Antes de que en el pueblo se te rompiera el corazón solías saltarlos ágil, alegre. Según la ciencia, aquella energía tuvo que transformarse en otra cosa. Pero las autoridades pueden decir misa; sabes muy bien que la energía se crea y se destruye. Muere. Desaparece poco a poco, como murió tu arte, como una hoja caduca. O de golpe, igual que tu padre, en el cuarto de baño. En la pared principal del zaguán no hay exvotos, claro, solo un cartel pegado con celo a la chapa de madera a la derecha de la batería de buzones. Sabes lo que dice sin necesidad de leerlo. Tampoco quieres. Pero te acercas y lo lees. Ha fallecido José Joaquín Rojo Esteban, vecino de la puerta diecisiete. El funeral tendrá lugar en el crematorio del cementerio de València el día veintisiete a las trece horas. Hasta entonces se le velará en el Tanatorio Mémora (C/ Gremis s/n, Polígono Vara de Quart). El texto está escrito a mano con tinta azul. Sin duda un boli Bic. Durante una temporada te dio por dibujar a bolígrafo. Fue al poco de llegar a Noruega. Paisajes nevados, costas abruptas, pescadores. Cosas así. Al principio vendiste algunos de aquellos dibujos entre los miembros de tu raquítica red de contactos en Escandinavia. Queda claro que quisieron ayudar al recién llegado. Sea como sea aquel viraje en tu expresividad artística te sirvió para aprender a reconocer las particularidades de delineación propias de cada una de las marcas más populares de bolígrafos. Es decir, para nada, otra habilidad perfecta en su inutilidad. La del cartel no es la letra de tu madre. No es que el hecho posea una especial trascendencia pero es lo primero que te ha llamado la atención al empezar a leerlo. Tampoco es la letra de ninguno de tus hermanos. El trazo es femenino. Quizá la autora haya sido alguna de tus cuñadas. O a lo mejor incluso tu sobrina la mayor. O una vecina. Qué importa. Nada importa. Salvo la cruda sensación, como una úlcera de estómago, como algo que arde y supura lento en tu interior, de que deberías haberlo escrito tú. Al fin y al cabo, eres el mayor. Es lo que imaginabas de chaval cuando leías uno de esos papeles que de tanto en tanto amanecían pegados a esa pared. Anticipabas que el día menos pensado tu padre se moriría y tendrías que escribir de tu puño y letra su nombre en uno de los folios que había en el cajón de la mesita del teléfono para informar de la noticia a la comunidad. Sin embargo, en la muerte de tu madre nunca pensabas. Porque en cierto sentido una madre nunca se muere. Una madre sigue viva aunque esté bajo tierra, sigue viva aunque ya no sea más que un puñado de polvo gris en una urna. La madre siempre está presente porque uno siempre está presente en el pensamiento de su madre. Son los padres los que se van, los que defraudan, los que abandonan a uno. Dejando mucha información en el aire. Lo que quieres decir es que sabes que tu madre te quiere. Te lo ha dicho infinidad de veces. Aún te lo dice. Además, se le nota. Siempre se le ha notado. En los ojos, en la boca, en la energía pura y ciega que posee su cuerpo cuando intenta robarte un segundo más de abrazos. Lo que sentía por ti tu padre es otra historia. Un misterio. Seguro veía también tus defectos. Él sí. Veía tus taras. Y eso te asusta. Casi seguro no fuiste el hijo que habría deseado. No fuiste el hijo que habría deseado ningún hombre de su tiempo. No lo eres. Y ya no tendrás la oportunidad de explicarle tus razones, contarle tus secretos, esos que sin duda descubrió y que no le gustaron. Y se convirtieron también en sus secretos. Tu cara en el espejo del ascensor es su cara. La de tu padre. Con su muerte has heredado su rostro. Y ese reflejo te mira con notable desapego.

Extrañamiento, sería más preciso. Es tan complicado llegar a saber quién es uno. Casi tanto como asumirlo. Se hace larga la subida hasta el quinto. Incómoda. Por fin en el rellano encuentras un felpudo impoluto a los pies de la puerta diecisiete. Lo habrán comprado hace poco, piensas. Una semana. Un par de días. Está perfecto, a estrenar. Te estremece la idea de que tu padre no haya llegado a pisarlo. Lo pisas. Frotas las suelas tersas de los zapatos de tu padre contra ese inmaculado *Bienvenue* en letras amarillas color crema de trazo florido sobre fondo azul. Cuando tus padres iban al colegio el francés era la lengua extranjera reina en España. Por supuesto ninguno de los dos aprendió nada más que a dar los buenos días y a pedir permiso para ir al servicio. Pero ahora la casa de tus padres te da la bienvenida en el idioma de Baudelaire o Houellebecq. Otro dato banal y de origen casual que sin embargo te afianza en la idea de que la vida, en efecto, es extraña. Extrañísima. O absurda. Respiras hondo y metes la llave en la cerradura. Abres. Entras. Cierras a tu espalda, con cuidado, con delicadeza, temeroso de que el ruido pueda despertar a tu madre, pese a que sabes que sigue atendiendo a las visitas en el tanatorio, o a tu padre, pese a que sabes que está innegociablemente muerto. Permaneces inmóvil unos segundos, la cabeza ladeada, el oído atento. La misma posición en guardia y la misma sensación de cautela con que entrabas en casa a los dieciséis, diecisiete, veintidós cuando volvías de madrugada más o menos borracho y drogado. Y contra todo pronóstico escuchas algo. Una respiración. Unos jadeos. Y al poco Brandi aparece al otro extremo del recibidor. Se detiene para observarte con su cara de nada, su cara de todo, la que los drones usan para el amor y para el odio, para el miedo y para la furia. Se te acerca callado y despacio, levitando con esfuerzo a un palmo escaso del suelo. Está ya muy viejo. La luz roja parpadea en su ojo derecho. Supones que tu madre o alguno de tus hermanos se acordaron de ponerlo en modo bajo consumo antes de salir hacia el tanatorio. Te huele los zapatos y levanta la vista hacia tu rostro. Vuelve a olerlos, vuelve a mirarte. Su expresión tampoco refleja el desconcierto que debe de estar sintiendo. Tu padre siempre se acuclillaba junto a Brandi cuando este salía a recibirle. ¿Deberías hacer lo mismo? En cierto sentido te lo pide el cuerpo. En realidad, es más bien como si tu padre te lo pidiera desde la nada. Acarícialе las orejas, cojones, que te cuesta. Pero no lo haces. Desde pequeño te han dado miedo los drones. Y desde que eres capaz de recordar tuviste que vivir con uno en casa. No te supuso ningún drama, en cualquier caso. Ningún trauma. El hecho acentuó en ti desde muy pronto la sensación de ser diferente al resto de miembros de tu familia, nada más. Diferente y mejor. Por lo demás también tú olfateas el aire. La casa. Huele a tus padres. Huele a tabaco, por supuesto, y a ambientador mentolado y un poco a café y bastante a cocido, a puchero, a alguno de esos platos caldosos que tu madre nunca os enseñó a hacer ni a ti ni a tus hermanos, y que ni tú ni ninguno de tus hermanos os interesasteis nunca en aprender. Otra cosa que lamentarás cuando sea demasiado tarde. Pero eso, quizá, lo contarás en otro relato. Ahora avanzas por el recibidor con Brandi medio flotando a ras de suelo un par de pasos detrás de ti. En la cocina compruebas que, en efecto, hay una olla en los fogones apagados. Ahí, destapada y con un cucharón de plástico negro asomando del interior, transmite una inefable impresión de abandono y tristeza. En algún momento decidieron instalar una placa de vitrocerámica. El hecho te conmueve. A lo mejor tiene que ver con esa ley universal de imposible cumplimiento según la cual la casa de la infancia debería mantenerse siempre tal y como uno la conserva en la memoria. Por eso renuncias a recorrer el piso. Te gustaría, por ejemplo, abrir el armario de la habitación de matrimonio y contemplar los trajes de tu padre allí colgados. Tocarlos. Acariciarlos, sí. Elegir el más bonito y combinarlo con una corbata bien alegre, vestirte como él habría querido hacerlo para su último día en la Tierra. Pero no. Te gustaría ponerte un buen par de rociadas de la colonia que tenga, es decir, que tuviera —los tiempos verbales, los tiempos...— en el cuarto de baño donde se quedó tieso mientras se duchaba y salir con la espalda recta, con la mano izquierda en el bolsillo y con estilo a dar la vuelta por el barrio que se le quedó pendiente. Pero no. Te gustaría regalar a tu padre un último rioja, a eso de las doce ahí enfrente, en la terraza del Redolí, bañado por el sol. Pero no. Te gustaría resucitar a tu padre, hablar sin prisa con él, crear un final cerrado para vuestra historia. Pero definitivamente no. Haría falta valor para eso. Valor y un amor puro que jamás has sentido por nadie. Así que te basta con desandar tus pasos hasta el armario empotrado del recibidor, coger esa caja de madera donde guardaba sus betunes, sus cepillos y sus trapos y, con un cigarro en los labios, sentarte a la luz del ventanal del salón en el taburete plegable que siempre hubo detrás de la cortina. Ir a encenderte el West y no llegar a hacerlo porque reparas en que no tienes cenicero a mano. Encontrar uno sobre el mueble del teléfono. Comprobar que contiene, como un regalo del futuro o del pasado, del cielo o del infierno, de alguna de esas dimensiones misteriosas en las que nunca creerás, una única colilla, larga, casi medio cigarrillo de Ducados. Volver al taburete a paso tranquilo, pero con el corazón a mil por hora. Sentarte. Dejar el cenicero en el suelo. Ponerte la colilla en los labios. Acordarte entonces del café. Levantarte, ir a la cocina y prepararte la cafetera para dos que nunca ha dejado de estar en el armario superior de la derecha. Ensimismarte mientras esperas a que el café suba. Embelesarte tanto que cuando quieres darte cuenta el café está tan quemado como tu conciencia. Servirte una taza, de todos modos. Otra vez regresar al taburete. Dar un sorbo al café, dejar la taza en el suelo junto al cenicero y por fin encenderte los restos de ese probable último cigarro de tu padre en este mundo, es decir, en todos los mundos. Ponerte un paño sucio de tinta sobre el muslo izquierdo. Descalzarte. Bajar la cabeza, tomar un zapato y empezar a sacarle brillo con dedicación y paciencia, con cierta nostalgia y con cierta sensación de deuda, no sabes si de la vida contigo o al revés, evitando mirar los cuadros que cuelgan de las paredes. Cuadros que les regalaste cuando aún pensabas que lo lograrías, cuando aún sentías que el arte era más importante que la sangre. Sacar brillo a los zapatos de tu padre como tantas mañanas le viste a él hacer. Concentrado. Abstraído. Absorto. Ajeno al hecho de que su hijo le estaba mirando, esperando. Ajeno al hecho de que un dron obsoleto te está mirando. Nadie más. Lustrar y lustrar, cepillar y cepillar, igual que harías con tu cerebro si pudieras. Hasta que te duelan tanto los brazos que rompas a llorar. Hasta que el humo viejo te queme los ojos. O hasta que dé la una y todo arda.

El mal contra el mal

—Un cuento sobre el acoso escolar. *Bullying*, creo que se escribe (comprobar). Víctima: una niña, no, un niño de unos diez años. Protagonista: su padre.

[Porque nada me aterra más que el dolor de mi hija. Supongo que es normal. Pero me temo que pienso demasiado en esa posibilidad. La anticipo, absurdamente. Irene es una niña feliz de dos años y poco, y, por el momento, nada en el horizonte amenaza su alegría. Seguro que hay algo allí delante, agazapado en la espesura del futuro. Algo maligno, acechando. Pero, repito: no debería hacer esto que otra vez estoy haciendo: adelantarme a los acontecimientos].

—Pelo rizado, como el de Irene. Y de la misma tonalidad taheña que ella, o un poco más intensa todavía. Los rizos del niño, de hecho, serán el motivo de su acoso. Gratuito, por supuesto. No habrá sangre. Pero sí una grave humillación. Para el padre, el ataque a su hijo supondrá una auténtica profanación. Un desahucio por la fuerza del templo de tranquilidad que para él es el pelo del niño (exposición del vínculo físico y sentimental construido entre ellos con base en el pelo del hijo, de manera que quede claro su fortaleza).

[Me gusta el pelo de mi hija. A veces la llamo Cucurella o Cucurellita. También Valderrama. O Pelusa, la Pelusa pelirroja. Como lo tiene tan enroscado siempre da la sensación de corto. Solo en la bañera se evidencia que le va creciendo. Hay mechones de más de un palmo. Algunas noches, al acostarla, me pide que me quede a su lado y le acaricie el pelo. Papá pelo, dice, o Papá acariciar. Y algunas noches, en particular si ya he dejado preparada la comida del día siguiente, lo hago].

—El padre no cree en Dios ni en nada parecido, pero en el mejor lugar de su cerebro alberga la idea, nítida, resplandeciente, de lo que debería ser el paraíso: una pradera infinita bañada por un sol amable, como el de abril a las once, como el de las mañanas de sábado de la infancia, que recorrería por toda la eternidad en compañía de su hijo, acariciándole el pelo de detrás de la oreja (este apunte podría ser definitivo) ¿*Flashback* a la primera vez que tocó el pelo de su hijo? ¿Procede? A ver... El gesto brotó de sus manos, con la delicadeza timorata a que obliga la perplejidad, pocos segundos después del nacimiento del niño. Aquella tarde, el pelo de la diminuta cabeza ni siquiera merecía ese nombre; a la luz quirúrgica del paritorio, la película húmeada que recubría el cráneo palpitante del bebé no era más que un bozo oscuro de distribución irregular y tacto pegajoso, enjabonado por la espuma roja de las entrañas de la madre. Nada que ver con los exuberantes rizos flamígeros que el niño lucía ahora y que, tras casi una década de costumbre, el padre había aprendido a acariciar con una resolución natural condensadora (¿?), mejor que ningún otro cariño, y por supuesto mejor que cualquier palabra, del vínculo existente entre ellos (puede que me esté viniendo demasiado arriba). El gesto-arrumaco-contacto cómplice era parte nuclear de su código de comunicación. Actuaba como una muletilla no verbal que fortalecía el amor y, sobre todo, la confianza que se profesaban. Siempre sin palabras, mediante una sutil inclinación de la cabeza hacia la izquierda, a menudo el niño lo reclamaba del padre para, por ejemplo, conciliar el sueño de la siesta o acertar con las operaciones de los deberes de matemáticas. Por su parte, el padre no concebía la posibilidad de pasear por las calles de Patraix (mencionar lugares concretos) sin descansar la mano en el hombro derecho del niño y utilizar el pulgar para juguetear con las volutas de fuego tibio de su cogote (muy probable: quitar desde: Nada que ver… En el mejor de los casos: acortar).

[Nuestro gesto de comunión personal e intransferible es el beso de esquimal, al que también nos referimos como beso de gnomo. En el momento menos pensado, sin causa directa y con independencia del contexto, Irene aproxima su nariz a la mía o yo la mía a la suya, y las frotamos durante unos segundos, sonriendo. Somos más felices después de besarnos al estilo de los gnomos-esquimales. Pero un día, también sin motivo aparente, dejaremos de hacerlo].

—De un tiempo a esta parte, sin embargo, el padre sueña con relativa frecuencia que pierde la mano derecha. En ocasiones el mecanismo es una mutilación, por lo demás indolora y en absoluto truculenta, consecuencia de un accidente de tráfico o doméstico. Otras veces, menos, el proceso es más lento y angustioso: el repentino entumecimiento de sus dedos es la primera señal de alerta; ~~pronto, la mano derecha en toda su extensión se encuentra adormecida, torpe y carente de fuerza, además de pálida y muy fría y un tanto hinchada; agarrándola con la otra por la muñeca, la alza hasta la altura de la cara y, aún con más asombro que miedo, examina de cerca los dedos, que cuelgan flácidos como los pétalos de una flor blanquísima y muerta; con el pulgar de la izquierda intenta despertar la mano presionando enérgica y rítmicamente, al modo de una maniobra de reanimación cardíaca, el centro abotargado de su palma; procede así largo rato, concentrado en obrar el milagro de la resurrección, pero ni el calor ni el color regresan a la mano enferma; al cabo, el cansancio y la desazón se imponen, la zurda se rinde, abandona el trabajo,~~ y su querida mano diestra empieza a desvanecerse ante sus ojos, como borrada por una goma invisible, como devorada por el mismo aire, primero los dedos, luego todo lo demás, hasta su perfecta desaparición (borrar lo tachado —¿por qué no lo he hecho ya?— y empalmar).

[Desde que soy padre, suelo soñar con cosas relacionadas con mi hija (columpios altísimos como montañas, puericultoras más o menos atractivas o lo contrario, la sección de cuidado infantil de Consum, helados de apiretal, muñecas que repiten papá sin cesar con voz robótica y me persiguen por el pasillo de casa, por la calle, por las escaleras del bloque), pero nunca sueño con ella. Acabo de darme cuenta. Irene no aparece en mis sueños, que yo recuerde. Supongo que habrá una explicación científica para ello].

—Al despertar, el padre apenas dedica unos segundos a reflexionar sobre sus sueños de desmembración. Considera que no hay en ellos nada patológico, ni siquiera anómalo, y sospecha que su causa reside en la amalgama de temores, tan íntimos en su experimentación como universales en su etiología, de un hombre ante el desarrollo de su hijo. Miedos potenciados en su caso concreto, piensa, por una sesera demasiado ociosa. Ociosa y atribulada (está en el paro, pero, si estas notas acaban constituyendo un relato, me gustaría encontrar un término más inhumano si cabe para tal situación. Por ejemplo, a bote pronto: descatalogación —no está mal, pero, bueno, es revisable—). Ha de reconocer que no está llevando bien la descatalogación. Está preocupado, claro, muy preocupado, pero sobre todo se siente culpable, manchado por una vergüenza que tuerce de inseguridad sus pensamientos y sus movimientos. En ocasiones le tiembla el párpado, o la mano, o incluso la voz, en episodios inopinados de unos segundos de duración, quizá medio minuto. Le duele en especial sufrirlos en compañía de su hijo. Como es natural, se está esforzando por mantenerlo ajena a sus cavilaciones de adulto en crisis. Ni él ni la madre hablan del tema delante del niño. Y, por suerte, aparte de su mujer y de, supone, los funcionarios con acceso a las bases de datos del Sistema de Contribuciones a la Felicidad Nacional (SICOFENA, ja) encargados de la gestión de su expediente vital, nadie más conoce la noticia. Todavía.

[La paternidad es una experiencia extraña. Un estado, más bien. Es, de hecho, una especie de situación administrativa permanente, en la que de la noche a la mañana se requiere de uno la constante demostración de solvencia en todos los ámbitos. La mayor parte del tiempo siento que no doy la talla. Que no soy un buen padre].

—El padre teme que el niño se ha dado cuenta de la causa de ese mal disimulado nerviosismo y de la desazón que ha empezado a viciar el ambiente de la casa. Cree que su hijo alcanza a entender, o por lo menos intuye, las consecuencias que, de no solucionarse en el plazo marcado por la ley, la situación podría tener para la familia. Porque hace ya un tiempo que lo encuentra un tanto receloso-suspicaz. La palabra le resulta excesiva, pero es la que le sugiere la reciente actitud del niño. No es el de siempre. Algo le pasa. No rehúye sus caricias, pero las recibe de un modo distante, casi pasivo. Como si tuviera la cabeza en otra parte. El sábado pasado, por ejemplo, mientras unidos en su gesto de amor miraban a los pobres expuestos, como cada último fin de semana de mes, en las diez o doce cabinas individuales de metacrilato colocadas al efecto a lo largo de la fachada norte de la plaza de Patraix, el niño había vuelto de súbito la vista hacia el padre, y lo que este distinguió en los ojos de su hijo le puso la piel de gallina. Rencor. Unos pocos segundos, lentos y pesados, de resentimiento infantil, el más puro posible, el más difícil de entender y de asumir, incontestable, perfecto, que le dejaron sin palabras. Luego, el niño había devuelto la mirada a las cabinas de los pobres y se había sumido en la contemplación de la tercera empezando por la derecha, no era precisamente la que más interés despertaba entre el público y los paseantes. Dentro de estas bailaba con desgana un sudoroso hombre pelirrojo, como el niño, como el padre, de mediana edad, como el padre, vestido tan solo con unas bermudas de color beis marca El Ganso con aspecto de recién estrenadas y que le venían algo grandes. El pobre cumplía con el mandato primordial de la ordenanza de baile: danzaba con la cabeza alta y de cara al público. Pero, a todas luces exhausto, lo hacía como a cámara lenta y en penosa asincronía con la canción que sonaba en el insonorizado interior del cubículo, que, según el cartel luminoso que lo coronaba, era el *Viva la vida* de Coldplay. A intervalos de unos diez segundos, el panel también informaba de que dentro de la cabina el volumen de la música era de cien decibelios y la temperatura del aire de ochenta y seis, a veces ochenta y siete grados Fahrenheit, así como de que aquel hombre llevaba más de siete horas bailando de manera ininterrumpida, tiempo durante el que había recibido donaciones de felicidad por poco más de doce *smiles*. Algunos espectadores, pocos, habían conectado sus intrauriculares con la música de la cabina y bailaban llenos de dicha frente al pobre de pelo naranja, animándole a moverse con mayor velocidad y entrega. Hacía una tarde espléndida, por otra parte; en el aire el perfume a geranios que liberaba el aromatizador desde el centro de la plaza. El padre pensó en agacharse frente al niño y decirle que no tenía de qué preocuparse, que el papá solo estaba en la fase uno del proceso de descatalogación y que nunca, nunca, nunca acabaría como esa gente de las cabinas. Que todo se arreglaría. Que confiara en él. Pero no encontró dentro de sí la legitimidad para hacerlo. Se limitó a seguir acariciando la cabeza de su hijo mientras la noche se cerraba sobre Patraix y su corazón y echaba de menos a su mujer, si bien, pensó, tal vez no tanto como sería deseable.

[Irene podría vivir mejor. Antes de ella no me planteaba estas cosas. Este piso me parecía un buen lugar. Ahora, en cambio, la cocina y el baño me parecen horribles. Les urge una reforma. Sobre todo al baño. Además, solo tenemos dos habitaciones. El dormitorio principal y un cuarto que hemos venido usando de almacén. Está rebosante hasta el techo de trastos. Cachivaches viejos de cuando éramos jóvenes. Desde ropa hasta libros, pasando por mochilas de viaje, un par de bicicletas de montaña y juegos de mesa. Cosas que, en el mejor de los casos, no tendremos ocasión de utilizar hasta dentro de mucho tiempo. Deberíamos tirarlas a la basura o donarlas a la beneficencia y convertir el trastero en la habitación de Irene. Deberíamos cambiar la ventana, dar un par de capas de pintura a las paredes, comprar algunos muebles blancos o rosas, un proyector de estrellas y una cama bonita. Me sentiría mejor conmigo mismo. Incluso orgulloso. Y, desde luego, más tranquilo. Pero lo cierto es que la chiquilla sigue durmiendo a nuestro lado, cada día más comprimida en la cuna. No es solo una cuestión de dinero. Es que los días se me comen, igual que el aire devora la mano del protagonista de mi proyecto de relato].

—Aun así, la misma noche de la visita a los pobres de la plaza, el padre y la madre ultraconectan. Tras varios intentos fallidos, eso sí. Según el informe de Meta, por culpa de fenómenos meteorológicos extremos (aislados) en los cuadrantes norte y noroeste de la sección dieciséis de la estepa asiática. Es una ultraconexión agradable, que la aplicación califica con un 68,1% en el índice neto de placer compartido. Apenas tres puntos por debajo de su media histórica. No está mal, dadas las circunstancias. Después hablan un poco. Ambos se dicen que están bien. El padre elige creer, por propia comodidad, que su mujer no miente. La ama. No como el primer día, eso sería absurdo. Ni siquiera más que ese primer día. Pero sí de un modo mejor, más sereno y honesto, que cada día le hace ser más consciente de la suerte que tiene de ser su pareja. Así que esa noche agradece en lo más íntimo no escuchar de ella ningún reproche. Se han producido, por supuesto, sobre todo durante las semanas posteriores a la notificación del acuerdo de inicio del expediente punitivo. La madre está teniendo que hacer un sobreesfuerzo colosal para que la Tasa de Estabilidad Familiar no se vea perjudicada por la situación administrativa del padre. Ninguna ingeniera con quince años de exitosa y contrastada experiencia en el sector del dron de Europa 1 aceptaría cubrir durante seis meses un puesto de jornada extendida en una subdelegación mongol sino por pura supervivencia. Pero, sin necesidad siquiera de hablarlo, la madre ha controlado pronto y casi por completo sus amonestaciones, que ya solo se producen de manera esporádica. Es una mujer elegante y, sobre todo, práctica; su marido debe mantener el ánimo lo más alto posible y pasar con solvencia los tests semanales de proactividad. Tampoco tiene sentido complicar aún más las cosas a base de discusiones. El padre, por su parte, tiene suficiente con gestionar la angustia que le provoca la desafección que viene percibiendo en su hijo, y que, tal vez por autocompasión, ha atribuido a su fracaso laboral.

[La otra tarde, en el parque, un crío empujó a Irene y la hizo caer de culo. Estaban jugando, divirtiéndose, y de repente el niño frunció el ceño y se abalanzó manoteando sobre ella. Falló un par de zarpazos dirigidos a la cara de mi hija, así que terminó empujándola. Irene no lloró, tampoco se asustó, creo. Quedó confundida, eso sí, por la gratuidad del ataque. Igual que yo, durante un segundo. Porque mi perplejidad se desvaneció de inmediato para dejar paso al odio. Imagino que está mal odiar a un niño de unos tres años, calculo. Pero lo odié. Aún lo odio].

—Por eso el padre se siente aliviado, también sucio, pero sobre todo aliviado, cuando la realidad le libera, por lo menos en buena medida, de la responsabilidad en la distancia que el niño ha tomado respecto a él. Está preparando la comida cuando oye entrar en casa a su hijo, que se encierra rápido y de manera demasiado silenciosa en el cuarto de baño. La furtividad del movimiento alerta al padre. Es el primer año que el niño va y vuelve solo del centro instructor (puede valer), y el padre aún no ha conseguido sacudirse por completo el miedo a que le suceda algo malo ahí afuera. Deja la cebolla a medio picar y va al baño. Llama a la puerta. (¿Diálogos? ¿Conversación incrustada en el párrafo?).

—Hijo.

No hay respuesta.

—¿Todo bien?

Tampoco.

Abre. Lo pilla frente al espejo, tanteándose el pelo con una mano y unas tijeras en la otra.

—¿Qué haces?

El reflejo del niño aparta la mano de la cabeza como un resorte, pero tarda un par de segundos más de la cuenta en contestar al padre.

—Nada.

La peor respuesta posible.

—¿Cómo que nada?

—Nada.

El padre se acerca.

—Anda, dame eso.

Se lo dice en el tono más paciente del que es capaz. Sin embargo, le quita las tijeras sin esperar a que se las entregue. Tal vez de un modo demasiado enérgico. Sí, es probable. El niño baja la cabeza, pero no lo suficiente como para esconder que su barbilla se frunce y empieza a temblar. El padre respira hondo, deja las tijeras en el borde del lavabo y se acuclilla al lado de su hijo, la gira hacia sí y, empujando hacia arriba la pequeña nariz con el dedo índice y delicadeza, le obliga a alzar la mirada. Está llorando. Es un llanto novedoso. Sin hipos, ni mocos, ni muecas. Un lloro lento y silencioso, en absoluto espectacular, y, sin embargo, imparable. El depósito de tristeza del niño, ahí adentro, en algún lugar de sus dulces entrañas, se ha desbordado. No hay rabia en esas lágrimas. Tampoco enfado. Ni siquiera frustración. Solo amargura. Una pena transparente y tibia, tan pura como su rencor en la plaza el otro día. El padre le seca las mejillas con los pulgares.

—Escúchame, enano.

El niño vuelve a bajar la vista. El padre le coge las manos. Se las aprieta.

—Mírame.

El niño lo hace.

—Tienes un pelo muy bonito.

Últimamente el niño se ha venido sintiendo a disgusto con sus rizos. Cada dos por tres se moja el pelo y pasa largo rato atusándolo fuerte con el peine de púas más finas que hay en casa. Dos o tres veces, incluso, haciendo la compra en el Mercadona, ha llevado a su padre hasta la sección de higiene corporal con la intención de que este le compre algún acondicionador con efecto alisador. Y tan solo unos días atrás había pasado buena parte de la videollamada familiar de los jueves intentando convencer a la madre de que diera permiso al padre para comprarle una plancha de pelo. Cosas de la edad, comentaron esa noche el padre y la madre una vez el niño hubo abandonado el salón con paso derrotado y más frustración que enojo en el rostro. Total, que el niño se estaba haciendo mayor, esa era la conclusión de los padres, y entre sus preocupaciones de pronto figuraba la del físico. Seguramente algún amigo del centro le habría dicho cualquier tontería sobre sus rizos, apuntó la madre cuando la videollamada ya languidecía. En fin, la pubertad…; nada serio, seguro.

—Cualquier tontería, ¿cómo cuál? —se interesó el padre.

—Yo qué sé… lo típico… pelo estropajo, coliflor, *pelopolla*.

—No me jodas. ¿*Pelopolla*? ¿En serio?

—Son niños. Vete a saber.

—A mí nunca me llamaron nada por el estilo.

—Es que (¿nombre?) lo tiene aún más rizado que tú.

—Jamás me llamaron *pelopolla*.

—A ver, cariño, tranquilidad; ni siquiera sabemos si alguien le ha dicho algo de su pelo.

—Estoy tranquilo.

—Vale. Solo digo que esta manía a sus caracoles se le pasará tan de repente como la ha cogido, ya verás; no hay de qué preocuparse.

[Irene no quiere ir a la guardería. Hasta hace bien poco no se quejaba. También es verdad que hace bien poco aún no hablaba, en sentido estricto. Ahora es capaz de construir frases breves, lapidarias. Por ejemplo: Cole no ir o Susana no quiero. Se levanta con esos ruegos en la boca. Se acuesta con ellos. Lo he comentado con la dueña de la guardería. Lo he comentado incluso con la tal Susana. Es su maestra. Puericultora. La encargada de su clase en la escuela infantil. Tanto ella como su jefa me aseguran que no me preocupe, que son fases, que luego la chiquilla se lo pasa allí de maravilla. Me parecen gente de fiar, pero no me fío de ellas. La chiquilla se tira ocho horas al día en ese bajo de la calle Calamocha. Bien pensado, es un dato aterrador. Inhumano].

Pero el padre está preocupado por muchas cosas. También por la desdicha de su hijo. Aunque esta no sea por entero atribuible a su descatalogación, y su incidencia sobre la TEF fuera relativa, la congoja del niño es también la del padre. Así que esa tarde, en el cuarto de baño, insiste:

—Eh, confía en mí, enano: tienes un pelo precioso.

Y añade:

—Ya verás: las chavalas se te rifarán. (¿Por qué no?)

Y su mano viaja hasta ese lugar sagrado detrás de la oreja de su hijo. Los dedos se le crispan cuando tocan una forma viscosa imprevista, que, sin embargo, su mente identifica de inmediato, antes incluso de agarrar al niño por los hombros y darle la vuelta para poder echar un vistazo ahí detrás. Es un chicle, sí. En realidad, una amalgama de chicles (se podría añadir algo más a la cataplasma; algo más escatológico, como pegotes de papel higiénico sucio. Mejor no, creo), blanca y rosa y del tamaño y volumen de medio huevo, que brilla todavía húmeda entre los rizos rojos del niño, justo en el lugar predilecto de sus caricias. Su visión horroriza al padre como si de la de un tumor se tratara. ¿Cómo no se ha dado cuenta al entrar en el baño de la presencia de esa cosa en la cabeza de su hijo es una cuestión que carece de toda importancia, pero que le hace sentir más culpable a cada segundo? El asunto de la descatalogación lo tiene distraído-ensimismado-idiotizado. Tampoco es excusa. Debería haber estado más atento a los rizos de su hijo, hace tan solo un momento, cuando se han visto amenazados por unas tijeras delante del espejo.

Y, en general, debería haber cuidado más y mejor a su hijo durante todas estas semanas, todos estos meses, en lugar de revolcarse, miserable, en un victimismo egoísta. Porque, ¿cuánto tiempo hace que su hijo viene sufriendo maltrato en, no podía ser otro lugar, el centro instructor? Esa pregunta sí que es trascendental. Igual que la cuestión de la autoría de la vejación, o quizá, sí, probablemente, las vejaciones. Dudas todas cuyo esclarecimiento, de súbito, es el mayor anhelo del padre, podría decirse incluso que su único objetivo existencial. Avasalla al niño para lograrlo. Lo sienta en la taza del váter y le exige respuestas claras y definitivas. Y, tras casi una hora de interrogatorio en el baño, los labios de su hijo, mojados de sal y mocos, se las brindan. El padre sabe entonces que esta no ha sido ni la primera vez, ni la segunda, ni la tercera. Sabe,eso sí, que esta ha sido la peor. Sabe que ha ocurrido en los vestuarios del gimnasio del centro instructor, después de los ejercicios de equilibrio y bienestar. Sabe, también, los nombres de los propietarios de las salivas infantiles que humedecían el amasijo de goma anidado tras la dulce oreja de su hijo. Y sabe, por fin, el nombre del cabecilla, el compañero de clase que ha decidido, quién sabe por qué aparte de por las características capilares de su hijo, consagrar sus días a hacerle daño. A insultarle. A humillarlo. A agredirlo. Y sí, a hacer que la clase entera la llame *pelopolla*. Es escuchar tal confesión el padre, y transformarse en otra persona. Ha podido sentirlo: una especie de disociación. En realidad, una suerte de nacimiento. Sí, un parto. Un parto espiritual. Una entidad oscura, empachada de ignominia, preñada de ira y sedienta de venganza, ha brotado en su interior y se ha hecho un hueco entre sus entrañas. Mientras el padre, lleno de dolor, corta mechones y más mechones pegajosos del niño, mientras le lava el pelo, mientras le frota con alcohol y toda la delicadeza de que es capaz —no mucha— el rodal ralo surgido tras la oreja, mientras le vuelve a lavar a conciencia el pelo solo para, tras secárselo con su toalla de Bob Esponja, comprobar que un número considerable de diminutas bolitas de chicle de color sucio siguen adheridas al cuello cabelludo, un único pensamiento ocupa su cerebro: encontrar la manera de conseguir para su hijo un desagravio equiparable a la ofensa perpetrada contra él. Pronto, las líneas maestras del plan se dibujan en su mente con una nitidez asombrosa. Habrá que pulir ciertos detalles y esperar el momento oportuno para ejecutar la venganza. Tiempo durante el que el padre, lo sabe, será asaltado por dudas y miedos. Pero también tiene muy claro que los vencerá. Una fuerza de incomparable pureza lo ha poseído. Una fuerza terrible y hermosa, preciosa, que habla por su boca cuando besa al niño en la frente y le dice: No te preocupes por nada, hijo; yo me encargo.

[Siempre me he dado miedo a mí mismo. Mejor dicho: siempre he temido al hombre en que podría llegar a convertirme en determinadas circunstancias. Ahora en mi vida no existe otra circunstancia que Irene].

El niño, agotado, se mete en la cama sin apenas cenar. Lleva casi dos horas durmiendo cuando esa noche videollama la madre. El padre había olvidado que era jueves. No le comenta lo sucedido ni, por descontado, cae en la tentación de compartir con ella el maravilloso plan que, minuto a minuto, se perfeccionaba en su cabeza. Al día siguiente, en el centro instructor, se reúne con la tutora del niño para tratar el incidente. Es lo que hay que hacer, y lo más adecuado para sus propósitos a medio plazo. Se muestra en todo momento tranquilo y conciliador, incluso comprensivo, y goza en secreto de la admiración piadosa que irradian los ojos de la mujer.

~~Caricias en el pelo. Conexión histórica padre-hija/hijo. Casi un lenguaje, un idioma de amor solo hablado por ellos.~~

~~Miedo soterrado del padre a perder la confianza de la niña/niño, que se está distanciando de él: ¿Sueños?~~

~~Crisis laboral/vital del padre~~

~~Figura administrativa análoga al desempleo en cuanto a sus consecuencias estigmatizantes, pero no estrictamente de naturaleza laboral: denominar~~

Incomprensión vs apoyo de la madre

~~Felicidad como deber ciudadano, de cumplimiento evaluable y cuantificable~~

~~Redención de los pobres mediante espectáculos públicos más o menos grotescos (Algo se me ocurrirá)~~

~~*Bullying* contra el niño, definitivamente. Agresión no demasiado espectacular. Pelo: ¿quemar ligeramente?~~ ¿Rapar? ~~¿Chicle? *Pelopolla*~~

~~El padre revienta. Sin dramatismos. La humillación del niño es también la suya.~~

~~Así que: venganza. Solo ese horizonte le motiva, es más: le hace ser más decidido y audaz, más brillante. Y también tener la paciencia necesaria para hacer las cosas bien.~~

El padre logra introducirse en el día a día del colegio (darle otro nombre).

Se gana la confianza de alumnos, padres y profesores.

Su hijo no vuelve a ser agredido, incluso parece haber dejado atrás, sin trauma, lo que ha pasado.

Pero él no. Vive obsesionado por la venganza. Tanto, que halla en esa ansia de reparación la motivación que venía faltándole para enderezar su vida laboral, sentimental, familiar.

Estos pasajes me resultarán tediosos de escribir, me conozco (Superarlo, ¿o no?).

Posible escenario de desenlace: las montañas del interior de Castellón, allá por Els Ports. Una excursión escolar. Para ver, con suerte, algunos ejemplares de las pocas aves rapaces que aún vuelan por los cielos de España. Águilas, Buitres.

De algún modo conseguirá quedarse a solas en el monte con el niño que profanó los rizos de su hijo Quizá, en plena noche, se lo llevará del barracón donde duermen los escolares.

Es lo primero que se me ha ocurrido, y mi primera idea suele ser mi mejor idea.

Con la intención de embadurnarle el pelo de sangre sucia y trozos de carroña (previamente obtenidos de manera no demasiado forzada), abandonarlo en la montaña, y buscar un buen otero desde el que contemplar el amanecer de los buitres hambrientos.

[A veces, cuando escribo, me olvido de mi hija. Esta confesión, igual que todas las que en verdad lo son, tiene algo de vergonzoso. O así lo siento yo. Por eso una parte de mí, no necesariamente la mejor, siempre se alegra cuando, como ha ocurrido hace solo un instante, la chiquilla entra por enésima vez en el cuarto del ordenador, dice: Papá, y viene a acodarse en mi muslo. Tiene poco más de dos años, ya lo he dicho, y el pelo rizado. Esto último es todo cuanto comparte con el niño del relato. También, es probable, el hecho de tener un padre un poco extraño. Sea como sea, espero que la chiquilla nunca pierda la costumbre de interrumpir mis ratos de escritura. Que en cualquier parte y a cualquier hora encuentre la puerta abierta para venir a recordarme dónde y con quién debo estar. Me gusta tanto su voz cantarina cuando me dice: Jugar papá o Vamos parque. Me gusta tanto su lengua de trapo cuando me ordena: Levanta papá, levanta papá. Y lo hago, claro que sí. Dentro de un minuto cumpliré sus deseos. La llevaré al parque, o a ver a las bestias del zoo, o a esperar a su madre a la salida del trabajo, o a buscar mirlos entre los parterres de la plaza de Enrique Granados. Le he enseñado a reconocerlos. Siento una felicidad inmensa cuando me dice: Mira papá un mirlo. La llevaré donde le apetezca. Porque haría cualquier cosa por ella. Y porque, lo que es aún más difícil, por ella abandonaría cualquier cosa. Este cuento, por ejemplo, que empecé hace ya tanto que no recuerdo. La literatura, en general, para siempre. Mi sed de venganza. Juro que es verdad. La única verdad. Pero a veces se me olvida].

ÍNDICE

«No comprenem l'amor com un costum amable».
VICENT ANDRÉS ESTELLÉS

Muchas gracias, hasta pronto.

dosmanos

**Lo mejor
está en
el interior.**

Un libro es mucho más que el soporte de un texto, es una ventana al mundo, un objeto dotado de presencia, ocupa espacio, pesa, viste la existencia. Un libro no solo posee las virtudes de la realidad, un libro es la realidad misma, pertenece al universo de lo esencial, es a la vez físico y metafísico, como la piedra, el árbol y la luna. Como ese perro del vecino que ladra e impide que nos abandonemos al sopor de una siesta quizá demasiado larga.

El libro acumulará polvo, nos obligará a acarrearlo de un lugar a otro, nos estorbará en todas nuestras mudanzas, y a cambio nos demostrará que es posible viajar hacia el futuro que un día llamamos *tiempo*. En esa aventura sin retorno absorberá humedad, olores, manchas de café, de vino, de la grasa que impregna nuestra piel de animales sudorosos, de humores líquidos o psicológicos. Con los años sus páginas se volverán amarillas como nuestros dientes, como nuestros huesos; seguirá, por siempre, cambiando.

Buen viaje al futuro,
pequeños tesoros.

dosmanos